月亮花开

王金星 著

漓江出版社
·桂林·

图书在版编目（CIP）数据

月亮花开 / 王金星著. -- 桂林：漓江出版社，2024.8

ISBN 978-7-5407-9805-5

Ⅰ. ①月… Ⅱ. ①王… Ⅲ. ①长篇小说—中国—当代 Ⅳ. ①I247.5

中国国家版本馆CIP数据核字（2024）第088509号

月亮花开

YueLiang HuaKai

作　　者　王金星

出 版 人　刘迪才
出版统筹　文龙玉
责任编辑　宗珊珊
特邀编辑　张立云
装帧设计　云上雅集
责任监印　黄菲菲

出版发行　漓江出版社有限公司
社　　址　广西桂林市南环路22号
邮　　编　541002
发行电话　010-85891290　0773-2582200
邮购热线　0773-2582200
网　　址　www.lijiangbooks.com
微信公众号　lijiangpress

印　　制　长沙市精宏印务有限公司
开　　本　710 mm × 1000 mm　1/16
印　　张　16.5
字　　数　230千字
版　　次　2024年8月第1版
印　　次　2024年8月第1次印刷
书　　号　ISBN 978-7-5407-9805-5
定　　价　79.00元

序：超越生命的奔放与回归

◎ 王青伟

早在前些年，我们几个同乡聚会时，金星就对我说，正在创作一部煤矿女性题材的长篇小说。我听后，就十分鼓励他，他在基层生活工作这么多年，一定积累了很多素材，说出来的故事，创作出来的小说，也一定会非常精彩。不久，就真的看到他创作的小说初稿。

我与金星的家乡同在地处湘西南的祁阳市羊角塘镇，村前有一口面积近百亩的水塘，一年四季都是碧波荡漾，因水塘底层的淤泥是白色的，故村庄取名为白塘村。我与金星同村，进出村口，都要从他家门前经过。我虽从小离开家乡，随在外地工作的父母生活，但我对金星还是有点儿印象的。后来，听说他也在十几岁时离开家乡，到外地参加工作去了。一晃几十年过去，当我们再次相聚时，是我们都来到了省城工作，再后来，金星陆陆续续出版了好几本著作，每次出版后，都送一本给我。从他出版的著作中，我才对他的工作、生活、学习和文学创作等情况有所了解。

作为一个煤矿井下工人，只读了个高中，从农村走出来的工人作家，能坚持创作实属不易。在我看来，一个写作爱好者，写一两篇文章也许不是件难事，但要长年累月，数十年如一日，笔耕不止，甚至还要出十几本专著，400多万文字，这对任何一个作家而言都不是件易事。可以想象，他付出了多少的心血和努力。他对我说，在单位他还曾身兼党支部书记等职，他的作品都是在繁忙的工作之余创作出来的，他是充分利用了每一天的时间去构思、去创作，而从来不会去轻易浪费上天给予的每一天、每一时、每一刻钟，决不虚度光阴！几十年来，他在十几个大大小小的单位及部门工作过，也当过大大小小的官，不仅把工作干好了，且在新闻写作、文学创作方面也颇有建树。

他的本职工作就是与文字打交道，职业生涯大部分时间是从事新闻宣传工作，当过记者、编辑、采编部主任、发行部主任、记者站站长、中国煤炭新闻网顾问、副总编辑、主任政工师，拿了无数个各类征文的大奖，湖南新闻奖、湖南企业报好新闻奖、中国煤炭新闻奖、中国城市广播电视奖、“开拓之光”杯、太阳颂杯等奖项，也被他收入囊中。通过不懈努力，他现已成为国家一级作家，中国小说学会、中国散文学会、中国报告文学学会及湖南省作家协会会员，湖南省企业报“十佳采编”，中国企业报刊媒体先进工作者。

文字是一盏心灯，照亮人生前进的方向；文字是心灵的乐园，给人无限的愉悦与憧憬。翻读他的长篇小说《月亮花开》，感觉这本小说，从不同的侧面，反映了作家王金星对如烟往事的深情缅怀，对工作生活的热烈吟唱，对新闻、文学创作的炽烈追求，可谓浮想联翩、悲喜纵横、评抨交集。

长篇小说《月亮花开》描写了矿山女人这个女性群体的生存状态，作品以朴素的语言、真实的场景，勾画了一幅融入人物喜怒悲欢的矿山画卷。通过矿山这片最原始、最古老的人性瘠土上的女性群体的命运，对人性做出了深入灵魂的探求，展现了人性的光辉，为文学作品的人性表达展示了一片新的领域。人性是一个古老的话题，有关这方面题材的小说很多，只是所选择的角度不一样，描写的手法不一样，带来的效果也就不同了。王金星的长篇小说《月亮花开》，选取了煤矿工亡家属作为人物塑像，通过对她们人性的剖析，折射出了这个弱势群体最为艰难、最为困苦、最为无奈的一面，从而引起社会的广泛同情与关注。层层叠叠的故事，一波未平一波又起的悬念，从不同的角度展现了煤矿行业的高危性，煤矿业两性比例严重不协调，煤矿人群高度密集而又生活相对单调、视野相对狭窄，当时改革开放的强劲东风还没有足够惠及偏僻的煤矿工区等特定的背景。环境造就人，特殊的环境造就了煤矿上特殊的女人们。

其实，文学的价值往往就体现在与社会在某一点的交集上。这个交集点就是作者的怜悯和关怀。每一个人无论以何种方式生存于社会，他一定都有自己的精神家园，会有他心灵的绿洲，同时又摆脱不了现实的束缚，作家王金星也不例外。通过小说，我们看到更多的是他不苟同于世俗和平庸，恪守着自己的价值信仰，宁愿孤芳自赏也不随波逐流，宁愿甘于寂寞也不放纵自己，表现出对信念和理想的坚持和追求，很有传统文化人的那份清高。在这样一个物欲横流的大千世界，无论对人对物对事，他自始至终都保持了一份纯洁、一种矜持、一片诚意、一颗善心，这是一种灵魂的上达，这是一种人性的回归，这是一种生命的奔放。所以，他是用自己良知的燃烧，努力去净化天际的阴霾。

或许每一个写作者，都在寻找某种东西。无论是在哪个时代，文学都具有永恒的魅力。长篇小说《月亮花开》也不例外，一定会以它鲜明的个性、独特的面貌，展现在广大读者面前，让你有所思，亦有感动。

是为序！

（王青伟系中国作家协会会员，国家一级剧作家，全国“五个一工程”奖、中国电影华表奖、中国电视金鹰奖优秀电视剧奖获得者。）

目录 MU LU

第一章　紧急电话

钥匙刚插进锁孔，还没来得及转动，就听到办公室内的电话机在“丁零”地呼叫，刺耳的铃声一阵紧似一阵，像催命鬼似的响个不停。

这种状况，王淑珍虽平常也遇到过，但感觉从没像今天这样紧张。越是这样，心情越是急躁不安。人，真的是奇怪，心一紧张，手也跟着发抖，汗珠子也从额头上冒了出来，本想快点儿开门进去接下电话，却事与愿违。

“见鬼了，怪事，今天锁也打不开了？”她一边无奈地埋怨，一边用右手不停地转动钥匙。好一阵子，才听到“啪”的一声，门锁弹开了。

她高兴地一掌将门推开，门却不情愿似的撞在墙壁上，“嘭”地反弹了一下，借助惯性重重地打在她修长的裸露着的左臂上。她“哟”地叫了一声，习惯性地用手摸了一下，顾不上钻心的疼痛，就像箭一样冲进去，抓起了话筒。

“喂，是嫂子吧？”话筒那头传来的是马家山煤矿坡塘工区办公室秘书张跃进急切的声音。

“哦，是的，是我。有什么事吗？”作为老公以前的秘书，张跃进常常打电话来。张跃进的声音，王淑珍是再熟悉不过了。听到是他的声音，以为也是像平常来电话一样，问候一声，套套近乎。为此，王淑珍还有点儿怪罪似的，靠在桌子旁，眼睛却盯着左手胳膊上刚碰着的渐渐发红的伤痕，忍着疼痛，随意地问道。

盛夏的阳光透过窗外茂密的梧桐树叶，打在王淑珍窈窕迷人的身上，洒下色彩斑斓的身影。王淑珍顺手拉起了身旁天蓝色的大窗帘。室内一下子暗淡了下来。

话筒那头传来的声音却更为迫切："今天上午，李矿长带领安全检查小分队到我工区进行安全检查，一到这里就下井去了。"

从小就生活在煤矿，"下井"对王淑珍来说，已不是陌生的名词，也不像外人那样惧怕，自己也经常参加矿里组织的机关人员下井劳动，支援生产矿井夺高产的活动。与那些打着赤膊、穿着短裤干活儿的男人在地层深处一样摸爬滚打，闻着男人们身上的汗臭味，听着"嘟嘟"的钻机声音，沐浴着井巷习习的凉风，感觉井下还蛮有意思。因此，由一名采煤工成长为矿长的老公李德志下井去检查，那是习以为常了，更不会去多想，去操心。

"没想到，刚突然接到电话，说井下出事了，是冒顶了。"

听到这里，王淑珍只觉得脑袋一嗡，身子一软，就跌坐在办公椅上了。话筒也无力地从手中滑落，"哗"的一声，顺势滚到了桌子下面，悬挂在那里来回晃动，张跃进焦急的带着嘶哑的声音仍不断地从扬声器里传出。

王淑珍顾不了这么多，腾地站了起来，她拢了拢披散的头发，决定到坡塘工区看一看。

刚一起身，没想到就迎面撞见下午来上班的办公室同事朱淑芬。

朱淑芬抬头叫了一声"王姐"，王淑珍没有作声。朱淑芬放下手中的紫红色遮阳伞，感觉不对，平时王淑珍都是非常热情的，经常是大老远就叫她，今天怎么了？于是，朱淑芬关心地再问了一句："王姐，刚上班就匆匆忙忙要到哪儿去呀？"

平时就极其好强、挺要面子且口齿伶俐的王淑珍，面对这突如其来的消息，人一下子就蒙了，脑子一片空白，思维也变得迟钝起来，朱淑芬问她话，也不知怎么回答才好。如实告诉吧，又不知从何说起，毕竟只是接了个电话；不告诉吧，面对一片好心的朱淑芬，王淑珍又实在没有说谎的勇气。王淑珍站在那里，犹豫了下，还是低声地对朱淑芬说："淑芬，你陪我走一趟吧，到坡塘工区，刚听说那儿出了事。”

朱淑芬一听王淑珍的说话口气就知道情况不妙，感觉王淑珍变了个人似的。她知道王淑珍的老公李德志是矿长，经常要带领人员下井去检查安全生产状况。上午好像听说，她老公今天是到坡塘工区。这么一说，朱淑芬马上反应过来了，还没等王淑珍继续说，就连连点头：“好，我陪你去。”

王淑珍拉着朱淑芬的手，旋风一般冲出了办公室。“咯噔，咯噔”，高跟鞋撞击水泥地面的声音，十分急促而有节奏地从她俩的身后传出，一直从三楼延伸到了一楼。长长的走廊里回荡着这种单调、孤单、刺耳的旋律，像夏天的一记响雷，在马家山煤矿办公大楼里炸响。人们望着工会办公室这两位美女匆匆而过的背影和近乎反常的举动，个个目瞪口呆。随之而来的一个个疑问，带着人们关切的猜测，无形地在办公大楼里扩散开来。

第二章　祸不单行

冲出办公大楼，朱淑芬感觉被王淑珍拉着的左手，火烧一样，阵阵难受。她想挣脱，但又碍于面子，只好任由王淑珍抓着、拉着，只是脚步明显慢了下来。

朱淑芬趁机看了王淑珍一眼，只见王淑珍脸上的汗水像雨一样，顺着面颊不断地往下流，有的打在了滚烫的水泥地上，“哧”的一声，冒出丝丝淡淡的轻烟，而又迅即被毒辣的太阳吞没，不留下丝毫痕迹；有的却掉在了胸前隆起的衣襟上，薄薄的的确良上衣，立即就现出一团团湿湿的图案来，并随着汗水的增多不断地扩大，向四周漫延，同时，以无可战胜的力量，穿透布料，将里面的白色内衣也浸湿了。

朱淑芬不敢再想下去，只感到头脑发沉，痛苦地闭上了眼睛。

八年前，朱淑芬还是一个地道的农村妇女，一个已生育了一个儿子的母亲，因丈夫在国营煤矿工作，她又是一个令人生羡的矿工妻子。

朱淑芬的家，坐落在湘西南一个偏远的山村。村前一条小河，一年四季奔流不息，载着沿途村庄、城镇人们的梦想，一路欢歌，不分昼夜地向东奔去。天旱的时候，有的地段能清晰见底，长年累月冲刷、积淀下来用沙石堆积起来的河床，露出红红的沙滩。干死的水草，黏附在河床的四周，像忠实的奴仆，至死都不忘守护着自己的主人。紧靠岸边的芦苇，由于叶子被河水退却后留下的污泥紧紧包裹，一副没精打采的样子。河床边新生的苔藓光滑、亮丽，在阳光的照射下，倒显得生机勃勃。

朱淑芬与她的丈夫陈福生就是因这条河而相识、相恋、相爱，这条弯弯的羊塘河就成为他们爱情的见证。

世界上任何事物都是一分为二的，都是辩证的对立统一体。河水温柔的时候，可以灌溉农田，可以作为生活饮用水造福一方。然而，当它咆哮、发怒的时候，却可以无情地摧毁生灵，吞没家园，造成生灵涂炭。

那年夏天，一场两天两夜的暴雨，致使山洪暴发，羊塘河不堪重负，河水冲破堤坝，朝朱淑芬所在的村庄铺天盖地袭来。朱淑芬新建的两层楼房，被滔天的洪水淹没。朱淑芬牵着只有5岁的儿子，打把黑色的雨伞，随着村里的男男女女，深一脚浅一脚地匆忙逃离村子。十几分钟后，跑到了屋后的黄莲观山岭上，眼睁睁地看着洪水像魔鬼一样进村，又像魔鬼一样凶残地舞动着双手，肆意掠夺着每一户家庭。

只见洪水卷起一朵朵浪花，扑打着那一栋栋高高低低、新新旧旧的农家院落，低矮的房子一下子就被吞没了，屋面上的瓦片、悬木、雕花，被洪水冲得到处漂流，连相互撞击发出的“哗啦、哗啦”的恐怖声响，也被汹涌的洪水淹没。

见此情景，村子里的人，在一阵目瞪口呆之后，一个个捶胸顿足、呼天抢地。无助的哭声，呼爹唤娘的喊声，诅咒老天爷可恶、可恨的叫骂声与眼前滔滔洪水的流淌声，交织在一起，汇成一股力量，冲向空中，又无可奈何地被倾泻而下的大雨打回地面，久久地来回纠缠不休，黄莲观山岭上一时像炸开了锅。

然而，无论你怎么诅咒，怎么祈祷，都无济于事也无可奈何，整个村子上千号人只好站在那里任凭狂风的吹打、雨水的飘零，有的尽管打着雨伞，戴着斗笠，还是被雨水淋得像落汤鸡，连眼也睁不开。村里大部分的房子被淹了，即使没淹着的也进了水，有的还进了发黄的污泥、发臭的老鼠。整个村子成了一片汪洋。

“淑芬婶婶在哪儿？”“淑芬婶婶在哪儿？”“福生叔的矿上来人了，要接淑芬婶婶去煤矿。”邻居家16岁的小顺子张开喉咙，挥舞着双手，撒开腿，冒着呛人的雨水，在拥挤的人群里跑来跑去，费力地寻找朱淑芬。

朱淑芬被突如其来的消息所震撼，以为自己听错了，双手抓住小顺子的肩膀，反反复复地问了好几次。小顺子用手抹了一把脸上淌着的雨水，气喘吁吁地说：“我刚在那边坡上看涨水，就看见一个干部模样的人从隔壁的村子里绕到岭上，说是福生叔矿上的，要找你。我听说后，就跑来找你了。”

朱淑芬心里一惊，心想：“有什么事呢？不能写信或者打电报？怎么还派专人来找我？”“是不是出了什么事？”一种不祥之感迅即在她的脑海里闪现。

“走，马上带我去！”朱淑芬一手牵着儿子陈光辉，一手拉着小顺子，踩着泥泞的路面，顶着扑面而来的风雨，朝靠北的那面山坡上奔去。

路面满是泥巴和瓦砾、石头碎片，一脚下去，不是刺痛难忍，就是左右滑动。一双塑料凉鞋，早已被泥水浸透，穿在脚上滑来滑去。朱淑芬扒开人群，一路跌跌撞撞，远远地就看见一名中年男子，在那儿焦急不安地等待。

“你是陈福生的爱人吗？”一到跟前，那人就急切地问。

“嗯。”朱淑芬点点头。

“我是和陈福生一个工区的，在工会工作，姓刘，叫刘明新。”那人自我介绍道。

“我们今天来，是想接你们娘儿俩到矿上去。我们工区月底开庆功会，这个月陈福生拿了个出煤状元。工区要庆功，把家属也请去一起祝贺。因陈福生是生产骨干，走不开，工区领导特地派我们来了。”

刘明新显得热情急切的样子，像放连珠炮似的一口气说了一大通。朱淑芬一时没反应过来，只是怔怔地看着他。

“我们走吧，嫂子。你村子涨水，车子进不来，就停在附近的张家村。”说罢，刘明新就打了一个邀请的手势。

朱淑芬是村里的代课老师，陈福生是个吃国家粮的煤矿工人。他们家的事情，村里自然就特别关心，也特感兴趣。只一下子的工夫，四周就围满了纯朴善良的村民。

连村支书陈中林也来了。陈中林挤过人群，来到朱淑芬身旁，用眼瞧了瞧刘明新，然后又看了看朱淑芬，一言不发，却低头摘下了被雨水打湿的眼镜，放在胸前的衣服上随意地擦了擦，说："福生的事，我刚才也听说了。庆功是好事，矿上这么看重福生，是我们整个村子的荣耀。"说到这里，他却停顿了下来，只见他熟练地戴上眼镜，用手扶了扶，语气却明显放缓又显得沉重："淑芬妹子你去，家里房子被淹的事你公公会处理好，如有困难我们会帮他。"陈中林看了看站在身旁的朱淑芬的公婆。

老实厚道的公婆始终拉着刘明新的手，嘴里的"谢谢"说个不停。

朱淑芬牵着儿子，心情十分复杂地跟着刘明新朝山下走去。

在邻近的张家村的公路上，果真看见一辆绿色铁壳子的北京牌吉普车停在那里。朱淑芬上车后，回头望了望在黄莲观山岭上避难的父老乡亲，一种不祥之感却在心中闪现，她的心紧揪了一下。她来不及多想，车子的马达就发动了，载着朱淑芬及她纷乱的心情，箭一般地向前驶去。

第三章　生死等待

“淑芬，你看那里来了好多救护车。”转过一道弯，远远地就看见坡塘工区大门口前坪停满了前来抢险的救护车和医疗车。车顶上闪闪烁烁、触目惊心的警灯，让王淑珍一下子感到了事情的严峻，她用手指了指前面，扭头想对朱淑芬说，却看到了朱淑芬的眼眶是湿湿的。

“你怎么了，淑芬？”

王淑珍的这一声问话，将朱淑芬从往事的回忆中猛然地拉回到了现实。朱淑芬为掩饰自己，忙回答道：“没……没事。”她想到自己是陪王姐来的，怎能让王姐来安慰自己呢？她连忙接过话茬儿：“应该不会有什么大事吧？”

朱淑芬上前主动地拉紧了王淑珍的手，感觉王淑珍的手心像淋过水一样，湿湿的、滑滑的，她只好暗暗地用了用力，生怕王淑珍的手从自己的手中滑落。

听朱淑芬说完，王淑珍也没回话，却明显加快了脚步。从停在路旁的救护车和医疗车边经过时，她看到身着不同制服的救护和医护人员不断地从车上跳下，有的背氧气罐，有的扛担架，有的背药箱，十万火急地朝井口冲去。

这只有在电影里才能见到的抢险救灾镜头，今天却活灵活现地在自己的眼前出现，王淑珍的心一下子提到了嗓子眼儿，感觉心一下紧似一下地在急剧地往上蹿。她深深地呼吸了一下，放松自己，然后，抓起朱淑芬的手就跟着抢险人员往井口奔去。

刚刚迈进坡塘工区大门，等候在这里的张跃进就急忙迎上前来，看了一眼跑得满头大汗的王淑珍，急迫地说："嫂子，你来了。"见王淑珍没作声，又接着说："你先到会议室休息一下，好吗？"

"不休息了，我要到井口去看看老李出井没有。"

张跃进也不好再说什么，毕竟抢险还在继续，谁也说不准结果怎样。这个时候，也许沉默就是最好的语言。

王淑珍迈开步伐，十分熟悉地沿着一条水泥小马路穿过办公大楼前坪，拐弯后，走过一条长长的斜坡，进入地面运输车道，再往前走50米，就到了井口。

沿路两旁的围墙、房屋外墙、运输道的柱墩上，处处写满了安全标语。"安全第一，预防为主""为了你和家人的幸福，请注意安全！""安全是煤矿最大的效益！"……这些红底白字的标语，在阳光的照射下是那么耀眼。

张跃进默默地跟在身后，好几次都是重复电话里说的内容，有时又亲切地说上几句关心的话语，气氛一下子又缓和了许多。

一阵嘈杂、混乱的声音，远远地从井口传来。狭窄的井口旁，围满了人。有矿、区两级领导，有前来抢险的人员，有围观的群众，还有焦急等待的职工家属。

看到王淑珍的到来，人群自然散开，让开了一条路。负责在地面组织营救的矿党委书记王方生，马上走过来，伸出了手，与王淑珍握了握后说："嫂子，你也亲自来了？你不用太担心，只是小范围冒顶。目前，正在紧急救险。李矿长福大命大，又有自救经验，应该不会有事的。"

王淑珍脸色阴沉，目光紧紧地盯住井口，好像没听见王方生的话似的，一言不发。

王方生见状，也不便多说，便站在王淑珍身旁，双眼朝井口望去。

这是一个南方煤矿常用的斜井井型，宽、高近3米的半圆形井筒显得高大宽敞。井筒四周用20多公斤的料石一块一块组成拱形状支护。几十年风雨的洗礼，上面已呈暗灰色，显得古朴而又淡雅，给人一种绵长、悠远、凝重的感觉。光线只照射到井口前10多米的位置，肉眼就再也看不见了，往下就是一片黑咕隆咚、深不见底的无穷深渊。

井口上方，端端正正地悬挂着毛主席的画像。那是前几年，全国都在刮一股风，说毛主席是东方神，可以镇邪，可以保佑，可以福泽后人。于是，矿务局就在全局所有矿井井口正上方悬挂毛主席画像，希望保佑煤矿的安全生产，保佑矿工的生命。

井口两侧，用大红油漆书写了一副对联：

生命如花莫让人间酿矿难；

乌金是宝但得天下享平安。

对联书写大方，遒劲有力，意蕴深厚，给人深思和警醒。

现场气氛，这时候却一下子安静了下来，连一些焦急等待的家属的抽泣声也停止了。

附近的工业广场上，几辆待修的矿车歪歪斜斜地倒在那里；一堆堆井下支护用的木材像山包一样耸立。几个穿着工装的工人，坐在运输道上的阴凉处，表情木讷，一脸茫然地面朝井口。

这时，一只大乌鸦，突然从空中一闪而过，落在对面高高的井架上，发出低沉而悲凉的叫声，与现场的氛围相交融，更加令人毛骨悚然。

空气一下子像凝固了似的，天上的白云也僵硬地悬挂在空中。

第四章　矿长遇难

“看！有人出来了！有灯！”人群中不知谁率先喊了一句。众人的目光，一下子唰地投向了副斜井井下那几盏忽闪忽闪的矿灯。

几分钟后，随着人车的缓缓停稳，4名救护队员敏捷地跳下车来，以最快的速度将人车上1名受伤的职工抬下来。王淑珍同其他家属一样，赶忙上前辨认看是不是自己的亲人。只见王淑珍失望地摇了摇头，退出了人群。守候在旁的医护人员，迅即冲上前去，打开药箱，输氧的输氧，输液的输液，在实施简单的急救后，把伤员抬上了救护车。救护车立马发出刺耳的警报声，像风一样呼啸而去。

时间在一分一秒地过去。这时，王方生、张跃进都走上前来，关心地劝说王淑珍到会议室去休息一下。朱淑芬也不忍心再看这悲凄的场面，扯了一下王淑珍的手，说：“王姐，我们走吧，如有消息，他们会告诉我们的。”王淑珍却坚持不肯走，说：“我放心不下老李，守在这里，心里感觉踏实点儿。”

天色渐渐暗下来。夕阳如血，把大地照得一片通红。热浪不减，地上冒出的热气仍然逼人。几个小时过去了，井下抢险还在继续，井口围观的人却少了许多，四周冷清得连地上掉一根针的声音也能听到。

秘书张跃进见王淑珍她们不肯离去，派人从会议室搬来了凳子，后勤人员端来了茶水。淡淡的清香，开始在附近弥漫。

出井人车又发出了“丁零零”的启动信号，守在井口的人群自然地退到两旁，每个人的脖子却伸得老长，都想在第一时间看到出井的亲人的身影。

“咣当”一声，人车停稳后，救护队员连忙从车上抬下来一个满身煤灰、面部血肉模糊的人。王淑珍霍地从凳子上弹起来，几步跨过脚下的运输钢轨，扑了过去。

现场的医护人员，用手扒开了那人的眼睛，拿着手电筒照了照，看到瞳孔已经放大，再掀开衣服，用听诊器听了听，心脏已停止了跳动，全身都已冰凉。医生直起身，无奈地摇了摇头，半晌吐出了两个字：“死了。”

人群立即骚动了起来。“哇”的哭叫声，顿时响成一片。死者家属撕心裂肺的哭泣，绝望无助的呼喊，像一把把尖刀，将现场每个人的心刺得生疼、流血。

王淑珍马上认出那人是矿生产科副科长刘德明，才40岁出头。今早上班时还在走廊上碰见过，打过招呼，没想到只短短几个小时时间，就阴阳两隔，泪水一下子充盈了王淑珍的眼眶。凭直觉，都抢险这么久了，老李还没出来，这回可能在劫难逃，生存的机会十分渺茫了。她的心瞬间凉到了极点，在退回凳子上时竟差点儿被脚下的钢轨绊倒。朱淑芬连忙扶住了她。她坐稳后，朱淑芬从口袋里掏出一块小手帕递过去，王淑珍接过抹了抹眼泪，木然地坐在那里，看着身边发生的一切。

这时矿务局领导也赶来了。局长谭国庆是马家山煤矿的老矿长，是李德志的前任。事发时，他正在省煤炭工业局汇报工作。接到电话后，谭国庆立即停止了工作汇报，提起公文包就往马家山煤矿赶。

小车行驶在107国道上，风驰电掣，一路狂奔。李德志的身影，就像放电影一样，不断地在眼前回放。“李德志同志，是煤矿难得的优秀指挥者、管理者，是个技术型加管理型的综合性干部。他千万出不得意外呀。”谭国庆望着窗外一闪而过的山丘田野，自言自语地说，心情却变得更加沉重。

谭国庆一路风尘赶到马家山煤矿时，天已完全黑了下来。矿上的高音喇叭，传出了播音员“今天播音到此结束，祝各位听众晚安”的熟悉声音。他一下车，顾不上休息，就径直赶往井口。

在去井口的路上，就有人告诉他了，说李矿长的爱人王淑珍守在井口有五六个小时了，执意不肯离去。谭国庆听后不由自主地加快了步伐。

远远地，他就看见了一个熟悉的身影。对他来说，王淑珍太熟悉不过了。当年，就是他两口子撮合牵线，当的红娘，成就了李德志和王淑珍的秦晋之好。一到跟前，谭国庆直接走到了王淑珍身旁。

王淑珍抬头看到谭国庆局长来了，连忙站了起来，就像小孩见到自己的父母一样，扑进了谭国庆的怀里，再也抑制不住心中的悲伤，“哇”地大哭了起来。

谭国庆用手扶住王淑珍的肩膀，慈祥地说：“小王，别这样，你的心情我们理解，我们也不愿意看到这种情况。现在抢险还在进行，我们一刻都没有放弃，只要有万分之一的希望，我们就要做一万倍的努力。”

朱淑芬也忙上前，与谭国庆局长一道扶着王淑珍坐回到了凳子上。

谭国庆转过身对党委书记王方生说：“李德志同志对马家山煤矿的发展是做出过重大贡献的，你们一定要尽全力组织营救，对淑珍同志要好好照顾。”说完，他看望慰问了一下其他的在场员工和家属，就到工区调度室了解事故发生原因及抢险情况去了。

夜色深沉，十里矿区笼罩在夜幕之下。矿区附近空旷的田野上，此起彼伏的蛙鸣，打破了矿山的宁静。王淑珍吃了几口食堂工作人员送来的盒饭，便对朱淑芬说：“我没一点儿心思吃，实在吃不下了。”说完，就将饭盒放回到了送饭的箩筐里。

突然，井口信号铃声发出刺耳的声音，人车又缓缓地启动了。几分钟后，抢险救援人员全部升井。最终矿长李德志因被埋时间过长，已窒息死亡。

王淑珍知道后当场昏迷了过去。

第五章　猝不及防

王淑珍昏迷那一刻，像有一把利剑直插朱淑芬的胸膛。朱淑芬感觉胸口在滴血，全身在膨胀。眼前的一切，恍如自己当初那样，面临从天而降的灾祸，猝不及防。

吉普车经过5个多小时的长途跋涉，终于在天黑前到达了马家山煤矿。车子径直开到了矿招待所门前停下。陈福生所在的工区的主任、书记，及一些老乡都在迫不及待地等待着。车子马达刚刚熄火，还没完全停稳下来，这些人就围拢了过来，有的打开车门，有的接过朱淑芬手中的孩子抱在怀里。现场氛围热情而又沉重。

朱淑芬还在车子上，就怀着忐忑不安的心，透过玻璃窗，用焦急的眼神在人群中搜寻丈夫陈福生的身影。可扫了一圈又一圈，都不见丈夫那熟悉亲切的面庞。特别是车子怎么把她送到招待所，而不是福生的单身宿舍楼？而且，福生是个普普通通的采煤工，连一官半职都没有，怎么会派专车，还有这么多的领导和老乡来迎接她？这与往常大不一样，太不正常了。朱淑芬的心中"咯噔"了一下，这么多的疑问，让她更加惊慌起来。

侧身缓慢走下车子，脚尖刚刚落地，朱淑芬就急不可待地一把抓住了一个叫陈福民的人的双手。

陈福民与陈福生是一个村的同乡。那年招工，一个村只有一个指标。陈福生家里是贫下中农，在同龄人中读书成绩优秀，读得最好，但由于家庭困难，初中没读完就辍学回家种田了。村上的人个个都说可惜了，误了一个苗子的前程。村党支部书记陈中林很是欣赏这个与儿子一般年龄的后生，就当即决定把这个招工指标给陈福生，送福生去煤矿当工人。当时，陈中林的儿子陈福民还在学校读书。没想到，陈福民周末回家拿生活费时听说了煤矿招工的事，他对当煤矿工人非常有兴趣，认为是离开农村的最好机会。

陈福民对父亲左缠右磨，理由很简单，读书考大学，也是离开农村，当煤矿工人同样可以吃上“皇粮”。精明的陈中林担心煤矿危险，不想让自己的儿子去冒这个险。自古以来，就认为煤矿工人是走窑子，工作在地下深处，一天见不到阳光，没有地位，是社会最底层的人。俗话说：“打鱼的是死了没埋，挖煤的是埋了没死。”难道明知山有虎，还偏向虎山行？陈福民见说服不了父亲，就用不让当煤矿工人，就不去学校念书相威胁。

陈中林没办法，只好找到公社书记再要了一个机动指标。福生、福民到矿后，又分在了一个工区一个采煤队，关系十分融洽。

朱淑芬首先想到的当然是陈福民了，她相信福民是绝对不会对自己说谎的。

“福民，怎么不见你福生哥来接我们呢？平常，他见我们娘儿俩来那高兴劲儿，可像小孩子得到了一块糖果一样，有说有笑的，有时还要跳起来，手舞足蹈的。”

陈福民也用手抓住了朱淑芬纤细的手，看到她焦急的神情，感觉她的双手都是冰凉的。听到她这么一说，心一下就软了下来。看来想瞒住事情真相还真的很难，便开口叫了声“嫂子”，准备实话实说了。这时，从前排副驾驶位上急忙跳下的刘明新，匆忙走到眼前，抢着话说：“福生嫂子刚坐长途车很辛苦，还是先到招待所去休息一下吧。”

“是啊，坐车辛苦了，还是先休息一下再说吧。”在场的领导、老乡，见刘明新这样说，都劝说道。

朱淑芬见拗不过，只好随着大家一起进了矿招待所的大门。

矿招待所也可称得上是马家山煤矿的形象窗口。凡到这个矿检查、调研、考察工作的上级领导，联系煤炭销售、物资供应等业务的商人，前来探亲的职工家属，一般情况下都是下榻在这里。招待所还内设一家可同时摆上二十几桌的餐厅，矿上有什么红白喜事，这里就成了职工家属的首选。有时生意红火，还得走点儿后门才能订上餐。矿上职工家属谁在这里摆了酒，会感到十分尊贵和荣耀。

招待所其实很简单，只有两栋房子。前栋是20世纪60年代初期建造的三层楼房，地板全是木质的，人走在上面，会发出“咔嚓、咔嚓”的脚步声，十分响亮，节奏欢快而明朗。后面是一栋平房，住的是在矿机关上班的单身职工。开餐时，敲打碗筷的声音“叮叮咚咚”，听起来单调而又枯燥。然而，在这偏僻的矿山之野，有时却宛如一曲交响乐，将单身汉子的那种无奈、忧愁和快乐演绎得淋漓尽致。

服务员麻利地掏出钥匙，打开了二楼一间客房。室内四张床铺，分成两排，并列地铺开。床铺是那种简易木架子床，上面铺的不是木板，而是一张由棕索绳织成的网，紧绷着，牢牢地钉在木框上。人一坐上去，就一下子往下沉，睡在上面，想翻个身，都比木板床要难。一台吊扇悬挂在房子的天花板上呼呼地旋转，带来了些许凉风。

儿子陈光辉一进屋，鞋都没脱就顽皮地跳上了床。在富有弹性的棕索绳床上蹦来蹦去，一下子就闹翻了天。

心情郁闷的朱淑芬，此时将无名之火全发在了幼小、不懂事的儿子身上，抡起巴掌就在陈光辉的屁股上“噼啪、噼啪”地狠狠打了几下，疼得陈光辉摸着屁股“哇哇”大叫，扯开喉咙猛地哭了起来。

这些巴掌打在儿子身上，却痛在朱淑芬心头。她越发感觉事态严重，可又不便直说，不愿捅破这层纸，更不愿看到事情真的像自己想象的那样发生。几个小时下来，积聚了一股火气，没想到是儿子将这把火点燃了。

在场的人看到这突如其来的场面，谁也没有说话，只是面面相觑，露出了一脸的无奈。

这时，工区党总支书记周国强进来了，刘明新要其他的人都先出去一下。

刘明新陪同书记坐在对面的床沿上，然后介绍说：“福生嫂子，这是我们平硐工区的周书记，来看你来了。”

朱淑芬“哦”了一声，连忙站起身，急切地问：“周书记，我家的福生呢？在哪儿？怎么不见他来接我们？”

周国强伸出右手打了一下手势，示意朱淑芬先坐下再说。

朱淑芬礼节性地点了点头，又坐了回去，把还在哭泣着的儿子搂在怀里，低着头，没再作声。

周国强仔细打量这个来自农村的女人，感觉眼前的这个女人与一般的农村妇女有着气质上的区别。事先那种盛气凌人、居高临下的气势，竟然在这个陌生女人面前一下子消退了。

“这么好的女人，陈福生真是命薄，无福享受啊！”周国强不禁在心里发出了这样一声叹息。

38岁的周国强从事多年的政工工作，处理过多起类似事件，不愧为“一把老手”。他迅即收回那失态的眼神，把腰板直了直，说：“淑芬同志，感谢你这么多年来对陈福生同志工作的支持，对我们煤矿工作的理解。你知道，煤矿是一个特殊行业、一个高危行业，选择了煤矿，就等于选择了牺牲与奉献。”

说到这里，周国强停了停，又用眼光观察朱淑芬的表情。见朱淑芬正抬起头，看着他，他继续说道：“陈福生是个好同志，是我们采煤队的生产骨干，每年的出勤率、工效在全队都是最高的，可不幸的是，他在昨天一次瓦斯突发事故中遇难了。”

朱淑芬听到这里，猛地把小孩放下，霍地站起来：“什么？陈福生死了？”

朱淑芬一步就跨到了周国强身旁，本想抓住他的衣襟进行质问。周国强见状也慌忙站了起来，他没想到文静纤弱的朱淑芬情绪会一下子失控。现场气氛一下子紧张了起来。刘明新也马上站起来，站在了两人中间，一边劝说，一边用力去拉朱淑芬的手，想将她扯开。

朱淑芬双眼圆睁，久久地盯着周国强，一动不动，让人顿生恐惧之感，似乎一场战争就要发生。看着看着，没想到周国强那高大、魁伟、英俊、阳刚的男子汉气势，却一下子征服了朱淑芬。朱淑芬内心的那种强硬之势，不攻自破，败下阵来。毕竟是在农村长大，也没见过什么世面，她不好意思在这样一个男人面前撒野，更不忍心去抓那件整洁、雪白的衬衫。她无助地慢慢低下了头，眼泪从她的眼眶里喷涌而出，她一转身扑在了床铺上，将头深深埋进枕头里，用右手使劲儿地扑打着床沿，号啕大哭起来。

“你们怎么骗我？”

“你们怎么骗我呢？”

“我的命哪有这么苦？刚刚家里遭遇了洪灾，现在又得知丈夫死了。我的命真苦啊！”

儿子陈光辉看到妈妈突然哭了起来，以为是周国强欺负了母亲，腾地一下，从床上跳下地，猛扑到周国强身边，抱住周国强的双腿，挥舞着一双小手一阵乱打。周国强连忙伸出手，将他的手抓住，陈光辉更加“哇哇”大哭大骂起来：“你是坏蛋！你是大地主！我要爸爸……”

刘明新见状，一把将陈光辉抱了起来。陈光辉手脚并用，朝刘明新的脸上抓去，身上踢去。刘明新也不打骂，只是将陈光辉紧紧地抱住。

朱淑芬站起来，接过儿子，抱在怀里。“呜呜呜……”绝望的哭声，渐渐地由大到小，由强到弱，悲伤、凄凉的气氛在空气中弥漫开来。

第六章　跌入深渊

王淑珍醒来，已是深夜12点钟了。睁开眼睛后，她看了看四周，竟发现自己躺在医院的病床上，8岁的女儿李香花和6岁的儿子李开奇也守在身旁。

李香花的眼睛已哭得红肿。看到母亲醒来，两姐弟高兴地扑在王淑珍身上“妈妈”“妈妈”地哭着叫个不停。

王淑珍温情地抚摸着一对宝贝儿女的脑袋，安慰地劝说道：“好孩子，莫哭，莫哭，我没事，没事。”自己却早已成了泪人。

朱淑芬一直守在身旁，见状拉起两个小孩，说：“你们妈妈刚醒来，让她多休息一下好吗？”两个小孩懂事地点了点头，站了起来。

这时，王淑珍突然想起了这场事故，想起了老李，用手撑着床沿，一骨碌翻身爬起，连忙问：“老李呢？老李在哪里？”说完就要下床。

矿党委非常关心，指派工区党总支书记周国强和矿女工委主任林春英在医院照看王淑珍。

周国强与林春英简单地商量了下，如不让王淑珍去见李矿长最后一面，在情理上也说不通。可去见了，又担心王淑珍经受不住这突如其来的致命打击，万一再出意外，这个不幸的家庭，就是雪上加霜了，谁负得起这个责任？周国强想了想，连忙要林春英把医院院长叫来。

一直守在病床边的张跃进连忙站起来说：“我去喊。我与院长熟悉。”说完，一溜烟跑了出去。

不一会儿，院长赶来了。院长的脚刚踏进病房，周国强就对他说："为防万一，你安排两个得力的医生和护士，陪同王淑珍一起到太平间去见李矿长最后一面。有什么问题及时抢救。"

朱淑芬走上前去，忙搀扶起王淑珍下床。王淑珍带着年幼的子女痛苦地朝坐落在医院北面山头上的太平间走去。

从病房通往太平间，是一条水泥小道，两旁是高大的松树，树冠蓬在一起，形成一条墨绿的隧道。外面出奇地安静，连夏夜的风也静如止水。

王淑珍心乱如麻，汗水密密地从身上冒出。一天下来，身上的衣服湿了又干，干了又湿。汗水风干后留下的一团团白色的汗渍，没有规矩地胡乱粘在衣服上，给人一种十分可怜、心疼的感觉。

周国强走到王淑珍身旁，安慰道："人死不能复生。你们的两个小孩还小，还得靠你去抚养。希望你能振作起来，节哀顺变！老李是我们公认的好领导、好同志、好丈夫、好父亲。我相信，老李如果泉下有知，也不希望看到你现在的这种状况。他会希望你们过得快乐、幸福。"

王淑珍强忍悲痛，点点头，说："老李实在走得太快了，太匆忙了，根本没留下一字半语。真的是没想到，没想到啊！"

泪水又止不住地从王淑珍的眼眶里流了出来，"呜呜"悲恸欲绝的哭声，在这漆黑宁静的夜晚，显得是那么凄凉。树上的蝉声，也被这伤感的声音淹没。现场的每个人都眼睛湿湿的，朱淑芬还情不自禁地跟着哭出了声。

走过一块空地，爬上一段陡坡，就看见了一排低矮的水泥房子，那就是医院的太平间。太平间前面，是一块平整的大约有800平方米的水泥球坪。

水泥球坪上东西南北四个方向，矿上已安排人各安装了四盏建筑工地用的碘钨灯，碘钨灯发出的强烈光线，将整个坪地照得通明，如同白昼，连地上一片碎纸屑、一个小烟蒂也看得清清楚楚。坪地上明显有打扫、清洗过的痕迹，残留在地上低洼处的积水，在光线的照射下，像面镜子似的折射出一束束耀眼的光芒。

矿总务科勤杂组的几名工人在科长唐小虎的指挥下，正在紧张有序地搭建灵堂。灵堂的基本框架已具雏形，建筑用料全是厚厚的角钢，再用螺丝一个个拧紧，既方便快捷，又结实牢固。看得出灵堂比一般的要高大、雄伟和气派，这也是一种地位和身份的象征。唐小虎说在总务科当了近10年的科长，搭了不少灵堂，无论从规模还是气势上看，没有哪个灵堂超过这家。可以说，这是马家山煤矿历史上最好的。

最好的又有什么用？又有什么价值呢？也不过是做给旁人看的，抑或是给家属的一种安慰。对曾是这个矿“最高统帅”的李德志来说，却没有丝毫的意义。

此时的李德志已是僵硬和冰凉的静静地躺在太平间一个高约一米五的水泥台子上面。

矿上请来帮忙的几名老工人和家属，手忙脚乱地在收拾地上从李德志身上换下来的矿工工装，一层层煤灰扑腾着往四周飘散，地面迅即留下一片薄薄的煤尘。一个家属见状，忙拿来扫帚轻轻地扫去。

从市殡仪馆请来的化妆师，正在完成脸额上粉红色底粉的最后一抹了。

化妆后的李德志躺在那里，在光线的照射下，像睡着一样，双眼紧闭，面色红润，嘴唇微张，一身笔挺的卡其布中山装，穿在身上得体合身，脚上一双油得锃亮的三接头皮鞋泛着光泽。如果不是躺在太平间，没了周围悲凉的气氛，任何人都不会想到“死亡”二字。

王淑珍一路哭着，在朱淑芬等人的搀扶下来到太平间。看到灯光下躺在那里一动不动的李德志，王淑珍猛地挣脱被拉着的手，朝李德志的遗体上扑去，拼命地号啕大哭起来。

“老李呀，你怎么说走就走呢？你丢下我和小孩怎么活呀！”

“你不是说好，今年十一国庆节我们全家要出去旅游吗？你怎么说话不算数？我跟着你十多年，你还从没带着我出过远门。小孩们都在盼着呢！”

“香花和开奇，也都来看你了。你睁开眼看看我们这对可爱的儿女。他们都好乖巧，都好听话，都很懂事。你难道舍得他们，就这样走了吗？”

……

哭了一会儿，王淑珍突然停止了哭声，又用手摸了摸李德志那宽阔的面庞。

这张国字形脸，她抚摸过无数次，黑黑的眉毛，高耸的鼻梁，宽厚的嘴唇，每一处都是那样熟悉，那样亲切。上面有她亲吻过的痕迹，有给她带来快乐和荣耀的笑容。他曾经是那样英俊，那样迷人，那样能说会道，可如今，这一切烟消云散，随着李德志心跳的停止而只能成为美好的回忆和长久的历史。

“我不甘心，我不情愿。上天哪，你为何不把我一同带去？”

王淑珍突然大喊一声，晕了过去。

第七章　悲壮出殡

哀乐低回，天地同悲。

这天，是一年中的大暑。书中说：“大暑，乃炎热之极也。”大暑是一年之中最热的节气，天空看不见一丝云彩，太阳火辣辣地直射在大地上。

深情、伤感的哀乐声，从矿广播站传出，通过悬挂在矿办公楼、文化楼、俱乐部、家属区、工业广场、公路两旁的高音喇叭，穿过层层热浪，在十里矿区回荡。

伤感的气氛，一时笼罩在马家山煤矿的上空。

一阵紧似一阵，一声高过一声。深沉的哀乐，将全矿两万多名职工、家属的心揪得紧紧的，甚至连说话的声音、做事的动作，都显得十分凄凉和迟缓。

许多职工、家属眼含热泪，成群结队，自觉地朝设在医院太平间前坪的追悼会场走去。

大幅横幅、挽联，挂满全矿的大街小巷，特别是从矿部办公大楼到职工医院这一条主街，更是密密麻麻。耀眼的白纸黑字，书写的条条挽联，都饱含了全矿员工和家属对李德志矿长的深情怀念。

“永远怀念我们敬爱的矿长李德志同志”

“李德志同志永远活在我们心中”

“哀歌动大地，浩气贯长空”

“精神不死，风范永存”

“志壮情豪诚可敬，忠胆赤诚留英名”……

在灵堂两侧，是局长谭国庆亲拟的一副挽联：

惊回首留伟业丰功垂矿史；

抬望眼存高风亮节励后人。

横批是：

千古流芳。

来自各工区、单位的职工和家属代表，个个手臂上缠着黑纱，胸前别着一朵小白花，按单位整齐划一地肃穆在灵堂前。省煤炭厅、矿务局，附近县、乡、镇、村领导及矿、区两级负责人，都统一上穿白色短袖衬衫，下着黑色长裤的正装，站在队伍的最前面。自发前来参加追悼会的职工、家属则很自觉地站在会场的两旁。

追悼会场，黑压压的一片。低沉的哀乐与痛苦的哭声交织在一起，汇成了悲痛的海洋。

矿工会主席周国强主持追悼会。

矿党委书记王方生致悼词。

矿务局局长谭国庆代表上级领导讲了话。

王方生的悼词、谭国庆的讲话，简要回顾了李德志的一生，都高度评价李德志短暂的一生，是革命的一生，奋斗的一生，奉献的一生，就像一块优质煤，默默地燃烧自己，温暖他人，直至生命的最后一刻。

全场上千名干部、职工、家属，鸦雀无声，静静地听着从高音喇叭里传出的李德志同志的生前事迹。动情之处，人群中不时传出叹息、抽泣的声音。

上午8时48分，随着三声震天动地的礼炮声，李德志的灵柩准时发殡。

这是马家山煤矿历史上最隆重的葬礼。灵柩上覆盖着大红毛毯，一对用彩色纸糊成的大红公鸡，站在灵柩盖上活灵活现。16人组成的抬灵队伍，前呼后拥着，像扭秧歌一样，抬着灵柩一摇一摆，向前缓慢行走。前面是儿子李开奇手捧着李德志的遗像，后面跟着的则依次是局、矿等各级领导和自发而来的职工、家属。长达100多米的送葬队伍浩浩荡荡，在不曾断过的鞭炮声中，朝6里外的矿区公墓山牛头岭走去。

行到半途，突然变天了，只见电闪雷鸣。局长谭国庆说："今天大暑，雷阵雨最多的节气，东闪无半滴，西闪走不及。这个雷电闪在西方，看来雨很快会到来，想躲避都来不及。"果然，几分钟后，大滴大滴的雨点，就劈头盖脸地打来。真没想到有这么灵验呢。也许，李德志的死感动了上苍，连上天也垂泪了。送葬队伍，就像一条巨蟒，抬着他们的矿长冒雨爬上了牛头岭。

雨中的牛头岭，金鹰凌空而欲飞不能，郁郁葱葱之间，鸟语花香之中，夏虫缠绵的鸣唱应和山泉的叮咚，似乎也在痛惜李德志的英年早逝。这块地下，掩埋着马家山煤矿数以百计的矿工兄弟。有些曾是李德志的领导，也有李德志的老部下，以及其他同事。今天，曾在全省煤炭行业叱咤风云的李德志，也加入进来了，与他的老朋老友在另一个世界相会。九泉之下，他的那些兄弟、老哥们儿，想必也是抱头痛哭，泪如雨下了。

天空的乌云，在南风的吹拂下翻着滚儿，一路飘移。屋后的南瓜棚上还能清晰地听见"滴答、滴答"雨滴飘落的声音。这种雨滴先跌落到翠绿的瓜叶上，染了瓜香，结成水珠再"滴答"往下掉，铮铮淙淙敲响了矿山夏日的琴弦。只是这种声音愈来愈小，慢慢地消失了。

王淑珍在朱淑芬的搀扶下，站在家门口，手扶门框，一脸无助，一边远远地朝牛头岭方向望去，一边自言自语："我的命运怎么这么惨？我深爱的两个男人都离我而去了。以后叫我怎么活呀！"

朱淑芬看到王淑珍这种痛不欲生的样子，眼泪也像断了线的珠子不停地往下落。

第八章　命运骤变

天空没有翅膀的痕迹，但鸟儿已经飞过；心没有被刀子割过，但疼痛却那么清晰。

命运往往就是这样残酷。它由不得你多想，也由不得你选择，该发生的照样发生。朱淑芬心爱的丈夫陈福生，就这样被命运安排无情地离去了。在朱淑芬胸口里最柔软的地方，狠狠地割了一刀。伤害过的伤口，远比那些肢体所受的伤害来得犀利，来得痛苦。

没有任何思想准备的朱淑芬，陡然间，成了单身女人，成了人们眼中的苦命寡妇。可她个人的命运、身份也随着改变。她顶替丈夫的公职，由一名农村代课老师，成为一名国有煤矿的正式职工。这一年，她年仅25岁，正是人生的花季。

她将丈夫送上山，料理好家里的琐事，将5岁的儿子陈光辉交给公公、婆婆照看，独自一人，一路辗转来到了矿上。

她住进了丈夫陈福生生前的宿舍。工区领导为了照顾她，将宿舍里其他工友都安排出去了。就这样，朱淑芬在矿上有了一个属于自己的临时的家。

她的这个家坐落在工区单身宿舍楼三楼。这是一栋20世纪70年代建造的钢筋水泥楼房，是平硐工区的标志性建筑，专供单身职工居住。

门前，有一条水泥护栏，由于年久失修，护栏的栅栏掉了许多渣，有的地方连里面圆圆的钢筋都裸露了出来，这就使得栅栏的间距也变大了，宽的地方，连一个大人的身子都可以钻出去。护栏上方，靠着屋墩放着一盆盛开的仙人掌。厚厚的绿色叶片上面长满了尖刺，一片连一片地向四周展开，成为护栏上一道亮丽的风景。

陈福民说："这是福生哥生前栽下的。一次下班回宿舍，看到路旁有一株仙人掌，他高兴得像孩子一样，摘了一片回来，用这只烂脸盆装了点儿泥巴，就把它插了上去。"

陈福民看了一眼朱淑芬，接着说："没想到，仙人掌命贱，就这么一弄，它竟然生根成活了。此后，福生哥就像得了个宝似的，只要有空，就侍弄着它。"

当过几年教师的朱淑芬心里知道，仙人掌是一种能在沙漠中成长的干旱植物，虽然浑身是刺，不如杏花那样风韵天成，不如桃花那样妖冶艳美，不如牡丹那样冠绝群芳，不如石榴花那样色红似火，不如荷花那样高洁，不如海棠那样娇艳超凡，不如桂花那样十里飘香，不如菊花那样千姿百态，不如水仙花那样雅洁清馨，但它却有着极其顽强的生命力，不需要人们的特别照料便能茁壮成长。同时，它的用途也非常广泛。仙人掌的果实可以食用，一咬，便会流出甜甜的汁来，可以用来炼出香甜可口的糖，也可以用来酿酒，并且酿出的酒香醇醉人；它的茎可以当作饲料、燃料、染料、建筑材料；它的根须又长又发达，像一根根细细的柳条，可以防止水土流失，固定流沙，保护农田……

朱淑芬一边想，一边默默地听着，也没作声，看了看这盆惹人喜爱的仙人掌，转身进了屋。

屋内摆设陈旧。进门的左侧，并排着两张木板架子床。一张床上，铺了草席，一条薄薄的红色床单，折成方形，有规矩地放在床中央。另一张床上，放着两只箱子：一只木箱是陈福生生前用过的，参加工作时从家里挑来的；另一只箱子是花格子皮箱，带着锁，是朱淑芬娘家陪嫁的，被她带到了矿上。进门的右侧，摆着一张木制方桌，上面黑黑的，泛着油光，几条双人木凳子，随意地放在桌子下面。除此之外，屋内别无他物，显得空空荡荡。

朱淑芬也不理睬陈福民，独自一人坐在了床沿上。心想，都是一个村的老熟人了，没有那么多的客套，要坐就自己找地方坐吧。

陈福民想跟着进来，在门口站了站，犹豫了一下，还是向前跨了一步，走到桌前，从桌子下面拖了一条凳子出来，面向朱淑芬坐了下来。

以前，福生在世时，福民每次来，都是非常随意随便的。在朱淑芬两口子面前，从来没有什么话不敢说，没有什么玩笑不敢开，可是，现在福生不在了，他却第一次在朱淑芬面前感到拘谨，感到心慌，感到紧张，感到十分不自在。他弄不明白，为什么会出现这种现象？他努力克制自己，让自己的内心安静下来。然而，越是这样，他越感到不安。都说女人心细敏感、眼光独特，对朱淑芬来说，也不例外。他的不安，没能逃脱朱淑芬那双敏锐的眼睛。

朱淑芬说："你怎么了，福民？好像在我这里，你变得不自在了？"

"没有哇。"陈福民摇摇头。

"扯谎！"朱淑芬生气了，语调一下子提高了八度。

"你不要多想。虽然福生不在了，但我们也是老熟人、老朋友了，我们应该要像以前一样热情、亲切。何况，我刚到，除了你，没一个熟人，好多地方，还得靠你帮我啊。"停了停，朱淑芬又说，"可你现在这个样子，以后有事，我怎么好找你？"

陈福民知道淑芬说的是心里话，为自己刚才的不安感到后悔，忙安慰说："放心。在这里，有我在，没有哪个敢欺负你。福生不在，有福民呢！"

这句话，说得淑芬一下子笑出了声："我说是嘛，这才是我福民哥说的话。我爱听。"

福生出事以来，朱淑芬的心一直低沉着，以前有说有笑的性格也仿佛在一夜之间彻底改变了，像换了个人似的，笑容对她来说，也成了奢侈的东西。没想到，陈福民一句不经意的话，反倒让她一扫多日的阴霾，高兴了起来，心境变得开阔、舒畅了。

陈福民的心也放下了，感觉轻松自在。

“你来矿上也有几天了。这几天见你清理房间，打扫卫生，忙得很辛苦，本想请你吃餐饭，看到你忙碌，就没请了。”陈福民看了一眼朱淑芬，见朱淑芬正在看着自己，陈福民一下子感觉心里有点儿紧张，他接着往下说，“你看今天中午怎么样？我们一起吃个饭。”

朱淑芬倒是很爽快，回答说：“好啊。到哪儿？”

“这里比不上城里，没有餐馆，就到食堂吧。”

朱淑芬点了点头，“嗯”了一声。

正在这时，走廊上传来了“咚咚”的脚步声，陈福民、朱淑芬不约而同地朝门口望去。见是刘明新，他们两人马上站起来，有礼貌地喊了一声：“刘秘书好！”

“进来坐吧。”朱淑芬接着补了一句。

“不坐了。”刘明新停顿了一下，对朱淑芬说，“周书记要我过来叫你，说是分工的事。你快去吧，他在等你。”

朱淑芬拢了拢头发，拉扯了一下衣角，说：“福民，你与我一起去吧。”

陈福民犹豫了一下，张嘴正想说什么，刘明新马上打断了他的话：“你一个人去就是了。在办公室，你跟我来。”说完，刘明新头也不回，转身就走了。

“你去吧，没事的。”陈福民走到门外，要朱淑芬大胆地去。

朱淑芬出得门来，随手将门关上，跟着他们朝楼下走去。

第九章　偏僻之野

平硐工区坐落在离矿部大约10里的一个小山头上，因井筒平直而入，故取名“平硐”二字。

这里四周青山苍翠，层峦叠嶂，芳草成茵，延绵不绝。如果没有电机运输车的轰鸣，没有锅炉蒸汽鸣响的声音，没有矿工忙碌的身影，没有热闹的生产场面，这里绝对是一个远离尘嚣的世界，一个胜似陶渊明笔下描述的桃花源的地方。假如再有某位诗人能在此吟诗作赋，则一定是有着独特的诗情画意，定会让你进入一种“读之身世两忘，万念皆寂”的境界。

这是一个组建时间不长的工区，有着一对投产也才是短短几年的矿井。坐北朝南的新办公大楼，新粉刷的水泥外墙，透明的窗户玻璃，在阳光的照射下，熠熠生辉，甚是抢眼。整个楼层虽只有三层，但在这偏僻之地，山林之中，村外之野，倒也显得雄伟挺拔，引人注目。特别是办公楼前新建的灯光篮球场，光洁的水泥地面，画在地面上醒目的白色线条，用钢丝绳悬挂其上的八盏巨大射灯，将整个矿区都衬托得生机勃勃，一股现代企业的气息扑面而来。

朱淑芬心里紧张得要死，像怀揣一只小白兔，七上八下的，她惶恐不安地跟在刘明新的后面朝办公楼走去。

她不知道未来的命运怎样，但清楚今天就是决定今后命运的关键时刻。分工，就是将你安在某个位置、某个岗位，如果没有关系，没有背景，没有一定的能耐，要想挪动一下，换一个好的岗位，那就像是登天一样妄想，几乎不可能，你就很有可能在此岗位上工作一辈子，终老一生。这几天，福民等几个老乡都在议论这件事，也在关注这件事，他们都是这样说的。有个当过连队干部的老乡还提议，要她去活动活动，走下关系，开点儿后门，意思是说，要去给领导送点儿礼什么的。这个老乡还愿意当向导，陪同她一起去跑一跑。可她一个刚刚来矿的农村妇女，本来对这事就陌生得很，也从来没听说过，更谈不上什么经验了。那年自己当民办代课教师，也是公开考上去的，没花一分钱。这次，要她去送礼，她心里没谱儿，加之是老公刚刚去世，家里涨洪水，倒房子，到处要钱，她没能力送礼，也没这个心思，因此送礼一事，只在她心中一闪而过，没被当作一回事。可现在到了这份儿上，在这个节骨眼儿，她却又有一点儿后悔了。

“管他呢，反正命不好，听天由命吧。”这样想着，她轻轻地舒了一口气，感觉自己轻松了许多。

朱淑芬沿着楼梯，一路上楼，连转了几个弯，到了办公楼的顶层，上楼往右走，过了两间办公室，就来到了工区党总支办公室。

火辣辣的太阳，直射在走廊上，热浪逼人。其他办公室都关上了门，唯独党总支办公室的门是虚掩着的。

朱淑芬来到跟前，抬头一望，门框上面挂着的一块写着“党总支办公室”白底红字的牌子映入眼帘。

刘明新停住脚步，“咚咚咚”，伸手轻轻地敲了三下门。

敲门声刚落，里面立即传出了“请进”洪亮而厚重的声音。因处理陈福生的后事，与周国强接触了几次，一听，朱淑芬就知道是书记周国强在说话。

刘明新用左手将门轻轻推开，领着朱淑芬进入了办公室。

这是一间有二十几平方米的房子，进门的对面紧靠窗户摆着两张并排的办公桌，绛红色的桌面油漆斑驳，上面摆放着一块玻璃板。一台黑色的摇把子电话，摆放在桌子靠里墙窗户的下面。进门右侧，并列放着四张中间隔着茶几的木制沙发，靠门的这面墙放着两个老式文件柜。天花板上悬挂的吊扇，发出呼呼旋转的声响，刮起的风浪，疾速往四周飘散，吹得办公桌上的几张报纸哗哗作响。

周国强正埋头在写着什么，头也没抬，说："你们先坐。"紧接着又说："明新，你给朱淑芬泡杯茶。"

刘明新拿起茶几上的一只白色瓷杯，走到文件柜边，弯身提起一个热水瓶，倒了点儿水洗了洗杯子，再从茶叶盒里捏了一撮茶叶放进杯中，沏好茶后，放在朱淑芬面前。刘明新紧挨着朱淑芬身旁的茶几坐了下来。

周国强忙完手中的活儿，站了起来，一边用手压着被风吹得乱七八糟的报纸，一边突然大声说道："秋风不识字，无事乱翻书。"

刘明新非常机灵，恭维道："周书记是不是看到美女来了，诗性大发？"

周国强避而不答，却问刘明新："你知道这句话是谁说的吗？"

刘明新想了一会儿，摇了摇头，说："我是挖煤出身的，只知道挖煤，其他的不知道。"

"你呢，淑芬？"周国强将头故意转向了朱淑芬。

这突然一问，令朱淑芬措手不及。周国强那热切的目光，好像两道电波，直射得她全身发麻。她不敢多看周国强那双眼睛，尽管那是双逗女人喜爱的浓眉大眼，但她感觉有股异样的东西在里面，就是农村老人经常说的那是双好色的眼睛，这人是色鬼。对于色鬼，她要做的就是一个字——"防"，防好了，就会万事大吉，就不会上当、吃亏。因此，她小心翼翼，不敢去看周国强一眼。但念头一转，人家毕竟是领导，目前又没有对她做过什么，这样防着是不是太过分了？是不是太敏感了？是不是太可笑了？这样一想，她觉得自己没必要这样防着，倒应该大大方方，坦坦荡荡，轻松面对。于是，她勇敢地抬头看了一眼周国强，说："连刘秘书都不知道，我肯定不知道。"

说完，她怕刘明新听了不高兴，紧接着，又补充了一句："我虽也读了几年书，但对于这句诗，我的确没一点儿印象。"

周国强把报纸压平、摆好后，将自己坐的木椅转动了一下方位，面朝着朱淑芬他们坐下，说："既然你们都不知道这句诗的来头，我就来当一回王婆，自卖自夸一回。"

"周书记，你今天是不是看到淑芬美女来了，突然想起了这句诗？"刘明新说完，哈哈大笑起来。

"你这个鬼精，不要乱说。"周国强用手指了指刘明新，也跟着笑了起来。

这两个男人一唱一和，说得朱淑芬不好意思，脸一下子就红了。毕竟是当了几年教师，朱淑芬也反应快："我怎么能与贺子珍相比？贺子珍可是一代女英雄，全国人民都敬仰她呢。"

"好了，好了，不说了，言归正传。"周国强毕竟是当领导的，角色转换得非常快。刘明新也停止了笑声，一本正经起来。

周国强说："今年可以说是多事之秋，我们整个矿务局的安全生产形势都不容乐观。我们工区事故发生后，在北边的一个矿也发生了安全事故，加之今年天气也不好，雨水多，作为水大的矿井，我们的排水任务十分繁重，用电量居高不下，导致生产成本直线上升，出一吨煤根本赚不了几个钱。可我们的生产还得照样搞，工作还得照样做，一切都不但不能停，还得抓紧抓好抓实。只有各项基础工作上去了，才能更好地谈安全，谈发展，谈稳定。

"由于我们的工作没有做好，没有做到家、做到位，才导致了上个月那次安全事故的发生，才导致了陈福生同志英年早逝。这次事故，给我们工区、我们矿乃至整个矿务局都带来了巨大的损失和不良的社会影响，特别是给淑芬家带来了毁灭性的打击。一个好好的家，就这样毁了。"

朱淑芬静静地听着，泪水却情不自禁地流了下来。她连忙从裤袋子里掏出一块手绢，去擦自己的双眼，可泪水还是像断了线的珠子止不住地往下掉。

周国强见状，忙说："对不起啊，淑芬，又让你伤心了。"

周国强端起桌上的茶杯，喝了一口，放下后接着说："我说这段话的目的，不是为了引起你伤心，而是我们应该对家属所做的一番反思。没有自省，就不会去认真吸取教训，搞好今后的工作。"

“没事，周书记，谢谢你的关心。你只管说。”朱淑芬用手绢擦干眼泪，抬起头，对周国强说。

“对于你能加入我们煤矿工人队伍中来，我们表示由衷欢迎。在煤矿这个男人的世界里，你的到来又为我们平硐工区增添了一道亮丽的风景。不说我，就是全工区的人都是欢迎的，都是喜欢你的。刘明新，你说是吗？”

“是的，是的。”刘明新连连点头。

气氛一下子轻松了起来。这一下，朱淑芬对周国强的说话艺术和调控能力佩服得五体投地，对周国强竟然产生了一种莫名其妙的好感。她睁大了那双美丽的丹凤眼，默默地看着周国强。

“对于你的工作问题，我们工区领导碰了头，进行了专门研究。考虑到陈福生生前是我们工区的生产骨干，也考虑到你们家里和你个人的实际情况，再结合到工区地面各岗位的定员、用人情况，决定安排你到后勤队打扫卫生。具体等下由刘秘书带你到后勤队报到。怎么样，淑芬？”周国强关心地问。

朱淑芬事前听一些老乡说过，搞卫生轻松，不像矿灯房、绞车房等的岗位要三班倒，一天只要按照作息时间上下班就行了。听周国强这样说，朱淑芬还挺感动的，忙表态说：“谢谢周书记，谢谢工区领导了，我会好好工作的。”

“那好，去吧。”说完，周国强起身站了起来。

刘明新和朱淑芬也相继站了起来，打过招呼后，走出了办公室。

周国强热情地送到了门口，痴痴地望着朱淑芬渐渐远去的背影。可能是因为刚才紧张的缘故，朱淑芬背后的衣衫湿了一大片，紧紧地贴在后背上，连里面的内衣都清晰可见。周国强不由自主地多看了几眼，内心却像干柴遇到了烈火一样，这一点竟熊熊燃烧了起来。

第十章　情窦初开

“咚！咚！咚！”随着几声清脆的敲门声，紧接着，传来了甜甜的声音：“马老师，在家吗？”

坐在客厅沙发上，正埋头看书的谭国庆听见敲门声，放下了手中的书本，站起来箭步般走到门口。从防盗门上的小猫眼看了看，见是一个年轻貌美的女子，他连忙拉开了门。

一个身材高挑、身着一袭白色裙子的妙龄少女站到了他的跟前。

“哦，你好！请问马老师在家吗？”

“在，在。你是？”谭国庆抬头看了一眼，打量了一下这个不速之客。

谭国庆的爱人马云听见说话的声音，从厨房里面探出头一看，连忙抢着话说：“哦，原来是淑珍啊，快进来！”

谭国庆见是爱人的朋友，做了个请进的手势，引领王淑珍坐在了沙发上。

马云胸前围着一条淡红色的围裙，手里拿着一条干毛巾，一边擦着刚洗过的湿淋淋的双手，一边从厨房走出来，热情地向谭国庆介绍道：“老谭，我介绍一下。这是我们学校新分来的教师，姓王，名淑珍，与我一个办公室。”

谭国庆面带微笑地朝王淑珍点了点头，表示欢迎。

马云放下手中的毛巾，弯下腰，用手清理起沙发前茶几上凌乱的书籍、杂件，接着说：“淑珍毕业于衡州师范学校，中文专业。家在农村，能从农村读书出来不容易呀。”

马云将脸转向了王淑珍："淑珍，这是我家老谭，是坡塘工区主任。"

王淑珍忙站起来，面向谭国庆鞠了一躬，说道："谭主任好！"

谭国庆微微点头，连说："好，好。"一边伸出右手，一边示意她坐下。

"淑珍，以后有空就常来我家坐坐，就权当自己的家。"马云将茶几清理得干干净净，又用毛巾擦了擦。蓝色玻璃镜面，在室内日光灯的照射下愈加铮亮。

马云抬头看了看挂在墙壁上的电子钟，秒针嘀嗒嘀嗒地欢快旋转，时针快指向晚上7点了，于是，忙转身打开了电视柜上一台14英寸的彩色电视机。

恢宏、雄壮的国歌声传来，中央电视台"新闻联播"四个字样，显现在电视荧屏上，扬声器里立即响起了播音员浑厚的声音。

马云给王淑珍泡了杯热茶后，又给谭国庆面前的杯子加满了水。接着，从厨房里端出了一盘码放整齐的水果，形似一座小山的苹果光滑鲜亮，散发出诱人的芳香。

"吃，淑珍。"马云将削好的一个苹果递给淑珍。王淑珍推辞着："还是先给谭主任吃吧。"

"莫客气，到我家了就随便。我家老谭也是个非常随和的人。我马上再给老谭削一个就是了。"

马云挡住王淑珍的手，将苹果硬塞给了王淑珍，又熟练地削起了第二个苹果。

王淑珍怯怯地将苹果塞进了口里，轻轻地咬了一口，顿时，一股甜蜜、芳香沁人心脾，感觉全身各细胞都活跃了起来。王淑珍从来没有吃过这么大、这么圆、这么好的苹果，叫什么红富士苹果，还是刚刚听马云说的。记得上次吃苹果，还是半年前，宿舍里一同学过生日，她男朋友送来了一些苹果。王淑珍作为好友才吃到了一个，那种感觉，几天以后还常常想起，以至走到校门口的水果摊上，看到那鲜红的苹果，都情不自禁地停下脚步。

王淑珍家里实在太穷了。她在家中排行老大，下面还有两个十几岁的弟弟，父母亲都是老实巴交的农民。母亲身体不好，一年四季，大部分时间出不了工，靠父亲一人，扛起一家五口之重，饭都吃不饱，还要凑钱供三个小孩读书，父母亲累得早已憔悴不堪，哪还有钱去买什么水果？后来，王淑珍初中毕业考上了中专，又要省钱供她到外地读书，家里经济更加困难了。

想到这里，王淑珍眼眶湿润了，泪水差点儿滚落下来。为不让马云两口子发现，王淑珍狠狠地咬了一口苹果。

“咚！咚！”突然，两声敲门声响起，三个人的目光不约而同地转向了门口。

谭国庆放下手中的苹果，站起身，走到门口扭动了防盗门锁，打开了门。

“哟，是叶枫啊，快进来！”

叶枫跨过门槛，在门边熟练地换上了塑料拖鞋，走了进来。

“马老师好！”叶枫边走边说，并看了看坐在沙发上的王淑珍。

马云一边热情地打着招呼，说：“好。请坐，坐沙发上。”一边站起身，去给叶枫倒茶。

一看便知道叶枫是这里的常客。只见叶枫十分熟悉地绕过茶几，一屁股坐在了刚才马云坐过的沙发上。由于用力过猛，沙发还轻轻地上下震动了一下。坐下后，叶枫用手扶了扶鼻梁上的眼镜。

坐回沙发上的谭国庆，便向王淑珍介绍了叶枫：“这是我工区的技术主管叶枫，西南矿院毕业，来煤矿五年了，是个非常不错的小伙子。”接着，他也简单地向叶枫介绍了王淑珍的情况。

听完介绍，叶枫大胆地站起身，将手伸向了王淑珍：“你好！认识你很高兴。”说完，就要与她握手。

王淑珍被这突如其来的举动惊吓到了，但还是有礼貌地也跟着站了起来，伸出了那纤细、白嫩的手。可是，刚与叶枫宽大的手一接触，就有一种被电击的感觉，王淑珍明显感到心跳在加速。叶枫倒是显得轻松自在，紧紧握住王淑珍的手。王淑珍这下感觉耳根都红了，迅速地将手抽了回来。

这一小小动作，被端着茶杯走过来的马云看见了。马云心想：“这俩人，还蛮般配呀。”可嘴上却说：“坐，坐下再聊。”

双双坐下后，叶枫利用端茶杯的机会，偷偷地向左瞟了一眼王淑珍，心里暗自一喜。

毕竟参加工作好几年了，叶枫的胆子也大了不少，于是，便开起了王淑珍的玩笑，说："淑珍，这个名字取得好。其中的'淑'字，就来自'窈窕淑女，君子好逑'，美好善良之意。"

这句话说得王淑珍不好意思地低下了头。可稍稍片刻，王淑珍抬起了头，扬起了那张清纯、天真的脸，笑着说："叶枫，倒过来就是'枫叶'。枫叶飘零，大地萧萧。"说完，大家都哈哈笑了起来。

读了这么多年的书，与男女同学也经常一起嘻嘻哈哈、打打闹闹，可与一个成熟的男性这样近距离地相挨着在一张沙发上看电视，对王淑珍来说，还是第一次。特别是高大、英俊的叶枫身上散发出来的阳刚之气，还有刚才那充满诗情的调侃，一下子让她对叶枫产生了好感。

叶枫也有同感。来到矿上五年了，接触的异性不少，可与异性少女同坐一个沙发看电视还是第一次。近距离的接触，王淑珍身上散发出的少女特有的芳香，让平时只顾埋头看书、学习、工作的叶枫一次次神魂颠倒，对异性的渴望，没哪次有这么强烈。

这一夜，叶枫失眠了。他知道是该考虑个人终身大事了。

马云是个热心肠的人，看到他俩露出来的那眼神，就想成全他们。她跟叶枫一说，叶枫爽快地答应了。

王淑珍对叶枫的印象也不错，更何况他还是个令人羡慕的大学本科生和技术主管。

在谭国庆两口子的撮合下，王淑珍20岁那年与28岁的叶枫很快坠入了爱河。两人又在半年后结了婚，踏入了婚姻的殿堂。

第十一章　爱情忧伤

结婚了，叶枫那颗漂泊的心，终于有了一个停泊的港湾。曾有的失落、自卑，也慢慢地抛诸脑后。好久不曾唱歌的他，又展开了歌喉，欢快动听的歌声，常常弥漫了新房。

王淑珍看到丈夫开心快乐的样子，心里像吃了糖似的甜蜜美好。她一心一意扑在家庭和丈夫身上。小两口儿恩恩爱爱、相敬如宾，惹得王淑珍的那帮姐妹个个羡慕，都夸他们夫妻俩是天生的一对，地造的一双。

孰料，好景不长，老天爷好像有意跟他们过意不去，不幸接二连三地降临到他们的身上。

婚后不久，王淑珍怀孕了。由于身体虚弱，王淑珍的孕期反应特别严重，每次吃饭一见到油腥子就想呕吐，在课堂上讲课，有时会突然头脑发晕，眼睛一黑，就晕倒了，吓得教室里的小学生们哇哇大叫，学校领导也都怕出意外，建议她回家休养。

拿着一百多元生活费的她，只好回到家中一边休养，一边当起了全职太太。虽说叶枫是工区的技术主管，但工资也不高，一个月下来，也就只有三百多元，扣了一些费用，拿到手的也才二百来元。

收入骤然减少了，加之怀孕又要买些鸡蛋等营养补品，经济显得日益紧张，王淑珍当起家来觉得异常艰难。可叶枫偏偏是个死要面子和享受生活的人，每天一包烟是雷打不动的，而且太低档的烟不抽。王淑珍看到家庭收入入不敷出，多次劝他把烟戒了，或降低标准抽点儿低档烟，可叶枫就是不听，有时见王淑珍说多了，还勃然大怒，动不动就是一巴掌打过来，好几次都打得王淑珍鼻青脸肿。事后，叶枫又不断地赔不是，说自己是这样的急躁性格，小时候发脾气，父母也拿他没办法。

王淑珍内心是非常爱他的，总认为为他牺牲点儿、忍耐点儿也是应该的。就这样，王淑珍一次次原谅了他。没想到，叶枫是个得寸进尺的人，他把王淑珍的忍让当作了一种软弱。

此后，只要他不高兴或在外受了气，回到家中就把王淑珍当出气筒，小则挑三拣四，大则动手殴打。一次，他俩又为了经济上的事发生争吵，叶枫冲上去就要打王淑珍，已有身孕的王淑珍正在厨房里准备晚餐，为了躲避他的殴打，一不小心，脚下一滑，重重地摔倒在地上，顿时，一股殷红的鲜血从王淑珍的下身流出。王淑珍痛得全身湿透，脸色一下子变得铁青。叶枫吓得不知所措，连忙大呼“救命”，后在邻居的帮助下将王淑珍送往医院。王淑珍得救了，可两个多月的胎儿就这样流产了。

王淑珍从医院拖着虚弱的身子回到家中，望着墙上的婚纱照和尚未褪色的大红剪纸“喜”字，两行眼泪像断了线的珠子，不断地往下掉。她忍不住哇的一声，大哭了起来。近几个月来，压抑在心中所有的委屈和着泪水，喷涌而出。她抽泣着扑倒在床上，任由泪水打湿了枕巾。

面对悲恸欲绝的妻子，万分愧疚的叶枫坐在床沿上，一边用手抚摸着妻子不停抽搐的后背，一边低声哀求着妻子的谅解。此后几天，叶枫像换了个人似的，煮饭、扫地等家务活儿样样都干，甚至把王淑珍换下的衣服都洗得干干净净。

叶枫的行为真的还感动了王淑珍。王淑珍念在夫妻的情分上，想到小孩没了，以后还可以怀上，尽管叶枫的性格和做法让她确实难以忍受，但她相信时间会改变一切，她深爱的叶枫一定会改变过来的。她怀着这样一种心情，再一次原谅了叶枫。

叶枫在妻子的感召下，确确实实好了一阵子。那段时间，他一下班就回到家中，陪伴王淑珍做做家务，看看电视，聊聊天儿。王淑珍依偎在丈夫温暖、宽阔的胸膛，感受到自己真的很幸福。

然而，叶枫在妻子的情绪稳定下来后，他又变得飘飘然了，而且，在这段时间，他还学会了打牌赌博。吃了晚饭后，他就出去了，为了不让妻子发现，还常常扯谎说是到办公室加班。王淑珍信以为真，每天晚上都等他回来再休息。可纸终究包不住火，不久，王淑珍就知道了他在赌博。

这天晚饭后，叶枫放下了碗筷就出去了。王淑珍在家左等右等，晚上10点多了叶枫还没回来。

“家里经济这么困难，他还这样拿钱到处潇洒、赌博。”王淑珍越想越气，发疯似的拔腿就往外冲去。

夜晚的矿山，除井口、工业广场偶尔传来矿车飞奔的车轮声外，显得出奇地安静。王淑珍走在昏暗的路灯下，一丝丝恐惧接连袭上心头。她打了一个寒战，这更加重了她的怨恨。她把这一切都算在叶枫的头上，积聚的怨气越来越深，她感觉到内心的火山真的就要爆发了。

她失去理智地四处打听叶枫打牌的地方。终于，她在叶枫的一位朋友家找到了打得正酣的叶枫。

一进门，她就看见叶枫手上拿着牌，嘴上叼着烟，正埋头出牌。可叶枫对她的到来视而不见，招呼也不打，全然不顾。

王淑珍见状，气不打一处来，冲着叶枫大声喊道：“叶枫，你有种，家里这么困难，你还拿钱到处打牌赌博？”说完，冲上去就抢过叶枫手中的纸牌，啪的一声，一把摔到桌子上。把叶枫他们一下子吓愣了。

叶枫火了，腾地站起身，睁大着眼怒视着王淑珍：“你吃错了药，你也不看看这是在哪里。你太不给老子面子了！”伸手就打了王淑珍一个耳光。

“你给我滚！”接着，叶枫用手一指，大声吼道。王淑珍捂着被打得火辣辣的脸，失声痛哭起来：“你打我，你这个没良心的，算你狠！”一转身跑了出去。

痛苦至极的王淑珍，深一脚浅一脚，不知是怎么回到家的。打开家门，她第一次感到这个家是如此陌生、如此令人伤感。回想自己结婚以来，对这个家所付出的一切，她的心一阵紧一阵地绞痛。伤心的泪水，盈满眼眶，顺着面颊肆意流淌。

她呆呆地坐在桌旁，满脑子闪现的都是刚才叶枫动怒时那张变形的脸和放着凶光的眼神，她不知道自己做错了什么。自己这么爱他，都是为他好，可到头来得到的竟是这样的不公，这样不堪回首的结果。她随手从桌上拿起一支笔，又从抽屉里翻出一张纸，给叶枫写了几句诅咒的话，打算连夜赶回娘家。于是，她站起来，打开衣柜，拿了一些换洗衣裤。

正当她起身准备走时，对这个家的一种特别强烈的眷恋之情涌上心头。结婚以来，她还从未单独一个人回过娘家，每次回去，他俩都是成双成对，形影不离。可这次，她实在不愿再往下去想，更不愿离开这个家啊！

她的目光，慢慢注视着家里每一件熟悉的家什，这样来来回回，不知在这间不足20平方米的小屋内扫了多少遍。突然，她的眼光在桌下一只塑料瓶上停留了下来，这里面装的是上次油漆家具时剩下的汽油。

“这个家你叶枫不要，我还要它干什么？”突然，这个念头倏地一下子从她的脑海中冒了出来。

她失去理智地拧开瓶盖，不假思索地对着床铺、衣柜一顿乱洒，手上、衣服上沾湿了，她也全然不顾。接着，她从床头柜上拿起打火机，“啪嗒”一声，打火机蹿出了老高的火苗，把她的脸映得通红。她咬咬牙，心一横，把打火机抛到了床铺上。只听见“轰”的几声巨响，堆满家具的房间一下子成为火海。

王淑珍站在那里，被熊熊燃烧的大火吓得傻了眼，当她缓过神来时，家里已成为一片火海。她绝望地惊叫着，转身逃了出去。

王淑珍的惨叫，冲天大火发出的“噼啪”声，惊动了左邻右舍的职工和家属。顿时，“起火了！”“快救火呀！”的呼叫声迅即在家属区传开。闻讯赶来的群众提水的提水，端水的端水，迅速展开扑救。

匆匆忙忙赶回家的叶枫，被眼前悲惨的情景吓呆了。他突然号叫着，说里面有刚设计出来的采区规划图纸没有拿出来，于是不顾人们的阻拦，强行冲进屋里，结果被一股迎面扑来的大火燃烧后产生的强大气流冲倒。他在地上痛苦地挣扎，打了几个滚儿后，就因窒息而昏死了过去。等到从四面八方赶来的群众和矿救护队队员把火扑灭后，叶枫已带着满腔的爱和恨，永远地闭上了那双年轻的眼睛。

王淑珍缓缓走到叶枫的尸首旁，双腿一软，扑通跪了下来。她根本不敢相信自己的眼睛。她用手轻轻抚摸叶枫那被大火烧得面目全非的面容，一下子扑倒在叶枫的身上号啕大哭起来。过早飘零的爱情忧伤浸染了这对年轻的生命。

一刹那，整个矿区都沸腾了。指责、谩骂、议论声，铺天盖地，像潮水一样朝王淑珍涌来。王淑珍陷入了深深的舆论旋涡之中。

第十二章　心灵震撼

下到三楼，刘明新停住了脚步，转身对走在后面的朱淑芬说："我等下会与后勤队队长说说你分工的事，你下午直接去找他就是了。"

朱淑芬回答说："谢谢呀，总给你添麻烦。上次福生去世，你也操了不少心，忙上忙下的。你还大老远跑到我老家去接我，刚好遇上洪灾，莫说喝杯水，匆忙得连坐都没坐下，真是不好意思。"

"没事。这是我应该做的，是我工作分内的事。只是当时为了不让你及你的公公婆婆着急，撒了个大谎，你不要见怪。"

"怎么会呢？我事后想了想，也难怪你们的一片好心。"

"你能这样理解，这样认为，我们真的很感动。有些家属就不一样了，还大骂我们不讲良心。今天，听你这样一说，压在我们心头上的那块不安的石头总算落了地。说真的，我当时还有点儿不好意思见你呢。"

"这有什么呢，你也是为了工作嘛。"

"你不愧是当老师出身的，见识和理解就是不一样。你这是对我们工作的肯定和最大的支持，说'谢谢'的应该是我们。"

说完，刘明新做了一个邀请的手势："我办公室就在这三楼，你能进来坐下吗？"

"今天就不坐了，下次来。谢谢你，刘秘书。"

"那好。以后，你有什么事就直接来找我好了，我回办公室了。"

朱淑芬抬头看了看刘明新，嘴里“嗯”了一声。刚想转身往楼下走去，刘明新突然叫住了她，说：“周书记好像对你挺关心的？”

这一说，不打紧，却让朱淑芬内心泛起了小小的波澜。认识周国强是上次福生出事，在招待所客房里面，周国强作为领导代表组织来看望和慰问自己，那次自己竟一时冲动还差点儿扇了他耳光，但对他的初次印象还是蛮好的，后来，在事故的善后处理、调解、赔偿等过程中，也接触了几次。不过，刚才在办公室，她却从周国强的眼神里读出了什么，感觉到了一些异样。后来，她转念一想，人家是领导，自己只不过是刚刚死了丈夫的寡妇，不要自作多情了。可经刘明新这么一提，她倒一时心慌意乱，不知怎么回答才好。

“没有吧，好像感觉周书记对谁都好啊。”半晌，朱淑芬冒出了这么一句话。

刘明新看到朱淑芬一时涨得通红的脸膛，感到自己失言了，忙接过话说：“是，是，周书记的确是好人，对谁都挺关心的。”

“如没什么事，我走了。”这一下，朱淑芬连看一眼刘明新的勇气都没有了，低着头，逃也似的朝楼下跑去。

朱淑芬一口气下到一楼，到了楼梯口才放慢了脚步。一抬头，就看见陈福民正站在球场那边的墙报前，认真地看上面书写的宣传内容。

朱淑芬轻手轻脚穿过球坪，来到陈福民身后，本想给陈福民一个惊喜，但一看到陈福民那副专注的样子，又不忍心惊吓。她屏住呼吸，站在陈福民后面，将头伸了过去，盯着墙报浏览了起来。突然，“好班长陈福生”几个鲜红的大字映入了她的眼帘。这是一个月前采煤队党支部组织编写的一期墙报，在头条《煤海先锋》栏目里，报道的正是她刚刚去世的丈夫陈福生。她到矿上来了几天了，忙于报到、打扫卫生、清理房间，根本没时间也没心思出来到矿区走一走，看一看，就连在这楼下球场边的宣传窗都没看一眼，今天却无意中看到了这一报道。朱淑芬心头一惊一喜，没想到福生人不在世了，还有人为他写文章。她马上目不转睛地看了起来：

陈福生，1980年元月参加工作，工区采煤队采三班班长。几年来，他凭着对工作认真负责、踏实肯干的精神，从小工到大工，再到班长，一步一个脚印，为祖国的煤炭事业做出了积极贡献，多次被矿区和工区评为优秀采煤工、优秀群安员。

读到这里，泪水渐渐模糊了她的视线。她忙从口袋里掏出手帕，拭了拭滚落到眼帘上的泪水。

陈福民却被这一小小的举止惊动了，一转头正看到了这一幕。

“淑芬，你下来了？什么时候下来的？”

“刚下来。看到你那么认真的样子，我就没叫你。”

“那有什么，你叫我就是了。你我又不是外人，怎么也变得生分了？”

陈福民顿了顿，接着迫不及待地问：“工作的事怎么样？周书记找你谈，给你安排了什么工作？”

朱淑芬看了一眼陈福民，一边把手帕折成小方块，放进了衣袋里，一边说：“周书记还是挺关心我的。给我安排了较轻松的工作，是打扫卫生。”

“那好，祝贺你。工作的事，总算有了着落。”

“唉，这有什么好祝贺的。这工作是拿福生的命换来的，上面沾着血淋淋的鲜血，是全家人钻心的痛啊！”

“说来也是。但国家的政策、组织上的关心，也是对福生、对你、对你的家庭的一种最好的安慰。你说是不是？”

“倒也是。组织上还是挺关心人的，我才来几天就感到了不少温暖。”

朱淑芬说到这里，突然停了下来，轻轻地说：“这里的人还是挺好的，包括周书记、刘秘书，还有你。”

“我？”陈福民用手指了指自己，“我难道还不好吗？我肯定好。”说完，哈哈笑了起来，“我不是王婆卖瓜，自卖自夸吧？”

“看你说的。”朱淑芬嗔怪地用手拍了一下陈福民的肩膀。

朱淑芬话锋一转：“你刚才是不是也在看写陈福生的文章？”

“是的，写得很生动。我一天上班，总是从这里过来过去，都没留意认真看，刚看了一下，他的事迹真的很感人。”

陈福民接着说：“福生工作任劳任怨，带领全班职工经常创造高工效，是我们工区的劳模，是我们学习的模范。他人就是这样，做任何事都认真负责。就是太认真，太负责了，到头来把命都搭上了，一点儿不值！”

说完，陈福民又接着往下看陈福生的报道来：

煤矿工作，安全第一，质量至上……这些刚进矿办学习班时安全部门领导的讲话，时时回响在陈福生的耳边。自担任班长两年来，他时时刻刻都把“安全”二字牢牢扎根在心中。凡职工中有不安全的行为、不安全的状态，一旦被他发现和察觉都立即被叫停；凡工作现场有不安全的隐患、不安全的地段都要被他整改得符合煤矿安全规程的相关要求，方可生产。

去年4月的一个中班，采煤队职工在利用绞车运材料时，不慎将上山口的一副钳子和三架棚子绊倒，造成上山大面积垮烂、冒顶，回采工作面一时风流短路，温度骤升。当班安全员发现此情况后，立即到就近的煤掘三分队，安排增援，支护上山。陈福生二话没说，简单地处理好自己当头的工作后，带领分队其余4名同志迅速赶到垮烂上山进行突击支护，大家扛来杠子、竹帘、担山等工具，与采煤队的同志一道，通过6个多小时的艰苦奋战，硬是将垮烂地段支护得牢固可靠，从而保证了采面的正常安全生产。近两年来，他所在分队消灭了轻伤及以上事故，杜绝了重大违章，工程质量合格率达到100%，优良率达90%，受到了领导和员工的好评。

看到这里，突然挂在球坪上空的高音喇叭传来了“各位听众，平硐工区广播站今天第二次播音现在开始”清脆、亲切的声音。矿区的宁静突然间被打破，像一石击起的千重浪，一波一波向四周漫延。“下面是工区新闻节目时间，请听通讯员发来的报道……”被誉为矿区百灵鸟的女播音员，动听的音质，经过扩音器的传播而变得更为清晰，如涓涓流水，扣人心弦。

“走吧，叫广播了，12点钟了，我们去吃饭。”陈福民催促道。

朱淑芬还在聚精会神地看着，眼睛盯着黑板报一动不动，对福民的话好像没听见似的。

陈福民见状，用那热切的目光望着朱淑芬，继续催促道："黑板报这一段时间都不会换，上面的文章还留在这里，吃了饭再来看也不迟。"

朱淑芬扭转头，看了一眼陈福民，欲言又止。片刻，又将头扭了过去，将视线重新聚焦到了那篇用白色粉笔写到黑板报上的稿子。

出黑板报的人不知是书读少了，还是没蒙过帖、练过字，字写得可不敢恭维，密密麻麻，歪歪斜斜，大的大，小的小，潦草、生硬，看起来十分吃力。尽管如此，朱淑芬还是认真地接着往下看。她一边看，一边心里在想，自己作为陈福生的妻子，对他在矿上的工作和生活确实了解得太少，特别是井下的情况，更是知之甚少，可以说是一片空白，只知道井下是漆黑一片，黑咕隆咚，连伸出的手指都看不清，工人却要在这地层深处靠一盏小小的矿灯，连续工作七八个小时，见不到阳光不说，连呼吸的氧气也不新鲜，干的却全是重活儿、苦活儿、累活儿，还要时时经受安全隐患的威胁。平时，福生回家，或者淑芬到矿上探亲，对"安全"二字，她还是十分挂在心上的。每次见面，她都要深情地叮嘱。特别是一年的寒暑假，她都要带上儿子陈光辉到矿上住一段时间。面对陌生的矿区，朱淑芬娘儿俩既新奇又惊喜，可朱淑芬一般除到矿上的农贸市场买点儿菜外，平常就在陈福生的宿舍里煮点儿饭菜，搞点儿卫生，拆洗蚊帐、床单、衣服什么的。儿子陈光辉却不同，像放飞的野鸽子，找他的同龄人四处玩耍去了。

一天，陈光辉从外面回来，神秘兮兮地对正在做饭的朱淑芬说："妈妈，我看到爸爸了。"

"你看到爸爸了？"朱淑芬吃惊地笑着答道，"你现在在你爸爸这里，当然是天天看到爸爸啰。怎么突然说是看到爸爸了呢？"

陈光辉瞪着一双小眼睛，张开老大的嘴，急忙说："我是看到爸爸上班的样子了。"

"爸爸不是下井去了吗？你怎么看到了呢？"

"不晓得，反正我是看到了。"

"哦？"朱淑芬感到蹊跷，决定问个究竟。

“怎么回事，说给妈妈听听。”朱淑芬一边做事，一边问。

“我和几个小朋友在井口工业广场玩，突然看到一个全身都黑乎乎的人朝我走来。我从来没有看到这么黑的人，起初，吓了我一跳。我正要转身跑，突然，他喊我一声名字。我一听是爸爸的声音，就站在那儿没跑了。

“我说，爸爸，你上班怎么全身都是黑的呀？怪吓人的。爸爸说，不要怕，这是煤灰，用水一洗就没了。爸爸是一个采煤工人，当然得与煤灰打交道了。煤是黑色的，就是这样啦。

“说完，爸爸要过来拉我的手，我看了一眼爸爸那张只露出眼睛和牙齿其余都是黑色的脸，感觉还是好怕，朝爸爸看了看，没再作声，拉着小伙伴们一起跑了。”

朱淑芬听得目瞪口呆，后面儿子说的什么话，一句也没听进去。她怔怔地望着儿子那张天真幼稚的脸，感觉儿子突然间长高长大懂事了。她放下手中活计，伸手抚摸了儿子的脸。陈光辉很听话，将脸伸了过来，靠在朱淑芬软绵绵的大腿上。朱淑芬连忙蹲下身，搂住了儿子。

朱淑芬为看个究竟，下午3点多钟，她独自一人，早早地来到了井口边，悄悄地守在进班室旁的一个拐弯处。

“叮当”“叮当”，电机车司机像个走村串户的货郎一样，左右晃动着手中的“铃铛”，驾驶着满载煤炭的矿车，宛如一条银蛇般呼啸着从地层深处驶出，从朱淑芬面前急驰而过。刮起的旋风，将干燥的煤灰高高扬起，迅即向空中飘去，画了一个圈打了几个滚儿后，又落在了潮湿、泥泞的路面上。地面上迅即铺上了一层薄薄的灰尘，像一件纱幔紧紧依附在大地母亲的身上。

朱淑芬习惯性地用双手扑打着眼前像雾一样的灰尘，连呛了几口，干咳了几下，当再一次睁开眼睛时，煤车已驶出好远，“叮当”“叮当”的声音也越来越小，逐渐远去。

当她收回眼神时，又见几束雪亮的灯光，从黑黑的井硐射出，先是一点一点的星火，再后来成了一条条光束，成群结队的，像一条流动的星河。铿锵的脚步声，“叮咚叮咚”的声音在井硐里回响，如奏出的美妙乐章，给人无限的遐想。

“淑芬，你怎么在这里？”突然，一声熟悉的声音在耳边炸响。朱淑芬吓了一大跳，回过神来，转身一看，一个黑乎乎的身影站在了自己的眼前。

朱淑芬本能地退了一步，惊恐地叫了一声：“你是福生？怎么全身都是黑的啊。你不说话，我还真的认不出你来呢。”停了停，朱淑芬又说：“你全身上下都是黑色的，就是露出了一口牙齿是白的，连脸膛都是一片黑，像非洲人一样。叫我怎么认你？我的天，煤矿工人就是这样一个黑不溜秋的形象？”朱淑芬既心疼又恼怒地说。

老实本分的陈福生，被朱淑芬这一通话说得竟不知道怎样回答，气得没好气地大声说：“煤矿工人怎么了？煤矿工人虽然辛苦，工作在地层深处，生活在偏僻的山区，但我们不偷不抢不懒，靠自己的劳动吃饭，有什么不好？没有我们煤矿工人的付出，哪儿来的煤？没有煤就没有电，没有电，就没有光和热，整个世界就将是一团黑。”

停了停，陈福生猛地上前跨了一步，大声叫道：“一团黑，知道吗？”

“不知道。我一个妇道人家，不懂得这么多的大道理，也不需要去懂。世界上这么多人，黑不黑的，与我无关。我只知道你骗了我。你每次回来都骗我说，当煤矿工人如何如何好。原来竟是这个样子，连叫花子都不如！”

听到这里，陈福生气不打一处来：“你，你竟敢骂我们煤矿工人是叫花子？”说完，冲上去，就朝朱淑芬脸上打了一耳光。只听啪的一声，朱淑芬眼冒金星，身子本能地往后退了一下，没想到一脚踏空，朝身后的运输道上倒了下去。

“不好，来矿车了！”

刚从井口出来的陈福民见状，马上冲了上来，一把将朱淑芬拖开，可是，因车速太快，朱淑芬的头，还是被飞驰而来的矿车重重撞上了。“咚”的一声，朱淑芬倒在了地上，一股殷红的鲜血冒了出来。

陈福生吓得不知所措，慌忙跟着跳下来，双脚跪地，将朱淑芬赶忙抱起，大声呼喊：“淑芬，你醒醒。淑芬，你醒醒啊……”

“淑芬，走，吃饭去！”

刘明新从办公楼下来，远远地就看见了朱淑芬，大声喊道。朱淑芬因这声大叫从记忆中惊醒，忙回转身，看了看刘明新，也看了看身边一直陪着自己的陈福民，一边自言自语地说“走吧，吃饭去”，一边用手帕揩了揩潮湿的眼睛。

第十三章　红颜惹祸

正值用餐的高峰期，只见职工食堂售饭窗口前排起了一条长长的队伍。在枯燥的等待中，有人聊起了天儿，说起了工作、生活上的事，有人则用筷子敲起了手中的饭盆，“叮叮当当”的声音，回响在食堂的上空。食堂里显得嘈杂而又热闹非凡。

“淑芬，你先去找个地方坐下，占两个位子等着，我去排队打饭。”一进门，陈福民就对朱淑芬说。

“这样，今儿中午的饭我请客。”刘明新看了一眼淑芬后，对陈福民说。

陈福民忙打断刘明新的话：“那不行。我与朱淑芬是一个村子的，再怎么说也是我请客。”

“正因为你们是一个村子里面出来的，平时好说话，机会多，今天就将这个机会让给我怎样？”

陈福民用眼睛瞅了瞅朱淑芬，希望朱淑芬能出面帮他说上一二句话。可朱淑芬站在那里却拿不定主意，左右为难。

刘明新见状，继续说道：“朱淑芬是我从你们老家用专车接来矿上的，来了这么久了，我作为东道主，也应该表示一下我心意的吧？你说呢，淑芬？”

朱淑芬想到这次处理陈福生的后事以及安排自己的工作，刘明新确实忙前忙后，帮了一些忙，听他说话也非常诚恳，就笑着说：“要大秘书请客确实不好意思。不过既然刘秘书这样说，那我们就恭敬不如从命了。”

“这就对了，还是淑芬妹子聪明。走，我们打饭去。”

刘明新高兴地抓住陈福民的手就朝窗口跑去。

“淑芬，你在那儿等着。”刘明新得意地回头朝朱淑芬笑了笑，摆摆手说道。

朱淑芬微笑着点了点头后，径直朝餐厅中央走去。

这是一间可同时容纳200多人就餐的大餐厅。餐桌是水泥桌面，呈圆形，中间用一根圆圆的水泥柱子支撑，四周摆放着同样用水泥砌成的凳子。由于天天清洗，时间一长，桌面和凳面都泛着光泽，一粒粒的白色粉石和河砂清晰可见，显得光洁而又铮亮。

朱淑芬用手习惯性地摸了摸凳面，再看看手掌上是不是有灰尘，来判断凳面是否清洁。她看了看，感觉还好，于是，大大方方地坐了下去。

她刚一落座，就传来了议论声。也难怪，煤矿嘛，本身就是男人的世界，女人少之又少，漂亮女人更是凤毛麟角。如果哪里来了个年轻且有点儿韵味的女人，那就不得了，整个矿区就像炸开了锅，特别是那些好长时间都没碰下女人的单身矿工，以及三十好几了，还没找上婆娘的单身汉，想女人都想疯了。他们看女人的胆量敢与世界上任何一个男人相比，好像挖煤的天生就是天不怕地不怕，看女人也从来都不知道害羞，眼睛盯得直直的。看到女人从自己身边走过，恨不得立马冲上前去，抱住女人狠狠地咬上几口，那味道比吃上人参、天鹅还带劲儿。

朱淑芬的到来，自然引来了一阵骚动。

“哇，我的妈呀！哪儿来的这么一位大美女，简直就像仙女！”

采煤队一班小工段大海像哥伦布突然发现新大陆似的，放下手中的筷子，大叫了起来，口中的饭菜也随之喷了出来，桌面上撒了一大片。坐在对面正埋头吃饭的毛阿利，被这突如其来的举动吓了一大跳，看着龇牙咧嘴的段大海，怒喝了一声：“你搞什么鬼？”

段大海不作声，更不回答，只是用手指了指对面，漫不经心地说：“我的哥们儿，你自己看看。”

“那脸蛋，那皮肤，那身材，哪像一个凡人？简直就像画出来一般，像妖女，更像魔鬼。”段大海自言自语。

毛阿利慢慢转过身子，回头一望。这一望不打紧，望得毛阿利目瞪口呆。“我的妈啊，哪儿来的大美人？你怎么不早点儿告诉我？”

“走，过去看看。”平时敢作敢为，在矿里说一不二的毛阿利竟突然将碗筷一放，啪的一声，打着手势，瞅了段大海一眼。段大海心领神会，忙放下碗筷，从凳子上跳了下来，跟在毛阿利身后，朝朱淑芬所在桌子走去。

朱淑芬面朝食堂售饭窗口而坐，等着打饭的长长的队伍像一条蛇一样蜿蜒着慢慢向前移动。朱淑芬虽此前多次来矿，但每次来，都是丈夫陈福生到食堂去打饭菜，有时他上班没时间，朱淑芬就带着儿子在宿舍煮点儿饭菜或面食凑合着吃，很少去食堂这样排队买饭，因此像今天这阵势朱淑芬还是第一次见到。

她感到好笑。这场景，与在老家农村排队到食品站买猪肉，或者是到供销社买农药、化肥时有点儿像。

有时家里想到食品站去买一块好猪肉，或者一块好猪板油，公公、婆婆早早地就将朱淑芬叫醒。她醒来时，往往天还未亮。晴天还好，遥远的星星眨巴着眼睛，泛着点点光泽，路面还看得清，可是一到冬天，外面就是黑咕隆咚，伸手不见五指，她只好打着电筒壮着胆，朝10里外的公社走去。

从家乡所在的白泥塘村到公社，要经过一片田野，翻过两座茶山，越过多情的羊塘河。

田野空旷，可是田埂狭窄，上面杂草丛生，雨雪天气，路湿光滑，走路要十分小心，稍不留神，就会一脚踩空，滑到路边的水田或者水渠沟里，摔得个人仰马翻，全身湿透。架在羊塘河上的石拱桥，据说是明末清初时期所建，外形极像举世闻名的赵州桥。桥面上的青石板磨得像面镜子，泛着绿光，在阳光的照射下，能看见人的倒影。过了河，朝前走四五里田间小路，就是一座陡峭的茶山。绿油油的油茶树，一年四季常青。到了油茶花开的时候，放眼望去，漫山遍野像散落的天花，散发出的清香，在10里开外的地方还是那么沁人心脾。只是在这寂静的山头上，油茶花不假外物，不关世事，也无人关心，周而复始，自开自落，自生自灭。

可朱淑芬倒是很喜欢这种平和低调、不事张扬、洁白如玉、清香可人的小花。她认为，这花倒有如自己的个性，比如美丽、素洁、好静，比如寂寞、孤独、空虚，这不正是自己目前境况的真实写照吗？油茶花很美，但由于生在这偏僻的山村，忙于生计的庄稼人无暇欣赏，说白了，就是不会赏花。不会赏花，就不会去爱花、惜花，就更没有心思去为花吟诗作赋了。尽管有些读过书的乡下人，也会懂得赏花，但农村日子的艰辛，久而久之，也就没有这种闲心了。就像自己，一张漂亮的脸蛋，十里八乡的，哪个不知白泥塘小学有个大美人叫朱淑芬？自己倒好，找了个远在外地煤矿工作，一心只晓得做事的陈福生。千里迢迢，两地分居，一年到头，难得见上一两次面，害得自己年纪轻轻就守活寡。

刚吃罢晚饭，公公陈老四就提着杆烟袋，来到淑芬的房间，对她说："明天家里有客人来，你早点儿去公社食品站剁点儿肉回来。"说完，塞了5元钱到朱淑芬手上，还没等她回过神来，陈老四转身就走了。

朱淑芬想到明天要早起走远路，像每次一样，都要走到门外看看天气。刚走到门外屋坪上，突然一个身影从身边跑过去，朱淑芬"啊"地尖叫了一声，吓了一大跳，待睁大眼睛看清时，原来是隔壁邻居家的小顺子。朱淑芬忙叫住他："喂，小顺子等下。"

小顺子忙回过头，怯生生地问："朱老师，你叫我？"

"是的。"朱淑芬突然想到，大清早的一个女人家赶路多有不便，何不叫上小顺子做个伴？于是，走过去，忙蹲下身子，双手拉着小顺子的手，说，"明天带你去公社玩，好不好？"

小顺子以为听错了，忙反问一句："是真的吗？"

"是真的，不过要起得早。你起得来吗？"

好久没去过公社了。好像是在过年时，爸爸妈妈带他去过一次，至今已是大半年没去过了。他总是想起，公社圩场边上那棵好大好大的樟树，樟树下面有好多小朋友在那里玩家家。上次在那里玩，还没玩够，就被娘叫了回来。后来，就一直想到那儿去，就连在学校读书，与同学们说起时都意犹未尽。小顺子当然想去公社了，见朱老师这样一问，忙回答说："没关系。再早我也起得来。"

"那好，就这样说定了。"朱淑芬站了起来，在小顺子肩膀上拍了拍，"你先回去吧！"

小顺子"哦"了一声，高兴得一蹦一跳，一边念叨着"明天要到公社去玩了……"，一边欢快地朝家里走去。

朱淑芬洗漱完毕，脱衣上床，正准备躺下睡觉时，突然想到这么大的事，应该要向小顺子的大人说一声才好。于是，她又翻身下床，走到小顺子家打了招呼。待重新上床后，刚才的睡意全无，翻来覆去睡不着，她索性披衣坐起，靠在床头随手拿起了放在床头柜上一本没看完的琼瑶的小说，看着看着，她竟然被书中的言情煽着了，慢慢感觉全身像喝了酒一样燥热。

迷迷糊糊中，一觉醒来，朱淑芬突然听见"咚咚咚"的敲门声，接着，传来了公公陈老四叫她起床去食品站买猪肉的声音。朱淑芬慢慢睁开眼，这才将那只压得麻木酸痛的手抽了出来，懒洋洋地回了一声"知道了，起来了"，将屋内的电灯拉亮后，吃力地坐起来，穿衣起床。

朱淑芬刚穿好衣服，小顺子就被他母亲送了过来。

"放心吧，嫂子。我们会早点儿回来，小顺子要读书，我也要上课呢。"朱淑芬对小顺子娘打声招呼，牵着小顺子的手朝公社走去。

小顺子娘站在那里，向他俩招了招手，一步一回头地看着他们的身影渐渐远去。

"喂，我的大美女，你在想什么呢？"毛阿利从朱淑芬的背后伸出一只大手，在朱淑芬眼前晃了晃。这突然的举动，吓了朱淑芬一大跳。

"啊！"朱淑芬尖叫一声，一下子站了起来。

这一声叫不打紧，犹如一记响雷炸响，在食堂用餐的人都将目光投了过来。

大家一看，又是毛阿利在惹事，议论声像炸开了锅：“该杀的毛阿利，走到哪里，哪里就不得安宁。”“这是我们平硐工区的祸星，有娘养，没娘教的。”

毛阿利真不愧为江湖老手，面对朱淑芬的大叫和用餐人员的议论，他倒面不变色心不慌，只见他慢慢地从朱淑芬的背后绕到对面，不动声色地慢吞吞地说：“不要大惊小怪嘛，美女！”顿了顿，接着说，“我走了很多地方，比如北京、上海，看了不少风景，也看了美女无数，可是，我感觉还没有哪个美女能与你相比。何况在这小小的平硐工区，你就是当之无愧的大美女。”

“哈哈，哈哈。”话刚一落地，毛阿利就大笑了起来。

段大海也放下手中的碗筷，跟着笑了起来。“来，抽根烟，利哥。”段大海讨好似的，一边笑着，一边从口袋里掏出了一包经济牌香烟，抽出一根忙递给了毛阿利。

毛阿利接过烟，并不急于抽，而是将烟抛向空中，待烟落下被双手接住后，又用右手的大拇指和食指紧紧抓住香烟，竖起来，在桌面上“咚咚”地弹了两下，然后才放进嘴里。段大海忙将火柴划燃，将毛阿利嘴里的烟点燃。

毛阿利猛吸一口，然后，将含在口里的烟雾对准朱淑芬就是猛地一口吹去。朱淑芬防不胜防，呛得猛地咳嗽了起来，用手使劲儿地扇着烟雾，企图将烟雾打散。

“哈哈，哈哈哈……”毛阿利、段大海又是一阵狂笑。

笑过之后，毛阿利还不罢休，又快步走到朱淑芬身边，伸出右手，要去摸朱淑芬白嫩的下巴。朱淑芬经过刚才的一惊一吓，倒变得镇定自如了。想当年，在家乡镇上赶集，也常常遇上这类色胆包天的二流子。刚开始，她也吓得不知所措，不知道怎样去应对。后来，村里的大嫂大婶们告诉她对付的招数，就是两个字：一是“狠”，二是“绝”。

“狠”，就是出手要重，要打他个措手不及，要对方感觉到你不是一个好欺负的弱女子，而是一个悍妇，让对方不敢轻举妄动；“绝”，就是不让对方留有邪念，留有丝毫的想象空间，不能让对方想入非非，一定要决绝、决断，出手还击后，掉头就走，不能心存侥幸，更不能心慈手软。想到这里，朱淑芬甩手就是一巴掌，啪的一声，不偏不倚，正好打在毛阿利那张干瘦的脸膛上。毛阿利的左脸上一下子由红变白，五个手指印清晰可见，本就丑陋的脸显得更加扭曲、变形。

毛阿利没想到眼前的大美人，竟是一朵带刺的玫瑰。毛阿利气急败坏，将手中的烟头往地上一摔，摸了摸被打得火辣辣的脸膛："妈的，你是什么东西？老子看上你，是给你脸。我还从没见过像你这样的女人。你别给脸不要脸。"

说完，冲上前去，一拳打在朱淑芬的胸脯上，朱淑芬往后一退，差点儿倒在了地上。朱淑芬突然想到了陈福民，便大声喊叫："陈福民快来救我呀，有人欺负我了，打我了！"

凄惨的叫声，在餐厅的上空回荡。餐厅一时沸腾了起来。

陈福民、刘明新两人刚好打完饭菜往回走，听见朱淑芬的叫声，心想"不好，出事了"，赶紧三步并作两步，迅速走到了桌旁。

毛阿利见朱淑芬大喊大叫，更加气急败坏："妈的，你还叫喊？"握紧拳头，又准备冲上去打朱淑芬时，被陈福民一把拽住。毛阿利刚转过身，就见一只带着旋风的拳头迎面打来，毛阿利躲闪不及，被重重地打在了鼻梁上。陈福民从小在家里就练一些拳脚功夫，通过这几年井下挖煤的锻炼，手劲儿更大了。这一拳打过去，打得毛阿利晕头转向、眼冒金星。毛阿利顿时感到头晕目眩、头重脚轻，重重地摔在了地上。

"好！打得好！"餐厅里的人见状齐声高呼。

"太不像话了，真的是无法无天了。"

"公安科的人哪儿去了？这种人渣早该抓走关起来。"人群中开始议论纷纷。

鲜血从毛阿利的鼻孔中流了出来，毛阿利知道与陈福民对打自己肯定吃亏。他见硬的行不通，便用软的，借势倒在地上，装作受伤了，"哎哟、哎哟"哇哇大叫起来。

作为机关干部、党总支秘书，刘明新只好走到毛阿利身旁，一手抓住他的衣襟："起来，不要装了。"

毛阿利死皮赖脸，倒恶人先告状了："刘秘书，你刚才也看到了，是陈福民打了我，我连手都没还。"

"陈福民，你手下得重，看我今后怎么收拾你。"

陈福民听罢，又准备冲上来收拾他："你这个浑蛋，你哪里是人，你连狗都不如。狗还知道不咬自家人。你好色，你调戏女人，有本事，你到外面去呀，怎么能欺负自己工友的老婆。工友的老婆，就是我们的家属，是我们孩子的妈，要善待。"

正说着，工区保卫组组长李智明带着一名民警过来了。

李智明走上前，对着毛阿利厉声斥责："毛阿利，你怎么老是油盐不进，到处惹是生非？走，跟我们去警卫室。"

李智明说完，与另一位民警左右夹击，拖起毛阿利就往外走去。

走到段大海身边，李智明大声道："走，段大海一起来。"

接着，李智明扭头对站起来看热闹的用餐人员说："现在没事了，大家都坐下来用餐吧。"

刘明新也打着手势，叫大家各就各位，坐下安心用餐。

餐厅一下子清静了起来。

倒是刘明新细心，刚坐下，又马上站起来，对陈福民说："朱淑芬呢？朱淑芬不见了？"

陈福民迅即用眼光在餐厅里扫了一圈："是呀，真的不见了。"

"我出去找找。"陈福民对刘明新打了声招呼。

刘明新回答说："好吧。快去快回，我等你。"

"好。"

陈福民连忙往外走去。

站在餐厅门口，陈福民习惯地朝四周看了看，没有看到朱淑芬的身影。"怪事了，哪儿这么快，到哪儿去了？"

她刚来，这里熟人不多，连环境都不是很熟悉，应该不会走远。陈福民快步穿过食堂门前的球坪，站在球坪边上的护栏旁，向对面山上的那条通往外面的马路上望去。马路上空空荡荡，连一个行人都没有。估计她不会走，也不会走远。这样想着，陈福民将目光收了回来，转过身，一抬头，看到了对面三楼朱淑芬宿舍的窗户打开了，心头一喜，会不会在宿舍里？

这样想着，一丝愉悦的心情掠过陈福民的心头，陈福民如释重负般朝宿舍楼跑去。

天气真是闷热，陈福民跑到三楼，已是大汗淋漓、气喘吁吁了。

走到朱淑芬的宿舍旁，陈福民想透过窗户往里看，可厚厚的窗帘布挡住了视线。

没办法，陈福民只好敲响了门。

"淑芬，你在家吗？"

朱淑芬坐在床沿上，知道是陈福民在敲门，她心中有气，既不作声，也不开门。陈福民在外喊叫了好一阵，见没有动静，正准备离去时，朱淑芬将门打开了。

"急死我了，淑芬，你在家里，怎么不早点儿作声呢？"陈福民抓住朱淑芬的手急促地说。

"你现在知道来找我，刚才别人打我时你到哪儿去了？"

"你不是不知道，我和刘秘书在排队买饭呀。"

"我知道，可是，你知道我的感受吗？你知道一个弱女子被人欺负的感受吗？你知道一个人初来乍到，在一个人生地不熟的地方遭人欺负，孤单无助的心情吗？"

说完，朱淑芬再也抑制不住自己的感情，号啕大哭起来。

陈福民从衣袋里掏出一块手帕递给了朱淑芬："给，你擦擦眼泪水。"

"淑芬，都怪我，我没能保护好你。"陈福民自责地说。

"当时，我打了饭，还站在那里等了会儿刘秘书。唉，不该等，让你无缘无故地挨了打。"

“毛阿利，我不会放过你！”

朱淑芬见陈福民这样说，心又一下软了下来，说：“算了，福民。毛阿利是街痞，是流氓，是人渣，我们是人，不与他一般见识。我们老家有句俗话，叫‘惹不起，躲得起’。”

朱淑芬擦干了眼泪，把手帕还给了陈福民，接着又说：“更何况我们都是一个工区的人，他又与你在一个采煤队，低头不见抬头见。再打起来，拳头不长眼，打到了他不好，万一打了你，那更不得了。你想想看，陈福生刚走，尸骨未寒，你再有个三长两短，怎么得了？你也上有老下有小，更何况你是为了我，村子里的人怎么说我们？那我也是跳进黄河洗不清了。”

朱淑芬这么一说，倒叫陈福民一时哑了言，觉得说得很在理，便回答说：“好，我听你的，算了，不去找他麻烦了。走，我们吃饭去，刘秘书还在食堂餐厅里面等。说是为你接风，我们特地买了好多的菜，有你喜欢的青椒炒肉、丝瓜煮鱼。”

“还接什么风？刚才这一闹，哪还有什么心思吃饭，气都气饱了。我不去了，要去，你去。”朱淑芬说完，一转身坐回到了床沿上。

陈福民也了解一些朱淑芬的脾气，这个时候再说什么也没有什么大的作用了。“那好，你先在家里休息，我走了，我们吃完后，再给你打点儿盒饭过来。”

朱淑芬没作声，只是朝他点了点头。陈福民轻轻地将门掩上，朝食堂走去。

第十四章　母校奇遇

王淑珍与叶枫的婚姻，如闪电般开始，又如闪电般结束，就像一场游戏，只是这游戏的结局有点儿悲凉，有点儿残忍，有点儿让人无法接受、无从理解。

叶枫，一个很有前途的小伙子，竟以这样一种方式匆匆告别人间，好像来到世上，就是为情所活、所困、所迫、所累，最终被情之枷锁牢牢地套住，无以解脱，走向了一条不归之路。

王淑珍更是一样，陷入情感的泥潭而不能自拔。从一开始，她就视叶枫为今生最爱、为自己所有，点点滴滴都要叶枫以她为中心。殊不知，现实生活与理想中的爱情，差距是那么大、那么不相符，根本就是两码事。

突如其来的变故，将一向争强好胜的王淑珍无情击倒。活泼可爱的王淑珍像变了个人似的，整天默不作声、郁郁闷闷，上课也没有以前的那股子激情，老师、学生都有点儿议论纷纷。

马云两口子一直关注着王淑珍，看到王淑珍这样，心中也非常着急。马云还私下里找她谈了几次话，进行了开导、劝慰，可还是不管用。马云只好告诉了丈夫谭国庆，要谭国庆找学校领导说下，干脆让王淑珍回去休假一段时间，换一个环境，让其慢慢走出这一段感情带来的伤害。

“落叶西风时候，人共青山都瘦。”用这样一句诗句来形容王淑珍此时的心情再恰当不过了。王淑珍背起行李，在马云两口子和学校领导、师生的送别声中，缓缓走出学校大门，依依不舍地离开了马家山煤矿，暂时回到了永州农村的家中。

永州市位于湘南，是舜文化之乡，华夏文明主要发祥地之一。永州在隋朝以前称零陵。零陵得名于舜葬九疑。《史记·五帝本纪》载，舜“南巡狩，崩于苍梧之野，葬于江南九疑，是为零陵”。零陵在夏代属荆州之域，春秋战国时属楚国南境，秦时属长沙郡，汉武帝元鼎六年（前111年）始置零陵郡，为湖南四大古郡之一。

永州多为丘陵地貌，高高矮矮、大大小小的山脉，相互牵连，形成一座座形状不一的山峰，用肉眼望去，很难找到一块像北方平原那样一马平川的开阔地带。这里自古以来就被称为荒野南蛮之地，历朝历代都将这里视作朝廷重犯的流放之处。

特殊的地形地貌，也造就了独特的永州文化。舜帝南巡并葬于江南九疑，先后为《礼记》《楚辞》《史记》等我国早期经典著作记载；中唐元结两任道州刺史，写下《舂陵行》《贼退示官吏》等名作，卸任后还开辟了举世闻名的浯溪碑林；唐代柳宗元就被流放到此，谪居永州10年，写下《永州八记》和《捕蛇者说》等千古名篇，永州产异蛇流传至今；怀素、何绍基为中国历史上著名书法家，其作品为世人所称颂、价值连城。近现代以来，也培养出了无数的声震国内外的将帅英才，卓越的国家领导人陶铸就出生在湘江之畔的祁阳。

读师范那几年，王淑珍每次去学校，都要经过陶铸故乡。一转眼，她已毕业五六年了，由当初的懵懂少女，变成了亭亭玉立的少妇。这次休假回来，她在途经衡州时临时决定绕道，先到母校去看看。

一路辗转，王淑珍来到母校，已是傍晚时分。夕阳下，母校犹如刚刚出浴的老妇，是那么静谧和安详。一进校门，两个熟悉的身影迎面走来。她定睛一看，那位头发斑白的是老校长，那位年轻的竟是刘铁伟。

刘铁伟比王淑珍高两届，当年同在学生会工作，刘铁伟是学生会主席，她是副主席。王淑珍总称呼刘铁伟为师兄。

可在刘铁伟眼里不是这样，他心里非常喜欢这位小师妹，有事没事都爱往王淑珍宿舍里跑，还多次在不同的场合，以口头或信件的方式向王淑珍求爱。王淑珍每次都以年龄太小为由拒绝。特别是刘铁伟临近毕业时，追求王淑珍几近疯狂，几次差点儿酿成了悲剧。

一次是在由学生会组织的庆元旦晚会上。晚会结束后照完合影照，一晚都处于激动亢奋状态的刘铁伟，突然当着众多同学的面对着王淑珍单腿跪下，以绅士礼的方式向王淑珍求爱，嘴里还大声说道："王淑珍，你嫁给我吧！"这突如其来的举动，使得极要面子而没有丝毫准备的王淑珍非常尴尬，也非常恼火，人一边后退，一边指着刘铁伟大声叫道："刘铁伟，你不要脸，你厚颜无耻！"突然，话没落音，人就因碰上了摆在舞台边的射灯，往后倒去，围在身边的同学眼明手快拉了王淑珍一把，否则，她差一点儿就从几米高的舞台上栽下。这吓得王淑珍脸色铁青，老师和同学也都捏了一把汗。

可刘铁伟对自己过于冲动的行为，丝毫没有收敛，反而愈演愈烈。一次，吃完晚饭后，走在学校附近的湘江桥上散步，走着走着，刘铁伟突然对王淑珍说："你再不同意嫁给我，我就要从这桥上跳下去。"

听完这话，联想到刘铁伟上次的恶作剧，王淑珍像火上烧了油，气不打一处来，立马停了下来，用手指着刘铁伟狠狠地说："刘铁伟，我对你说过多少次了，我今年才15岁，太小了，书都没读完，我怎么可能跟你？与你谈恋爱？你死心吧。上次元旦晚会，你做的好事，害得我差点儿掉到台下，害得我接连几个晚上做噩梦，我还没找你算账，你以为就这样算了？你倒好，装作若无其事的样子。旧账未了，新的花样又来，你以为我会被你吓住？我告诉你，你的如意算盘打错了，我不会上你的当。听不听得进由你，现在跳不跳也是你的事。"说完，王淑珍迈开脚步，甩开膀子，头也不回地朝前走去。

王淑珍这一通像放鞭炮似的噼里啪啦的话语说完，刘铁伟一时都听愣了，竟不知道怎样去回答。当他醒过神来时，王淑珍已走出五六米远了。

刘铁伟望着王淑珍渐渐远去的背影，一下子感到王淑珍是那样绝情，他是那样绝望，于是对着王淑珍的背影，大叫起来："王淑珍，算你狠，你给我停下，停下。你再走，我真的要跳河了！”

“你以为你聪明？谁会相信你的鬼把戏！你如果真的要跳，你就跳吧！你跳下去了，就算你英雄！你不跳就是狗熊！就不要再在我面前说这种话，你就不是个人！”王淑珍头也不回地气愤答道。

说完这句话，不见刘铁伟回话，也不见一丝响动，气氛一时出奇地清静。她知道，一向喜欢打舌战、争强好胜的刘铁伟不会因此善罢甘休，为什么这次却主动停战了呢？王淑珍敏锐地意识到问题的严重性，忙回头一看，她被眼前的一幕吓得目瞪口呆了。王淑珍“啊”地大叫一声，只见刘铁伟已爬上了桥边高达一米多的护栏，她没想到刘铁伟真的会爬上去，真的要跳下去，连连后悔刚才自己说的话，确实有点儿太苛刻、太尖锐、太无情了。可能是自己说的话，刺激、伤害了刘铁伟，才导致他走向极端。

王淑珍只好一边劝说，一边转身朝刘铁伟跑去，哭叫着对刘铁伟说：“你下来，你下来，下来了一切都好说。”

这座桥是祁永公路的交通要道，是县城居民西行的必经之处。它横跨湘江之上，长达1000米，离水面高30余米，气势恢宏。人一旦从桥上掉入滔滔东去的湘江水中，生的希望就会十分渺茫。

此时，刘铁伟像头受伤的野牛，失去了理智，站在护栏上，面朝波涛汹涌的江水，挥舞着双手：“王淑珍，你不要过来。算你有种，今生得不到你，我不怪你，只怪我自己无能，来世再见吧！”

接着，他面对滚滚江水大声喊道：“爸爸、妈妈，我对不住你们，这辈子的养育恩情我是无法报答了！假如有来世，我再做你们的儿子，再来好好孝顺、报答你们！”

“不，千万不要跳！”王淑珍急得号啕大哭，人又不敢过去，担心再走过去，刘铁伟一下子就会跳下去。情急之中，王淑珍只好在原地跪了下来，哀求刘铁伟。

惊心动魄的一幕，引来了行人的围观，来往的车辆也停了下来。一秒、两秒钟过去，围观的人越来越多，老师和同学也纷纷跑来劝说。

刘铁伟看到来了这么多人，情绪更加激动，站在护栏上双脚发抖，稍不留神，就会跌入滚滚波涛之中。

王淑珍已哭得不成人样，嘶哑着喉咙，不停地哭诉：“刘铁伟，你哪有这么傻，我一个连自己都养不活的穷学生，一个其貌不扬的丑女生，一个野性十足的乡里妹，值得你爱吗？值得你这么去做吗？”

“我不管，你今天无论如何都要答应我。我下个月就要毕业了，一毕业还不知道会到哪里去，以后要见你都难，哪还有什么机会向你表白？”

“你可以来学校找我呀，你可以写信呀。”

“不，你今天一定要答应我，我才肯下来。”

人群中的老师和同学都帮着劝说，见实在不行，就不断给王淑珍使眼色，暗示她先答应下来。

王淑珍无奈地说：“你先下来，我就答应你。”

“不，你先答应我，我才下来。”

王淑珍见拗不过刘铁伟，只好抬起头对着他，点了点头。

刘铁伟半信半疑地问：“你答应了？”

王淑珍真拿他没办法，但也不说话，只是对着他，再一次点了点头。

刘铁伟心里明白，王淑珍是不会真心答应他的，她能这么做，也是自己逼的。但聪明的刘铁伟，还是抓到了这一下台阶的最好机会。他本来只是想吓唬吓唬王淑珍，却没想到将自己逼上了绝境。戏再演下去，就会收不了场。他站在上面，人不能动弹， 身体和精神上都受不了，而稍一放松，就有可能掉下去。现王淑珍给他递来了救命的橄榄枝，何不顺梯而下？于是，他就不管是真是假了，也学着王淑珍的样，不说话，不作声，慢慢地将身子蹲下来，转过身。王淑珍见状，忙站起来走过去，伸出手拉住了刘铁伟。在围观人群的帮助下，刘铁伟从护栏上跳了下来。

刘铁伟想，为了得到王淑珍差一点儿就葬送了性命，还害得自己在学校老师和同学面前抬不了头，这一切都是因王淑珍而起，肯定是她嫌弃自己，看不起自己，自己一定要混出个名堂，有模有样，才能征服她的心。

回到学校，直到毕业，刘铁伟都一直没去找过王淑珍。王淑珍也只是在学生会的工作中见过他，但由于强烈的自尊心，王淑珍始终没说出第一句话，只是感觉刘铁伟变了，越来越成熟了。

一晃这么多年过去了，没想到，这次回母校却能再次相见。看来，缘分这东西真是说不清道不明，王淑珍在心中暗暗想道。

王淑珍站在校门口，静静地等待老校长和刘铁伟的到来。还是刘铁伟眼尖，一抬头就看见了王淑珍。刘铁伟非常激动，走上前就紧紧抓住王淑珍的双手，也不说话，只是左瞧右看。有着思想准备的王淑珍倒是爽快，笑着说："刘铁伟，几年不见，你这样看我，是不是不认识我了？我是不是变成了丑八怪老太婆了？"

"没有，没有。别人不记得、不认识，倒很有可能。如果说我不认得你大美女王淑珍，那就是眼睛有问题。"

"哈哈，哈……"两人都大笑了起来，王淑珍抽出手在刘铁伟身上打了打。

"打得好，刘铁伟这小子就是要多打。"老校长站在身后，大声笑着说。

刘铁伟忙转过身，向王淑珍介绍道："淑珍，这是我们读书时的老校长。"

"知道。如果连校长都不认得，那倒是真的要挨打了。"

三个人一起笑了起来。

王淑珍忙走过来，毕恭毕敬站在校长面前，对着老校长深深地鞠了一躬："校长好！"

"好，好。还是你们年轻人好啊。"老校长话锋一转，"怎么这样巧？当年我们学校有名的俊男才女，在离开学校这么多年后，竟双双回到学校，是不是事先约好的？"

老校长微笑着用眼睛在刘铁伟和王淑珍脸上扫来扫去。王淑珍刚想解释，还没开口，刘铁伟就抢先回答说："我先申明，我这次来一是看看母校，看看校长和各位老师；二是带着教学项目来，想与母校一起合作研发；三是，三是……"

说到这里，刘铁伟故意卖起了关子，看了看老校长，又看了看王淑珍，欲说不说。

老校长心知肚明，当年他俩的那些事，全校闹得沸沸扬扬，要不是老校长爱才心切，在校务会上顶着压力，刘铁伟恐怕早就被开除了。他怕刘铁伟承受不了，当时还给参加会议的人员打了招呼，此事不要对刘铁伟说。见刘铁伟这样吞吞吐吐，不好意思说出口，老校长干脆一语破的："三是来母校打听王淑珍的下落？"

话一出口，王淑珍不好意思地低下了头，然后，再抬起头，看了看老校长，说："老校长，您又开我的玩笑了。"

这时，刘铁伟却大胆地接过话茬儿，对王淑珍说："淑珍，老校长说得没错，我回母校的第三个原因是来打听你的下落的。真是知我者，校长也。"

"哪里，哪里。俗话说，有缘千里来相会。看来，你们缘分未了。"

"好，我就不打扰你们年轻人了，我就到此留步了。哦，铁伟，合作的事，我们校务会研究后有结果再联系你。谢谢你对母校的关心。"

老校长伸出手，与他俩一一握别。

"老校长，您多多保重，我下次再回来看您。"王淑珍望着老校长渐渐远去的背影，依依不舍地招手说道。

"走吧，淑珍。"刘铁伟拍了拍王淑珍的肩膀。

"去哪儿？"王淑珍问。

"你说呢？"

"回，我是赶不回去了。这里离我家还有50多公里，那就去县城吧！"

"县城？好，我也多年没去了。想当年在这里读书，礼拜六、礼拜天就与同学一起往城里跑。最喜欢去的地方，一是图书馆，二是电影院。"

"记得你还有一个地方常去。"王淑珍插话道。

"什么地方？我怎么一时想不起来了？"

"看你还记不记得，就是在进城街口，一个叫罗口门的地方，有一家卖饭的店子，那里的鱼好吃。叫什么鱼来着？"王淑珍一副沉思状。

"哦，经你提醒，我想起来了。那是一家夫妻饭馆。男的姓陈，女的姓杜，他们还有一个女儿与我们一般大。以前，我们俩常去那儿吃。"

“是的。每次去了，都要点那店里的一道特色菜，鱼。”王淑珍看了一眼刘铁伟，轻声地说。

“好像叫什么笔鱼，一个很有意思的名字。那走吧，今晚我就请你到老地方，去吃你爱吃的笔鱼。”刘铁伟说。

穿过学校球坪，走过一段下坡路，一条横跨而过的马路映入眼帘。一辆满载货物的大货车正飞驰而过，扬起的灰尘，漫天飞舞。见此情景，王淑珍马上将头偏向了一旁，习惯地用手捂住了嘴巴和鼻腔，用另一只手指了指位于马路下方的浯溪公园：“灰太大了，我们先到公园去看看后再走。好吗？”

“行。”刘铁伟爽快地答应了下来。

刘铁伟用手做了一个有请的姿势，让王淑珍走在前面，两人一前一后，进了公园的大门。

浯溪公园因元结在这里撰写了《大唐中兴颂》，后来大书法家颜真卿将此文书写下来镌刻于江边崖石上，因其文奇、字奇、石奇，被后人誉为浯溪“三绝”而名满天下。此后，历代共有200多位文人学士到此游览，题诗作赋，铭刻石上，此处成为国内最大的碑林，是研究碑石文化的一个宝库，为全国重点文物保护单位。

王淑珍在学校读书时，到这里游玩是家常便饭，特别是休息日、晚饭后，常常与同学结伴到此游山玩水、卖弄诗文，抑或有时一个人带着一本书，躲到树林深处，细细品读。这里的每条小溪、小径，对他们来说都是那么熟悉，更何况是唐朝元结的《大唐中兴颂》了。

作为故地重游，他俩的重点不在于赏诗品文，以至于著名的浯溪摩崖石刻，在他俩的眼中也是匆匆而过。作为在此地读过书的人，他俩知道，浯溪摩崖石刻在中国文化中的分量，为南国摩崖第一家，为神州一颗璀璨的文化明珠。此处苍崖石壁，濒临湘江，巍然突兀，连绵78米，最高处拔地30余米，博大精深，具有丰富的文化内涵。

然而，此时，他俩想的却是当年遗落在这里的那份情和爱。

他俩沿着公园中的一条小道，径直穿过公园，来到了湘江边上，在一块临江横卧的石头上，面朝湘江大桥坐了下来。

刚一落座，王淑珍就用手指着对面的大桥，对刘铁伟说：“铁伟，你还记得吗？”

刘铁伟却装糊涂了，痴痴地望着王淑珍：“你说什么呢？什么记不记得？”

“你装糊涂了，是吧？你当年不是在桥上上演精彩话剧，轰动了全校，连县城都有好多人知道了？”

一句话，说得刘铁伟有点儿不好意思。时过境迁，现在的刘铁伟毕竟不是当年的刘铁伟，他望了一眼高大气派的大桥，沉思了片刻，说：“记得，记得，肯定记得。不过还得感谢你的配合和理解。”

刘铁伟叹了口气，十分感慨地说：“淑珍，我真的很感谢你。可以说，没有你当时的真情、宽容、大度，我也许会真的跳下去了。可是后来，我竟然连一句感谢的话都没说。我总觉得，我在你面前是那么渺小，那么自私，那么幼稚，致使我连一句感谢的话都没勇气说出。”

“我不怪你。”王淑珍刚想插话，却被刘铁伟用手制止了。

刘铁伟继续说道：“你应该知道，我对你有多爱。记得在校时，只要与你在一起，我就不知道有多兴奋、多高兴，同时，在同学当中也不知道有多自豪。

“也许是虚荣心在作怪，使得后面一连串的向你求爱，弄得你很反感、很委屈、很丢面子。可那都是我的情不自禁，那都是我的一腔真情啊！

“可自从那次桥上的事情后，我从你当时求我下来的眼神中，读懂了你的心思，也反思了我自己。知道是自己的不是，是自己的自私，是自己过于冲动而没有顾及你的感受。

“后来，直到毕业，我都没来找你。你知道是什么原因吗？”

王淑珍只是静静地听着，没有作声。

“主要是自卑。前面是过度自信，造成了后来的过度自卑。”

刘铁伟从袋子里掏出包烟，抽出一根，又从另一口袋摸出打火机，啪的一声，将烟点燃。他猛地吸了一口，吞下去，然后又张开嘴把烟吐了出来。

瞬时，一道白色的烟圈向空中慢慢散去。

刘铁伟轻轻地舒了一口气，说："但我对你的爱一直没变。我只是在暗暗发誓，将来一定要混出个人样来，否则，即使得到了你的人，也得不到你的心。于是，我在校最后一学期，抓紧时间，发奋苦读，终于以优异成绩毕了业。

"毕业后，我先是在一所小学当老师，后来，通过父亲的一个朋友帮忙，调到了省城的一所学校，现已是该校的校长了。尽管事业上小有成就，但我个人的事，一直下不了决心。你知道是什么原因吗？"刘铁伟扭头问道。

一直没作声的王淑珍，看了一眼刘铁伟说："那是什么原因呢？"

"很简单，因我的心已经给了一个人，不可能再给第二人。这个人，就是你！"

王淑珍虽早有心理准备，但一个男人当着自己的面说出这样的话，她觉得心跳加快了，脸颊也微微红了起来："是我？我怎么不知道呀。"

"我毕业后，本想到学校来找你，但当时一是怕桥上的那件事伤了你的心，你不会原谅我；二是自己当时是一个小学教员，待遇差、工资低，总感到自己没成就感，不好意思见你。后来，到省城，压力也大，一心扑在工作上，没想到一拖，就是这么多年。

"其间，我也遇到了一些女生，但我还是想当面向你再次表白，还想让你再次给我机会，于是，一一婉拒了她们。

"我等的就是这一天。没想到，我的执着、我的真情、我的追求，终于感动了上苍，上苍竟把你送到了我身边。真的是太意外、太感动、太幸福了。感谢你，上苍！"

说完，刘铁伟做了一个双手合十向上天祈祷的动作。

王淑珍见状，想笑，但没笑出声，只是冷冷地说了一句："你不要高兴得太早了。我可是结婚了，是一个结了婚的女人。"

刘铁伟听罢，猛然转身，继而跳下石头，用手指着王淑珍，大声吼道："我不相信！你这是在骗我，骗我！"

"是真的，我没骗你。"王淑珍也提高了嗓门儿，认真地说。

说完，王淑珍也从石头上跳了下来，头也不回地沿来时的石板小径朝公园外走去。刘铁伟紧追几步，跟了上来。

王淑珍相信刘铁伟说的话是真心的，但她自己却不想去骗他那份纯洁的感情。

王淑珍边走边说，一五一十地将她与叶枫那段短暂的婚姻告诉了刘铁伟，并说："在校时，其实已原谅了你的过激行为，已在心里接纳了你，只是你自己后来躲着不来见面，我一个女孩子家，怎么好开口向你说呢。而且后来，一躲，就是六七年，我又怎么知道你的心思、你的想法？要怪，只能怪你自己，给了你机会，但你没能抓住。要不，就怪我们本身就有缘无分，怪上苍的无情。"

"不，不是的。如真的是上苍无情，那么今天，在分别后的这么多年，我们一没通知，二没联系，怎么又见面了呢？"

"这只能是巧合，是偶然。"

"不是，是缘分未了，是说明我们今生注定要走到一起。"刘铁伟不甘心地抓住了王淑珍的双手，生怕王淑珍从眼前走掉。

王淑珍缓缓地将手抽了出来，说："过去的王淑珍连同她的爱情已随着叶枫的离去而离去。现在的王淑珍如同躯壳，没有欲望，更没有爱情！"

刘铁伟见她这样说，感到她的这段爱情对她的伤害的确是够大的了，既然自己深爱着她，就不要为难她了，也许有一个时间的问题，时间是最好的心理医师，过段时间，一切都将归于美好。于是，刘铁伟也不再说什么，两人默默地朝城里走去。

第十五章 酒后失身

走过湘江大桥，一直朝南，不知不觉，县城就到了。

县城是座上千年历史的古城，南临桂林、广州，北倚长沙、武汉，是中西部的前沿、沿海的内陆，区位优势明显，文化底蕴也深厚，自古就有“锦绣潇湘”和“不到潇湘岂有诗”的美誉。

一到街口，他俩就直接找到了那家饭馆。

好几年过去了，所幸店子还在。

刚跨进店门，一个30多岁的中年男子就热情地上前迎接了他俩。他俩选择了里面一个靠角的桌子坐下。

看到屋内摆设一如从前，他俩十分诧异地问：“你是店老板？”

“是啊。”

“以前的陈老板呢？”

“说来话长。”这位店老板一边端来茶水，拿来茶杯，一边对他俩说，“我是以前那老板的远房侄子，也姓陈。”

“三年前，我那堂妹找了个在采石场以打眼放炮、卖石头为生的小伙儿。我叔叔本以为女儿有了归宿，是件大喜事，没想到我那妹郎在一次处理哑炮中，被当场炸死了。我那堂妹是个重情重义的人，从此，整天抱着一个一岁多的小孩以泪洗面，时时喊着老公的名字，日久天长，结果人疯了。”

“啊！”王淑珍与刘铁伟两人听得目瞪口呆，忙问，“那后来呢？”

“看到女儿疯疯癫癫，我叔叔、婶婶心急如焚，又不知如何是好。后在别人的指点下，将堂妹送到精神病医院，治疗了一段时间，稍好点儿，因没钱治疗就出院了。结果，回到家里复发了，比以前还严重了。”

店老板给他俩一一沏上了茶，指着茶杯说：“请喝茶！”

没想到，他突然改变了话题，问道：“哦，对了，你们俩怎么认识我叔叔、婶婶的？”

刘铁伟回答说：“我俩以前在师范学校读书时经常来这里吃饭。你叔叔、婶婶人好，有时见我们钱不够，就少收或不收我们的钱，挺关心人的。我们也非常感动，就常常来。”

喝了一口茶，放下茶杯，刘铁伟继续说道：“按理说，你堂妹病了，要钱医治，你叔叔的店子更要开下去呀。”

“堂妹在这里疯疯癫癫，影响店子生意，何况在城里车来人往，她又到处走，不安全，考虑再三，叔叔就决定将店子交由我来替他打理，带着婶婶和堂妹母子俩回老家农村去了。

“不过，过段时间，我叔叔他们又要来开店了。”

“哦，怎么回事？是你堂妹的病好了吗？”王淑珍用嘴抿了口茶后，问道。

店老板转身从柜台上拿了一张打印好的过了塑的菜单过来，又从口袋里掏出一支笔和一片小纸，放在了刘铁伟面前，看了一眼王淑珍，叹了口气：“哪里会好啰，好了倒是我们大家的福气。”

“究竟怎么样？”

“死了！”

“死了？”王淑珍、刘铁伟两人震惊得张开了口，“精神分裂症怎么会突然死去呢？”

“一天清早，我那堂妹疯疯癫癫地就走出去了，到了吃早餐的时候，家里人左等右等不见她回来。我叔叔正准备外出寻找时，邻村的一个远房亲戚慌慌张张地跑来了，带来了一个不幸的消息，说是在他村子的水塘里发现一具尸体，捞上来一看，竟是我那可怜的堂妹。唉，死亡原因不清楚，大家都猜测，可能是起床太早，天还没亮，没看清路，不小心摔下去了。”

“太可惜了，太可怜了。”王淑珍、刘铁伟两人听罢，连连摇头叹息。

“堂妹走了，我叔叔、婶婶痛哭得死去活来。可活着的人，还得活呀。叔叔、婶婶带着外孙没办法，又准备在下个月回来开店，想赚点儿钱，将外孙培养好。”

陈老板一家的不幸，又让王淑珍触景生情。王淑珍轻轻地叹着气，将头扭向了店外。

店老板见两人不作声，忙解释说：“对不起，对不起。只顾说话，还没来得及让你们点菜。”

“没关系，没关系。其实，这几年，我有时在外面吃饭时，还想起你叔叔的店子，想吃你叔叔炒的笔鱼呢。”刘铁伟的一席话，使得现场气氛一下子轻松活跃了起来。王淑珍也从伤感中慢慢走了出来，脸上露出了一丝笑容。

“那开始点菜吧。淑珍，你来点，今天你做主，喜欢吃什么点什么。”刘铁伟一边说，一边将菜单递给王淑珍。

王淑珍推托说：“菜，还是你点。你交际多，见识广。我一个妇道人家，只晓得围着灶台转，不会点菜。”末了，王淑珍又补充道：“反正只有我们两人，点多了吃不完，也是浪费，你就随便点几个菜吧。”

菜单在两人手中推来推去，最终还是刘铁伟接住了菜单。刘铁伟对店老板说：“今天我们来，也是本着怀旧而来。当年，我们在这读书时每次来吃饭，都点份笔鱼，那我们今天还是鱼为主。怎样，淑珍？”

“可以。”

“好，先点一份笔鱼，再点一份青椒炒肉，一份空心菜，一份玉米排骨汤。”

刘铁伟一口气点了三菜一汤，然后催促道：“快上菜吧，老板。”

“好，好。你们先用茶，菜马上就好。”店老板点着头，到厨房忙去了。

“唉，世事无常。陈老板好好的一个家，就弄成了这样。想当初，他女儿是那样活泼、清纯，我们每次来，她都非常高兴，与我们有说有笑。你说，好好的一个人，怎么说没就没了呢？”王淑珍见店老板走远，对刘铁伟感慨地说。

“是啊，我也是这么想的，也没想通。思来想去，感觉还是四个字‘被情所困’。爱情这东西，真是怪物，自古以来，不知有多少人深陷其中，欲罢不能。”刘铁伟说完，看了一眼王淑珍，生怕她对号入座，生怕伤害到她。其实，他心里清楚，自己又何尝不是呢？这么多年来，恋着王淑珍，想着王淑珍，把自己完完全全封闭了起来，到目前还没有正眼去欣赏除王淑珍之外的任何一个女人。

没想到王淑珍还真的对上了号，突然站了起来：“刘铁伟，你说的是我吧？你可不要指桑骂槐呀。”

刘铁伟忙拉住她的手：“息怒，息怒。坐下，坐下，我的大美女。”

见王淑珍坐下，刘铁伟忙说：“不好意思，我是说我自己。”

“到了我们这年纪，说哪个都一样。爱情确实需要认真对待，不可随意。”

正说着，店老板端上了一盘热气腾腾的笔鱼，一边放到了桌子中央，一边说：“这笔鱼是最新鲜的。上午才买来的。炒法也是我叔叔手把手教的，味道一点儿不差。你们尝尝。”

刘铁伟抓起筷子，从中夹了一条，往嘴里一塞，轻轻咬了一口，边吃边说：“好，味道像当年你叔叔炒的一样，色、香、味都有。不错。淑珍，你吃，你尝尝。”

王淑珍用筷子夹了一条，她不像刘铁伟那样直接放到口里，而是放在面前的碗里，夹了一点鱼皮尝了尝：“是可以。我好像又回到了当年。”

店老板见他俩都非常满意，趁机说：“要不要来瓶酒，助助兴？”

“好。来四瓶啤酒，一人两瓶。”刘铁伟不等王淑珍说话，就吩咐店老板去拿。

店老板很快将酒拿来，并一一打开，给他们一人倒了一杯后，又去忙他的了。

“来，淑珍，为了我们的重逢，我俩干一杯吧！”

王淑珍面露难色，说：“铁伟，你是知道的，我不喝酒。今天能碰上你，我确实非常高兴，但酒只喝一口。”

“那不行。今天这杯酒，意义非同寻常，你想想看，我们一别数年，却意外地在母校相聚，你说是不是值得庆贺？”

见刘铁伟这样说，本是性情中人的王淑珍也不想让刘铁伟扫兴，举起杯，说：“好，我干了。”说完，仰头咕嘟咕嘟，一口气将酒喝了，并将空杯子倒转来：“你看吧，一滴不剩。”

刘铁伟被王淑珍的豪气折服，举手鼓起掌来。鼓完掌，他也举起杯子将酒干了。

酒助人兴，刘铁伟话也多了起来，吃了一口鱼后，他对王淑珍说：“这种鱼是我们祁阳的著名特产，产于浯溪一带，形状像一支笔，故名‘笔鱼’。还因其色黄体圆，状似竹竿，又称竹鱼。因肉质细嫩、营养丰富，有‘席上珍品’之称。”

“哦，几年不见，你倒像一个品鱼专家了。”王淑珍乘着酒兴，嗓门儿也大了起来。

“据说，这与宋代大文豪苏东坡有关。苏东坡有次途经祁阳，被当地山水奇景所吸引，祁阳知县特邀其夜游浯溪，并在船上设宴相待。苏东坡异常兴奋，当他正要挥毫作诗时，毛笔突然被一股旋风卷走，落在江中，立刻变成无数形似笔杆、色泽鲜艳的鱼。古人诗曰：‘天意东坡不留字，神笔化作席上珍。’祁阳笔鱼便由此得名。”刘铁伟一边用筷子帮助剔除鱼刺，一边慢吞吞地说。

“煎焖而成的笔鱼，具有鳜鱼的细嫩、青鱼的甘甜、鳝鱼的油润、鳅鱼的鲜香，是当地的传统名菜。此菜香辣咸鲜，软嫩油滑，颜色酱红，汁饱油亮，味香扑鼻。凡来祁阳的人，大都喜欢点这道菜。

“只是以前吃多了，对这种鱼有感情了。有感情了，就得去关注，去研究。有时在省城与老同学、老朋友聚会用餐时，还常常聊起。”

说完，两人又干了一杯满满的酒。

此时，王淑珍微微感觉有些醉意，用左手撑着头，右手朝空中挥了挥，说："我不喝了，剩下的你全喝了吧！"

刘铁伟正是酒兴大发、兴头所至之时，岂肯罢休："那不行。今天的酒可是说好的，二一添作五，谁也不能少，谁也不能说不。"说完，拿起酒瓶又将王淑珍面前的酒杯倒满了酒。

王淑珍低着头，摇晃着，不作声，也不推辞，端起杯，竟主动干了起来："来，喝，喝。不就是杯酒吗？"就这样，你来我往，不知不觉，四瓶酒喝了个精光。喝完，王淑珍满脸通红地趴在了桌子上。

结了账，刘铁伟扶起王淑珍走出了店门。此时，街上已是万家灯火，古老的县城在灯光的照射衬托下，仿佛繁华、年轻了许多。

他俩蹒跚着，穿过天心街，来到了县城宾馆。不胜酒力的王淑珍已醉得不成人样。刘铁伟开了房，将她扶到了床上，她就呼呼睡了过去。

刘铁伟洗完澡出来，看到王淑珍那副熟睡、可爱的样子，突然感到内心一阵燥热，积压在心头这么多年的情感，一下子犹如火山喷发，他再也抑制不住自己的感情，三下五除二，褪去自己的衣裤，猛地扑了上去。

这一突然的举动，吓得王淑珍睁开了双眼。见状，她本能地想翻身坐起，可挣扎了好几次都无济于事，刘铁伟那高大的身躯像大山一样死死地压在她的身上，让她动弹不得。她便用手一边使劲儿地想推开刘铁伟，一边对刘铁伟说："你要干什么？"平时油腔滑调的刘铁伟，此时却不作声，像头闷牛似的喘着粗气，埋头对着她的脸上、脖子上一顿乱吻。她推了几次后，越推感觉手越没劲儿，头脑也昏昏沉沉，全身发软，竟又迷迷糊糊地睡了过去。

第十六章　泪洒坟山

一觉醒来，天已大亮。

王淑珍揉揉双眼，想起身下床。可是，刚一坐起，感觉脑袋晕晕的，全身乏力，她又躺了下去。

她闭上眼，静静一想，昨天的事情十分清晰地在脑中闪现。

“刘铁伟，对了，还有刘铁伟呢？这家伙哪儿去了？”王淑珍用力撑起身子，再次坐了起来。

“这家伙，不可能将我一个人丢在这里，就走了吧？”她一边穿衣下床，一边说道。当她下床后想站起时，竟发现下身一丝不挂，赤裸着，作为过来人，她一下子明白了怎么回事。

她羞愤地弯下腰，下意识地用手遮住了下身，另一只手则到床上寻找自己的里裤。她将被子猛地用力掀开，发现自己那条浅红色的里裤被压得皱皱巴巴的，缩成一团，像一只斗败的母鸡，蜷缩着在床中央。她一边迅速抓起穿在身上，一边怒气冲天地大骂道：“刘铁伟，你不是人，你是畜生，是杂种，竟敢乘人之危。我不会放过你！”

她迅即穿好衣服，准备出门去找刘铁伟算账，刚走到门边，突然看到靠门的桌子上有张字条，一看就知道是刘铁伟留下的。

王淑珍赶紧抓起，读了起来：

淑珍：

我亲爱的女人，我知道你肯定反感我这样称呼你，但在我心里，已默默喊了你很多年了。

当你看到这张字条的时候，也许我已在回省城的路上了。

昨晚之事，我知道你肯定一时难以接受。我知道我是鲁莽了点儿，但我是真心的，这是我这么多年压抑的感情的迸发。也许方式不对，伤害了你，可是，为了你我忍受了这么多年、坚守了这么多年，谁又来对我说声对不起呢？

爱，是一种幸福，也是一种折磨。时隔数年，老天爷安排我们又在母校相见，对我来说，这是种幸福。但短暂的相聚之后又得分离，这就是无情的折磨。

经过这些年的风风雨雨，我的心已是十分疲惫，已是相当脆弱，我折腾不起，更伤不起，我要抗争，我要拼搏，我要抓住这难得的机会，因此，我不顾后果，不顾一切地做了。我知道，这一行为践踏了我们最纯真的感情，也践踏了我做人的道德底线。我也知道，你是不会原谅我的，但我又多么希望得到你的谅解。

我走了。我会永远地爱你，想你，祝福你，等待你，直到把你的心融化。

吻你！

永远爱你的伟

1986年8月26日早晨6时

信没读完，王淑珍已是泪流满面。她将信折好，放进口袋里，将泪水擦干，整了整衣襟之后，走出了房门。

在去车站的路上，她满脑子想的就是刘铁伟。刘铁伟这封信，对她触动很大，又让她来重新回顾和审视两人的感情。

说实话，通过那次桥上事件后，她对刘铁伟是动了真心的，是真的爱上了他。可阴差阳错，一晃这么多年，自己都成寡妇了，却这时候才说出这事。

她胡思乱想着，走到了车站。候车室内人头攒动，她拿着刚买好的票，随着人流，登上了回家的班车。

回到家，已是傍晚时分。余晖依然把天空照得一片通红，看不到一丝云彩。

她家门前有一口水塘，一年四季都是鳞浪层层，清澈见底，碧波荡漾。水塘边的垂柳婀娜多姿，散发着淡淡清香。水中央还有一些未归的水鸭在游荡，忘情地欢快嬉戏。夕阳就这么无情地斜照过来了，穿透杨柳斑驳的树影。大片大片的艳红色刺破了天空，然后又晕染开来，像墨汁滴入水中一样渐渐散开，一下子就染红了乡村上空整整半边蓝天。

王淑珍还无暇欣赏故乡的美景，夜色就开始笼罩成一层淡淡的黑色，神秘、幽静而又肃然。

乡村的夜色比起城里来，就是来得特别快、特别早。她为避开父母亲没完没了的嘀咕、又埋又怨的唠叨、既痛又恨的哭泣，吃完晚饭，放下筷子，就走出了家门。

好久没这样一个人安静地走在家乡的夜幕之中了。她先是绕着水塘走了一圈，月光洒在她的身上，穿透她的身体，在地上投下了瘦长的影子。一种落寞的忧伤，随即漫上了她的心头，感觉时光的线段就在这里被扯断，丢在了曾经走过而遗忘的路上。过去，所经历的人和事，或悲或喜，或好或坏，或美或丑，或得意或失落，都当成模模糊糊的一片，就这么过去了，像是一层水汽，挥发蒸没，只留下点点印痕。

夜晚，王淑珍躺在床上辗转难眠。父母亲的埋怨、责怪、叹息与无奈，深深地刺痛着她的心。父母也知道，女儿还年轻，路还长，一味地责怪反而会加重女儿的精神负担，对身体及今后发展也不利。既然于事无补，惨痛的损伤和代价也无法挽回，那就只有接受和面对现实这一条路可走。“顺其自然吧！”母亲长长地叹息后，一脸无奈。

就是母亲这一声哀叹，让王淑珍彻底醒悟了过来。父母含辛茹苦地将自己拉扯大，又节衣缩食地培养自己读书，现长大了，参加工作成家立业了，怎么就能被这不幸的婚姻击倒呢？自己一定要振作起来，应该主动担负起家庭的重任，减轻父母物质和精神上的负担，不让父母再为自己惦挂和操心。

第二天起来，她就再也坐不住了，吃罢早餐，就去找她的几位儿时玩得较好的姐妹，打听有什么事情可做。

红红是王淑珍小时候玩得最好的伙伴，在学校读书又是同班同桌，虽说学校离家很近，只有几分钟路程，可以说与王淑珍所在的村子只一墙之隔，即便这样，王淑珍与红红两人还是一同上下学，形影不离。每每放学后，两人将书包一放，或一起上山捡柴，或一同到田野、河畔、菜地扯猪草，或一块儿邀约几个小伙伴跳绳、踢毽子、捉迷藏、玩家家，或到对方家里一起守在煤油灯下做作业，听爷爷奶奶说故事……家乡的山山水水、沟沟坎坎，七里八村，都留下了她俩一同玩耍、嬉戏的足迹。

自然而然，王淑珍第一个想到的就是闺中密友红红了。

王淑珍到红红家要绕过一口水塘，走过一条长100余米的堤坝，再从村子的东头进去，穿过村子里的大祠堂，上一个台阶就到了。

听说淑珍来了，红红高兴地从家里冲出来，一把抱住了淑珍，激动地大声说道："淑珍，我想死你了！"一边用手使劲儿地捶打淑珍的后背。

"这么些年，我也是十分想你，红红。"王淑珍也紧紧地抱住红红的身子，动情地说。

"这几年，你过得好吗？"王淑珍不愧是见过世面的人，马上变客为主，关心地问。

红红慢慢松开手，说："先不说这些，进屋再聊。"

"好。"王淑珍跟着红红迈进了家门。

王淑珍对红红的家再熟悉不过了。一进门，王淑珍径直走到红红的卧室，刚刚落座，红红的父亲闻讯走了过来向淑珍打招呼。王淑珍礼貌地站了起来，说道："伯伯好！我来打扰你们了。"

几年不见，红红父亲明显苍老了许多，鬓角上露出刺眼的白发，眼角上的皱纹又深又多又长，像一个个横着的“川”字，给人十分凄凉悲怆的感觉。

见王淑珍这样说，红红父亲忙用手制止说：“闺女，千万莫这样说。你和红红小时候一起长大，亲如姐妹。你现外出参加工作了，到我家里来，是看得起我们，怎么能说打扰呢？这样说就见外了。”

王淑珍顿时感觉是自己一时失言了，忙回答解释说：“那是，那是。小时候，我经常到您家吃住，有时候还住一二天才回呢。记得伯母炒的辣椒炒蛋最好吃了，每次来，伯母都炒给我吃。伯母还说我是个好吃鬼呢。”说到这里，王淑珍感觉气氛不对，立即停了下来，用手碰了碰红红，轻声问道：“伯母呢，怎么没见到伯母呢？伯母哪儿去了？”

空气一下子像凝固了似的，出奇地安静，哪怕地上掉根针，也听得见声音。

见红红不作声，王淑珍着急地说：“怎么啦？你们怎么都不说话，是不是我刚才又说错了？”

红红看了一眼父亲，哽咽着答道：“不是，是我母亲在年前就去世了。”

这消息对王淑珍来说如晴天霹雳：“什么，伯母过世了？”

王淑珍喃喃自语道：“我怎么一点儿不知道呢？”

“你在那么远的地方工作，打电话又不方便，写信又太慢了，就没告诉你。”

红红带着王淑珍来到后山母亲的坟边，跪着说道：“妈，我来看您了。今天，淑珍也回来了，也与我一起来看您了。对了，我还要告诉您一个消息，我已与他离婚了，当初，全怪我没听你的话……”

王淑珍听得有点儿莫名其妙，但也不便急于去问。

王淑珍跪在地上，虔诚地烧着纸钱，说道：“伯母，我是淑珍，小时候经常到您家玩，您还记得我吗？那时，我们家穷，常常得到您的关心和照顾，吃了您家不少的好东西，至今，我还经常想起。这些年，我在外工作，很少回家，也没来看您，还望您老人家多多原谅。

“这次回来，却听说您被无情的病魔夺去了生命。我既感到震惊，又感到悲伤。人死不能复生，唯有祝愿您在天堂过得开心，过得健康，不再被病魔折磨，不再被烦恼缠身，快快乐乐，安安康康！

“也愿您老在天之灵，保佑红红和我们，给我们以面对现实、克服困难的信心和勇气，让我们以后的生活更加幸福，人生更加顺畅。”

烧完纸钱，她俩在坟堆边坐了下来。

好几年了，她俩都没这样静静地坐在一起。没想到，这次回家却以这样一种方式，在这样一种悲伤的环境中默默而坐。

王淑珍率先打破了这种沉默，扭转头问道：“红红，你刚才对你妈说什么离婚，什么意思呀？”

红红听后，将头低了下来，随手捡起地上的一根小棍子，一边在地上胡乱地画着，一边轻声地说：“我和我丈夫离婚了。”

王淑珍惊愕地问道：“离婚了？为什么？”

“唉！”红红先是轻轻地叹了气，继而说道，“说来话长，要怪只怪我自己当初太天真、太草率了。”

“我和他是两年前经别人介绍认识的。他家就在邻村，父母都是农民，他家两兄弟，他是老大。当初结识时，感觉他为人还厚道。我也是想图个实在、靠得住。可我父母不同意，说他家里在队上口碑不好，父亲有点儿懒，母亲也经常找借口不出工，怕有遗传，影响到他儿子。可我就是不听劝，还说父母归父母，父母的过怎么能由儿子来承担呢？于是，赌着气，认识没两个月就结婚了。”

“你真是太匆忙了，红红。”

“是的，现在想来真是后悔得要死。”红红顿了顿，接着说道，“结果，还是让我父母说对了。结婚后，发现他比他父母还要懒，事事不想做，却还要抽烟、喝酒、吃好的。你想想看，在农村，靠种田种地为生，你又不勤快，又不去耕耘，田里、地里还能自己长出粮食来？我说他，他反而说要我去做。说多了，他不高兴，有时还借着酒醉打我。有几次，还将我脸都打肿了，我都没有脸面出门，更不要说回娘家诉苦了。

“我们毕竟是邻村，一有风吹草动，我父母都知道。我父母听说后，他们心疼我，可又不便总是去找他们，只好泪水往肚里流。最近一次，我父亲实在受不了，跑到我那里，劝他作为一个男子汉，要承担一个做丈夫的责任，不要总是逼着老婆去做事，让别人笑话。可他不听，还与我父亲顶撞，竟动手将我父亲推倒在地，刚好碰在一块石头上，导致头破血流。我父母一下子气晕了，一定要我回来，不再进他家的门。

“我母亲本身身体就不好，这一下，竟气得病情加重，不久就去世了。我害死了我娘。你说，我是不是不孝？”

王淑珍宽慰道：“这也不全是你的过错，你也不要太自责了。”

“可这一切都是因我而起呀，我不自责，良心上过得去吗？办完母亲的后事，我就回去与他离了婚。”

“你与他结婚两年，难道就没有生小孩？”王淑珍问。

“结婚半年多后，我怀了一次孕。当时，正是农村‘双抢’农忙的时候，一心只想抢时节，早点儿将晚稻秧插上。你知道，他懒得要命，说多了，又要吵架，我只好女人干起了男人活儿，收割、打稻、犁田样样都来，结果，没顾得上休息，流产了。”

“流产了？”

“是的，流产了。现在想来，流掉了是对的，免得生下个懒种。”

“你后来，就一直没怀孕了？”

“是的。说来也怪，后来就一直怀不上。也许是心情不好，加之，关系也不好，对他没抱什么指望，也就没去管它了。”

“哦，对了，说说你，淑珍。”红红将手里的小木棍一扔，扭转身子望着王淑珍。王淑珍也看了一眼红红，“唉”地叹了一口气：“我有什么好说的啊。”

王淑珍将头仰起，用手理了理被风吹乱了的发丝，双眼直望前方，像倒豆子似的说起了她爱情上的不幸遭遇，话没说完，已是泪流满面，泣不成声了。这段时间以来，积压在心头的痛苦、委屈、伤感一齐迸发，竟哇哇大哭了起来。这哭声，划破了梨园的平静，连枝头上的鸟儿也扑打着翅膀，叽叽喳喳地发出了凄凉的叫声。

红红联想到自己的境遇，泪水情不自禁地跟着流了出来。红红抽泣着顺势将王淑珍搂在怀里，两个不幸的女人，四目相望，泪雨纷飞，顿时哭作了一团，紧紧地拥抱在一起。

第十七章　心怀忐忑

陈福民走后，朱淑芬委屈地伏在床上痛哭了一场。她边哭边骂陈福生："你倒好，一走了事，留下我独自在这里遭受痛苦、悲伤和委屈。"

"今天的事，你知道吗？本来好好的，想与福民他们去食堂吃饭，却受到了毛阿利那帮浑蛋的调戏，搞得我好难堪，我的脸面都没地方搁啊。呜呜……你说，我怎么办啊？今后，我还怎么在这里立足，还怎么在这里工作和生活啊！呜、呜……"

朱淑芬一边号啕大哭，一边用手使劲儿地扑打床板，发出"咚咚"的声音，一切是那样凄凉。

哭声渐渐由大变小，由强变弱，哭着哭着，她就趴在床上睡着了。

一觉醒来，窗外已是一团漆黑。她起身下床，拉亮了屋内的电灯，吊在屋中央的白炽灯，像一团刚刚燃烧起来的炭球，发出一丝丝微弱的灯光。

朱淑芬就着这灯光，从衣架上取下毛巾，在脸盆里打湿，轻轻地洗了一下脸，再将毛巾拧干，晾在了衣架上。

忙完这些，她又坐回到床沿上，从床上找了面小圆镜照了照，再用梳子梳了梳凌乱的发丝。看到镜中的自己，虽然憔悴，但还是那样年轻、妩媚，她轻轻地叹了口气，自言自语道："还是古人说得对，红颜薄命啊！"

说完，她站起身，忽然感到肚子饥肠辘辘，一阵饿意袭来，她才想到中午没吃饭，晚饭也没吃，已是连续两餐没吃了。她决定出去吃点儿东西。

她拉开门闩，跨出了房门，抬头一看，发现门口走廊的护栏杆上放着一包用黑色塑料袋装着的东西。她感到很惊讶，走近一步，连忙将包打开，里面是一只井下班中餐用的金属饭盒。她轻轻地掀开盖子，一股饭菜的清香扑鼻而来。她明白了，这是陈福民送来的盒饭，看到她睡着了，不好叫醒，便放在了这里。

朱淑芬激动地将袋子重新扎好，带回了房里。想起到矿上来的这段时间，陈福民对自己的关心，无微不至，胜似亲人，特别是中午当毛阿利要对她粗蛮施暴时，也是福民不顾个人安危，主动出手相助，制伏了毛阿利；当她气愤地离开食堂，回到宿舍，为了找到她，他又是那样焦急万分；他见自己不去食堂吃饭，又送来了盒饭……她手捧饭盒，一边吃，一边想，一点一滴，一情一景，幕幕回放，历历在目，让她深受感动，不禁泪眼生潮，一滴豆大的泪珠掉在了刚刚打开的饭盒里。

她含着眼泪将饭吃完。这顿饭，是她二十几年来吃得时间最长的一餐，也是她最伤感的一餐，更是她吃得最干净的一餐，就是连一片辣椒、一点儿蒜星也吃掉了，甚至连饭盒里剩下的一点儿菜汤，也在最后把它喝得一滴不剩。

她放下饭盒，站起身拿毛巾擦了一下潮湿的眼睛，正准备去将饭盒用水冲洗，忽然，一个身影从窗前一闪而过。起初，她还以为是陈福民来了，便轻轻地叫了一声："福民，你来了！"可几秒钟过去了，也不见回音，她才感觉有点儿不大对劲儿。因为，如是福民，他绝不会这样鬼鬼祟祟，他会主动敲门，会叫她的名字。那么，这会是谁呢？

她觉得要看个究竟，于是忙放下手中的饭盒，打开了门。

她将头伸到门外一看，走廊上空空如也，没有一个人影。只有远处矸石山上传来"哗啦、哗啦"翻倒矸石的声音，除此之外，矿区一派宁静，就连楼下平时人来人往的球坪，此时也是空无一人，冷冷清清。只有放在护栏杆上的那盆仙人掌，孤零零地摆在那里，散发出芳香。

"见鬼了，真的是见鬼了。"朱淑芬将身子缩了回来，随手将门关上，喃喃自语道。

“是不是我看走了眼？可我清清楚楚看到窗户边有个身影，怎么就不见了呢？”朱淑芬边想边洗起饭盒来。

这一次，她留了个神，始终用余光盯住窗户，果不其然，那黑影又来了。朱淑芬大叫一声：“谁啊？”说完，放下手中的饭盒就去开门。

没想到，将门一打开，走廊上还是看不到一个人。“怪了，我明明看见有个人站在窗户边，怎么又不见了呢？”朱淑芬壮了壮胆，沿着走廊朝楼梯间走去，可楼梯间也是空无一人。

“那会是谁呢？是不是我真的看花了眼？”她赶紧回到房里将门关上，不放心，又从屋里搬来了一张椅子放在门后面，将门抵住。

这一夜，想起一天来发生在自己身上的一连串怪事，朱淑芬躺在床上辗转难眠，迷迷糊糊地挨到了天亮。

匆匆吃过早餐，朱淑芬赶到位于办公楼一楼的地面队连队办公室报到。因是第一天报到上班，她想给人留下一个好的印象，特意打扮了一下，穿起了平时很少穿的那套浅绿色连衣裙，配上了一双高跟凉鞋，还将那袭长长的飘发盘了起来，使人显得更加高挑、漂亮和有气质。

她的到来，令地面队何队长眼前一亮。之前，他就见过朱淑芬，也听说过别人对她的评价和议论，说陈福生命贱，和她有缘无分，这么漂亮的女人无福享受。特别是昨天毛阿利在食堂公开调戏朱淑芬一事，传得沸沸扬扬，更让朱淑芬声名大振，一下子传遍矿区。有些人还添枝加叶，说朱淑芬如何了得，面对色魔毫不胆怯，一掌把毛阿利打倒在地，是一朵地地道道的带刺的玫瑰。

这让多年单身的何队长既好奇又生畏。昨天一晚，他都在思考这一问题。

朱淑芬毕竟当了几年教师，有过见识，一进门，看见何队长正在收拾办公室，打过招呼后，她忙上前帮助何队长清理桌上散乱的书、报和杂什，并从门后面取下抹布，熟练地在脸盆里打湿、拧干，十分麻利地抹起了桌子和椅子来。

何队长看到朱淑芬娴熟的动作，满意地退在一旁，站在朱淑芬的身后，笑着说：“淑芬妹子，你人长得漂亮，没想到做起事来，动作也是那样优美。男人见了你，不动心才怪。”

一席话说得朱淑芬不好意思起来。她转过身，对何队长说：“何队长，你不要笑话我了。其实，我没有你说的那么好。”

“俗话说，40岁的男人眼光如炬，能洞察秋毫，特别在欣赏女人方面，有独到之处。我不会看走眼的，不会错。”

朱淑芬听了后，没有作声，怕再说下去，会说错话，让何队长找到碴儿。于是，她装作没听见，只顾忙手中的活儿，不一会儿，办公室的桌、椅被她擦得铮亮，泛着光泽。她洗干净抹布，将抹布放回门后。

何队长用手抹了抹桌面，又抹了抹座椅，连说：“好，好，不错，不错。擦得干干净净。”说完，啪的一声，他一屁股坐在了椅子上。

坐下后，他转过身，对站在桌子边的朱淑芬说：“你的事，昨天刘秘书给你开来了调令和报到单，贺书记也对我说了。这样，这个月工资从今天报到开始算起，明天正式上班。”

“我具体做什么事呀，何队长？”朱淑芬小心翼翼地问。

“这个嘛，领导也有交代，我们地面队也没什么事好做。你来，就是安排打扫卫生。”

“昨天，我们已商量，为了照顾你，你就主要负责打扫工区球坪和你住的那栋单身宿舍楼的走廊、楼梯间的卫生。听懂了吗？”

朱淑芬点了点头。

“那好吧。今天就算了，你明天开始上班吧。现在天气热，你就早上早点儿起床打扫卫生。工具，你下午来领吧。”

“好。谢谢你何队长。”

“不用。那你先去吧。”何队长挥了挥手。

朱淑芬点了点头，从何队长办公室退了出来。

刚出门，她就碰上了正在找她的陈福民。

陈福民说："我刚到你宿舍，你不在，就猜想你可能到这里来报到了。怎么样？都安排好了吗？"

"安排好了。明天正式上班。"

"那好，恭喜你。"

"恭喜什么啊，"朱淑芬话锋一转，"你昨晚来找了我吗？"

"来了。是来给你送饭，见你睡着了，就没敲门要你开门，而是将饭菜放在栏杆上。因我昨晚要上晚班，就回去休息了。对了，那饭你吃了吗？"

"吃是吃了。就是在我吃了饭后，看到有人在我窗前晃动，我起初以为是你。"

"不是我。我送了饭后就没再来了。"

"我大喊了一声，那影子就不见了。隔了几分钟又来了。我打开门出去一看，又不见丝毫踪影。后来，我分析来分析去，觉得应该不会是你。"

"肯定不是我。如果是我，我来起码要敲门，还要叫你。我们又不是什么陌生人，你说是不？"

"我也是这样想的，估计不会是你。"

"那又会是谁呢？"

他俩边说边走，来到了朱淑芬的宿舍。

进屋后，朱淑芬给陈福民倒了一杯水："喝水吧，福民。"

陈福民双手接过杯子，抿了一口，把杯子放在了桌子上，心里面却还在想朱淑芬说的昨晚上发生的黑影子一事。他在桌子边的一条两人凳上坐下，对朱淑芬说："你来矿上时间不长，熟人不多，除我之外，你认不了几个人，不会有谁这样神神秘秘来看你。除非他做贼心虚，图谋不轨。"

经陈福民这一提醒，朱淑芬马上想到了一个人："会不会是毛阿利？"

话一出口，陈福民也是眼睛一亮："有可能。我与他在一个采煤队，了解他的性格，他吃不得亏，如吃亏了，总得想法赢回来。"

"昨天，他在食堂挨了打，吃了亏，还被保卫组带走了。依他的个性，他是不会善罢甘休的。"说到这里，他有点儿担心起来。

“淑芬，你可要小心提防啊！”

“嗯，我会小心。你也小心点儿，你昨天打了他，要防止他报复。”

“我不怕他，我打他像拧一只小鸡。你放心，他不敢对我怎样。”

“不管怎样，还是小心点儿为好。小心驶得万年船。”

“没事。我心里有数，你放心。”

正说着，传来了“咚咚”的敲门声。他俩回头一看，原来是地面队何队长来了。

他俩赶紧站了起来，不约而同地说：“何队长你来了。”

“噢，福民你也在。”何队长回答道。

“有什么事吗？”朱淑芬紧接着又问了句。

何队长走到桌边。朱淑芬见状，赶紧请何队长坐下。

何队长坐下后，清了清嗓子，说：“也没什么大事。福民在这里也不是外人，你也知道，我孩子他妈走了两年了，我一个人带着几岁的孩子过日子，一天除了上班下班，搞好一日三餐，不饿肚子就不错了。”

“什么？你夫人她不在了？”朱淑芬一脸诧异地问。

陈福民机灵地马上接过话说：“淑芬，你刚来不知道。何队长爱人一次在老家农村购买猪饲料，坐别人的拖拉机回家途中突然遭遇车祸，不幸去世了，丢下了一个3岁的小女孩，年纪轻轻就走了。”

“哦，那就真难为何队长了。”朱淑芬动情地说，“何队长，你来找我有什么事需要我做吗？”

“是的。一点儿小事，也不好意思开口。”

“没事。你说，只要淑芬能够做得到的。”陈福民在旁也催促道。

“那好。你们这样说，我就放心了。因我平时忙于工作，又是一个大男人，家务事没做惯，有些家务事还没办法搞。现在冬天用的棉被、毯子都还没有拆洗，想到今天淑芬妹子没上班，我想请她去帮忙洗洗。”

朱淑芬听后，没想到是这样的事，便面露难色地说：“这，这个好像有点儿不太妥吧。传出去不好，会让别人说闲话。”

朱淑芬接着说："我一个新来的女子，又是一个丈夫刚刚去世的寡妇。你又是一个单身男人，我跑到你家里去，别人会有闲话的。"

经朱淑芬这么一说，何队长马上反应了过来，说："也是。我刚才没想这么多，也没想到这一层意思。淑芬妹子说得也对，人言可畏嘛。"何队长停了停，接着又说："那我就不为难你了，淑芬妹子。"说完，何队长站起身来准备离去。

在一旁一直不好作声的陈福民看到这种情况，想到何队长也是一队之长，又是第一次来开口求人帮忙，如果淑芬不去，那就无形之中得罪了他。他是领导，得罪了，将来淑芬就不好在他手下做事，日子就不好过。何况，平时感觉何队长人还不错，没什么架子，蛮谦和的一个人。想到这里，陈福民马上站起来，说："何队长你等等。"跟着，对朱淑芬说："淑芬，何队长是个好人，平时为人挺好的，工区上的人都对他评价很好。他今天来找你帮忙，也是没办法了。这样，你一个人去，确实有点儿不太方便，我反正是上晚班，现在有点儿空，我陪你去。"

见陈福民这样说，何队长倒有点不好意思起来，说："那怎么行啊。你在井下工作，一天很辛苦，怎么好劳驾你？"

"没事。我还年轻，这点儿小事难不倒我。何况，下午我还可以休息一下。"

朱淑芬其实也想到了这一点，只是她不好意思开口要福民陪她一起去，没想到陈福民把自己的想法说了出来，既解了围，又了了难，可谓一举两得，她心中再一次充满了对陈福民的感激之情。这回，她变得主动起来，说："承蒙何队长看得起我，我可得事先声明，我之前是在学校教书的，家务事大多是公公婆婆他们做，洗涮衣被晓是晓得，但洗不好，要洗不干净，那时，何队长你可不要怨我。"

"哪里，哪里。我要求不高，只要洗了就行了。干不干净，那都是心理作用。"他又补充了一句，"你尽管放心，尽管大胆放开手脚去洗。"

笑容一时在何队长脸上绽开，屋内气氛一下子也轻松了起来。

陈福民用手做了一个“有请”的姿势，说：“那走吧，我们抓紧时间。”

朱淑芬马上站起说：“好吧。只是何队长第一次到我宿舍来，连水也没顾得上喝一口。”

“没事，我哪次专程到你这里喝水，坐上个一天半天，看你欢迎不？”

“欢迎，欢迎。何队长肯光临，那是我的福气，那叫大驾光临！”

说笑间，他们走出了房门。

第十八章 血中情缘

下得楼来，穿过一条小巷，再爬上一段长达30余米的陡坡，就到了何队长的家。

这是一栋简易的土木结构平房。房子还挺大，东拐西转，大大小小有三四间。房内光线暗淡，大白天在室内走来走去都感觉有点儿看不清楚。“也许是刚从外面进来，还不太适应的缘故吧。”朱淑芬这样想道。

“房子陈旧了点儿，光线也不太好，这是我父亲给我留下的。你们随意找地方坐吧。”何队长一进门就解释说。

“你父母还在吗，何队长？”朱淑芬一边打量屋内摆设，一边小心地问。

“我父亲原是这个工区的主任，几年前，突发心脏病去世了。我母亲今年66岁了，还健在，去年下半年就带上我的小孩回到乡下老家去了。往年，我母亲在这里，家里洗衣做饭之类的事，都是我母亲做。今年，她还没回来，就只好麻烦你了。”

“何队长不要这样说。哪个家里面都有一本难念的经，哪个人都会遇到这样那样的困难，今天，我帮你忙，说不定哪天，还得你帮我的忙呢。”说完，朱淑芬笑了起来。

何队长忙说：“我也是个实在人、热心人，今后，有用得上我的事，你只管说，我定当效犬马之劳。”

何队长说完，见陈福民站在那里没作声，以为他吃醋了，忙用手拍了一下陈福民的肩膀，说道：“老弟，怎么了？到我家来不高兴了？”

“没有，没有。岂敢，岂敢。淑芬，早点儿动手洗吧，早洗早完事。”

“好呀。何队长，你把要洗的东西都搬出来吧，我们现在就开始拆洗。”

何队长客气地说：“不急。我去给你们泡杯茶再说。”说完，就要去厨房，结果被陈福民一把拉住，说：“茶就不要泡了，留着放那儿，我们下次来喝。我们都是老熟人了，淑芬又是你队上的职工，不要客气了。你现在只管把东西拿出来洗就是了。”

见陈福民这样说，何队长也不勉强，说：“既然你们这样说，我就真的不客气了。我去拿东西出来。”

说完，何队长从里面卧室里搬出了两只大纤维编织袋，拉开拉链，拖出了一床棉被和一床床单，接着，又打开了另一只袋子，也拖出了棉被和床单，堆放在客厅的木制沙发上。

看到这堆积如山的棉被和床单，朱淑芬马上走了过来，要何队长拿来了一把剪刀，把缝在被套上的线头剪掉，熟练地拆了起来。陈福民也走了过来，帮朱淑芬一床一床地全部拆掉。两人一前一后，抱起这一大堆拆下来的被套和床单，往洗衣间走去。

何队长忙找来了一只大洗衣盆，拿来了洗衣粉和肥皂，放在了洗衣间。

朱淑芬说：“这被子就这样用水洗还不行，洗不干净，还得烧点儿开水，洗完后，再用开水冲洗一下。一则可杀死细菌，二来用来漂白，洗得更干净。”

“好，我去烧水。”说完，何队长打开了藕煤火炉，装了一壶水烧了起来。

待将东西洗完，晾晒好，已是中午12点了，工区的广播也叫了起来。看到到了吃饭的时候，何队长说：“今天中午我请客，到食堂去吃。”

“谢谢了。做这点儿小事，就要你请客，你划得来？还是算了，我带淑芬去吃就行了。”

“不用了，何队长，谢谢你的好意。”朱淑芬也忙帮着说。

“这怎么行？你们帮我做了一上午的事，连水都没喝一口，中午吃饭，你们一定得听我的。”何队长认真地说。

朱淑芬看了一眼陈福民，陈福民也看了一眼她，不知道怎样回答。

何队长见状，马上又接着说：“不要再犹豫了，就这样说了算。你俩先去食堂，占个好座位，我随后就到。”

他俩见何队长态度这样坚决，一片真情，也不好再拒绝，陈福民就说：“行。今天就吃何队长的，下次我做东，我来请。”

“好吧，下次再说。”何队长打了一下手势，要他俩先去。

转过一道弯，走过宽敞的球坪，远远地就闻到了饭菜的香味。

“哇，今天食堂的饭菜，感觉特别香。”朱淑芬深深地呼吸了一口随风飘来的饭香，对陈福民说道。

“是的，我也有同感。”

“是不是做了一上午的事情，出了力，流了汗，感觉不一样？”

“可能。记得我在家里的时候，每次农忙回来，饭都要多吃点儿。”

“当然，你在学校教书，平时运动量少。做一下事，就要消耗体力。消耗了，就要多吃东西，补充能量。”

“今儿中午，你可要放开肚量，多吃点儿。”

“好，我俩比一比，看谁吃得多。”

两人边走边说，进了职工食堂大门。

食堂内人声沸腾，一片嘈杂，餐桌边基本上坐满了人。陈福民带着朱淑芬左转右拐，在餐厅里面一个靠角落的地方找到了一个餐桌坐下。

“我们在这里等吧。食堂属何队长管理，只要他打声招呼，饭菜都会送上来的。”陈福民坐下后说。

“哦，还有这样的好事？”朱淑芬听后，深感意外地问道。

“这算什么。”

“听你这么说，看来人还是要当官才好。”

“那当然。”话一出口，陈福民立即感到说漏了嘴，刚才朱淑芬还帮何队长洗了东西，怕她联想到自己，忙转变了话题，说：“今天中午怎么有这么多人吃饭？都12点半了，食堂里的人还是满满的。”

说完，看了一眼朱淑芬。朱淑芬没作声，而是用手支撑着下巴，眼光直直地盯着前面排队买饭的人群，心想，在这里吃饭还要排队，这么麻烦。在家时，每次从学校教书回来就有饭吃，公婆早已将香喷喷的饭菜搞好，在那儿等着。那种一家人在一起围桌吃饭的情景，是多么温馨和难忘。这样想着，朱淑芬直了直腰，站了起来。突然，一个熟悉的身影在她眼前晃动。

她定睛一看，是毛阿利那小子刚从窗口打了饭，回到餐桌去吃。他那走路的姿势和形态，与昨晚那一闪而过的身影实在太像了。“昨晚肯定是他。”朱淑芬暗想。

她把自己的想法告诉了陈福民。陈福民听后，勃然大怒，站起来就要去找毛阿利算账。朱淑芬一把拉住他，说：“福民，不要太冲动了，毕竟没有证据。”

陈福民正在气头上，说：“管他有没有证据，揍了他再说。”

“那不行，万一搞错了，打错了人也不好。何况我也不想你为了我再去打什么架。”

“对付他这种人，只有来硬的。”陈福民嘴上是这样说，心头却软了下来，并慢慢坐回了座位。他觉得朱淑芬说得有点儿道理，做什么事都不能只靠霸蛮，还得动点儿脑子，想点儿办法。

在餐厅的另一角落里，毛阿利买来了饭菜和段大海一起用餐。真是冤家路窄，毛阿利吃了一口饭，抬头朝餐厅里扫了一圈，眼光就一下子落在了朱淑芬的身上，盯得一动不动。

他马上放下筷子，站起身就要走过去，被段大海一把拉住：“兄弟，去不得。你看，陈福民在她的身边，我们不是他的对手。”

“松开手。怕死，你就在这里吃你的饭，不关你的事。”

“那怎么行？全工区的人无人不知，你我形影不离，是有福同享，有难共当的好兄弟。你的事，就是我的事。何况，这是我们两人的事情。”

毛阿利感动地拍了拍段大海的肩膀：“好兄弟，够义气。”

“走。”段大海从凳子上跳下来就要走。

毛阿利拉住了他的手，用嘴凑近他的耳旁，小心地说：“莫急，兄弟。这次，我们一定要搞赢，要让朱淑芬知道我们的厉害。”

他要段大海先在这里察言观色，如果他搞赢了，就不要过来，万一势头不对，再过来支援，打他个措手不及。“懂吗？这就叫战略战术。”说完，他从裤袋子里摸出一把水果刀，递到了段大海手里，要段大海在关键时候派上用场。

段大海接过刀，说：“这刀还是你自己拿着好吧，好防身。”

“你咋这样傻？我们先礼后兵，迫不得已，才动刀子。懂吗？”说完，又凶了段大海一句，“你胆子这样小，连一把刀都不敢拿。你先拿着，我去了。”

段大海一直都怕毛阿利，见他这样说，只好把刀子收了起来，放进了裤袋里。

毛阿利放下手中的碗筷，得意扬扬地朝朱淑芬走去。

早有心理准备的朱淑芬看到毛阿利走过来，马上站了起来，大叫一声：“你又想干什么？”

毛阿利装作没听见，径直朝朱淑芬身边靠去。

陈福民见状，腾地站了起来，用手指着毛阿利，厉声说道：“毛阿利，你这个不要脸的，你跑来干什么？你给我站住！”

毛阿利毕竟有点儿惧怕陈福民，陈福民的一句“你给我站住”，让毛阿利内心打了个寒战，但他这次是有备而来，相信与段大海两个人联手，搞定一个陈福民应该不是什么难事。

毛阿利没有停步，反而加快了脚步，一下子就冲到了朱淑芬面前，出手就在她脸上摸了一下，并发出“哈哈”的大笑。

陈福民一个箭步跨了过来，一把将朱淑芬拦在了自己身后，同时出手打了毛阿利一拳。

陈福民的出手速度令毛阿利防不胜防，他倒退一步，大声叫骂：“陈福民，朱淑芬又不是你的什么人，关你什么事，你给我少管闲事！”

“你瞎了眼！我与陈福生是一个村子的，一起来参加工作，淑芬是他的遗孀。现在福生不在了，她的事，就是我的事，我管定了。我警告你，你少来骚扰淑芬。你再来，我对你不客气。”陈福民一边说，一边朝毛阿利挥舞着手中的拳头。

“你给我少来这套，别人怕你，我不会怕你。你要明白，在平硐工区，我还没有服过谁。”毛阿利说完，冲上来腾空一跳，脚就朝陈福民踢来。陈福民躲闪不及，左手膀被狠狠地踢了一脚。

这一脚将陈福民激怒了。陈福民大吼一声，顺手抄起身边的凳子，就朝毛阿利砸去。毛阿利身子一缩，凳子“叭”的一声，砸在了地板上，一下子被砸得粉碎。

食堂餐厅顿时乱作了一团，有的怕打到自己，赶紧往外跑，有些胆大的还围上来凑热闹，大喊：“打，给我打，打得好。”

“这个毛阿利太不像话了，不好好收拾一下，他不知道好歹。”

朱淑芬怕伤着陈福民，死死拖住他，要他莫打了，算了，同时，她大声呼叫：“何队长，何队长快来啊，出事了！”

何队长正在食堂厨房里安排中午吃的饭菜，听见外面的嘈杂声和叫喊声，连忙冲了出来。

段大海见势不妙，赶紧跑过来帮忙。他见陈福民拿凳子砸人，为不吃亏，他忙从口袋里抽出刀子，朝陈福民一把刺去。

陈福民眼明身快，一转身，刀子落了空，却一刀刺在忙赶来劝架的何队长身上。

鲜血顿时从何队长身上涌出，何队长忍住伤痛，一把将段大海抓住。段大海奋力挣扎，企图逃跑，又用拳头朝何队长身上的伤口狠狠地打了一拳。何队长脸色惨白，抓着的手也慢慢软了下来。正准备去追赶毛阿利的陈福民见状，赶紧返回，上前与何队长一道狠狠地把段大海按倒在地。

突然，“咚”的一声，何队长侧身倒在了地上。朱淑芬、陈福民他们大喊：“救人！快救人啊！”

围观的人群也围拢了上来，一边喊“救人”，一边呼叫：“何队长，你醒醒，你醒醒啊！”

工区领导、保卫科人员、保健站医生、救护队人员，闻讯后纷纷赶来，与围观群众一道，在做了简单的止血处理后，连忙将何队长送上了救护车。

朱淑芬也跟着上了救护车。临走之时，工区党总支书记周国强交代：“刘明新，你现在代表工区领导陪何队长去医院抢救、治疗。何队长单身，母亲也不在身边，没人护理，朱淑芬你就去照料，直到何队长康复出院。”

刘明新、朱淑芬一一点了点头。

“救人要紧，马上发车！”周国强用手一挥。

救护车立即发出呜呜的尖叫声，风驰电掣般朝矿医院驶去。

伤人凶手段大海当即被保卫组带走，并立即移交了当地派出所。

毛阿利趁混乱之际，溜出了食堂大门，慌乱之中朝马家镇方向逃去，准备搭乘路过这里的火车，逃往广州。

工区保卫组立即组织人员追捕，并电话报告矿保卫科，请求派人在前方拦截。

到下午4时，保卫人员根据路人提供的线索，终于在通往火车站方向的一座山头上，将潜伏在这里伺机逃跑的毛阿利抓获。

矿医院在接到电话后，早已组织最强大的医疗阵容，在门诊大门前等候。

救护车一到，何队长就被立即送到了手术室抢救。

因失血过多，何队长需要输血抢救。可到最近的市人民医院血库调血，来回也要3个小时。时间就是生命，院领导和医护人员急得团团转。

一直在手术室门外守候的朱淑芬得知后，马上站起来找到医师，说：“没有血，抽我的血，何队长是因为我受的伤。”

医师问她：“你知道你是什么血型吗？”

朱淑芬听后傻了眼：“什么？血不都是一样的吗？还要分什么血型？我从农村来，是第一次听说，不知道我是什么血型。”

医师给她解释说：“每个人的血型不一样，要输血，就一定要找到相匹配的血型，才能输入，才有作用。”

由于时间紧迫，医师也没给她做过多解释，先安排护士抽她的血化验一下再说。

与此同时，矿广播站也播出了寻找AB血型，呼吁爱心人士献血的紧急通知。

很快，化验结果出来了。也是巧合，朱淑芬正好是AB血型。

医师马上安排人员先抽她的血。

5毫升、10毫升、15毫升……一滴一滴，鲜红的血液，随着护士手中注射器的抽动，带着体温，从朱淑芬的手臂上涓涓流出。

朱淑芬突然感到一阵头晕，忙用手撑住了头部。

刘明新见状，赶紧过来扶住了她。她看了一眼刘明新，心里有种说不出的滋味。

朱淑芬一次献了300毫升血液，医师忙安排一张床位让她休息一下。

刘明新也听从医师的建议，忙跑到附近的职工家中端来了一杯淡盐开水。

朱淑芬双手接过杯子，刚抿了一口，眼泪就唰地流了下来。

刘明新忙一边掏出一条手绢递给她，一边安慰道：“不要哭，淑芬，这也不能全怪你。要怪，也只能怪毛阿利、段大海那两个浑蛋。”

“可这一切，都是因我而起呀。我又没得罪他们，他们凭什么总是欺负我。我怎么对得起何队长。呜呜……”朱淑芬的哭声反而越来越大了。

刘明新一时急得不知道怎样安慰才好，只是一味地说：“你刚抽了血，身体虚弱，一定要好好休息。相信何队长也不会怪你。”

朱淑芬这才慢慢地停止了哭声，躺在病床上睡了过去。

刘明新见朱淑芬没事了，又赶紧走到手术室，打听何队长的情况。

何队长因及时输入了朱淑芬捐献的血液，伤情稳住了，医师正在全力以赴进行抢救。

刘明新在手术室门口焦急地来回走动，汗水随着他的面颊不断地往下流。他身上的白色衬衫，也被汗水浸透了。

走累了，他就在手术室门口的一条长木板凳坐一坐，休息一会儿。昨晚，书记周国强临时喊他到井下查了一下岗，到天亮才出井，上午又在办公室忙公务，本想在下午好好休息一下，没想到发生了这样的血案。忙到现在，都没坐下来休息一会儿，对他来说，实在太辛苦了，他坐在凳子上一下子就睡了过去。

一觉醒来，发现朱淑芬站在身旁，他忙站起身，说："淑芬，你怎么不多休息一下就起来了？"

"我睡了一下，感觉身体好多了，没事了。"朱淑芬故作镇静地说，"倒是无缘无故地连累了你没休息好，实在对不起了，刘秘书。"

"说什么呢？再说，就见外了。"刘明新停了停，说，"我们都是一个工区的职工，在同一块蓝天下吃饭、做事。你们的事，就是工区的事；工区的事，就是大家的事。我身为工区秘书，既上为领导服务，又下为职工家属服务。因此，这也是我的职责所在。只是这毛阿利、段大海两个人做事太不像话了。昨天保卫组才把他们带去训了话，出来才一天，不但不反思悔改，反而还变本加厉，再次滋事。我看这两人是不见棺材不流泪，这次恐怕是难逃法网了。"

"哦。刘秘书，怎么后来没看见陈福民了，你知道他到哪里去了吗？"朱淑芬突然焦急地问道。

刘明新答道："他也被保卫组一起带走了。"

"什么？他也被带走了？凭什么啊？"朱淑芬情绪激动地大叫了起来。

"应该也没什么事。按法律程序，他作为案件当事人，有义务配合公安机关调查取证。"刘明新解释道，"公安机关还有可能来找你问话，了解情况。"

朱淑芬听后，一下子急了："什么？公安机关还要找我问话？我可是受害人。"

"但同时，你也是当事人，而且是主要当事人。公安机关不仅要找你，而且还要找何队长，还要找当时在食堂吃饭的所有目击证人。"

"要找这么多人？"朱淑芬问。

刘明新点了点头："是的。这既是对案件负责，也是体现出法律的公平公正。"

朱淑芬听得眼睛睁得大大的，感觉听得一头雾水。

说话间，手术室的门吱呀一声打开了。只见一个护士走在前面，用手高高举起一只输液瓶，紧接着，推出一辆手术推车，后面跟着几个医师、护士。

何队长双眼紧闭，脸色苍白，静静地躺在车上，身上覆盖着的床单，白得刺眼。

刘明新、朱淑芬见状，立即跑了过去，推着车，大声叫道："何队长，何队长！"

后面一位戴眼镜的主治医师马上打着手势，制止他们大声呼叫，说："病人刚刚做了手术，正在昏迷中，身体非常虚弱，多让他休息。"

他俩扶着车子，一边朝病房走去，一边点了点头。

刘明新轻声问道："医师，何队长伤势严重吗？手术成功吗？"

那戴眼镜的医师答道："何队长还算命大。刀口离心脏只差一厘米多，刀子再偏一点点，何队长就危险了。手术还算成功，等麻药的药效过后，他就会醒过来。"

等将何队长从手术推车移到病床上，将输液瓶挂好，对刘明新、朱淑芬两人交代了几句注意事项，医师、护士们就相继离开了病房。

望着医师、护士们远去的背影，朱淑芬深深地松了一口气："真是不幸中的万幸啊！何队长没事就好，不然的话，我就成了千古罪人，对不起何队长一家人了，那我也不想活了。"说完，她在床沿上慢慢地坐了下来。

刘明新用手拉了拉盖在何队长身上的床单，安慰朱淑芬说："你也不要太自责了，事已至此，再也无法挽回。你下步要做的就是好好护理何队长，让他早日康复，早日重返工作岗位。知道吗？"

朱淑芬点了点头。

见何队长手术成功，伤情稳定，他就对朱淑芬说："我先到医师那里再详细了解一下何队长的伤情。之后，我就回工区了。昨天到现在我还没好好休息过，我得回去一下，一则向领导汇报，二则想休息一下。”

朱淑芬点了点头，说：“你去吧。有我在，你放心。这个医院我熟悉，那年我在井口摔伤，陈福生送我到这里住了几天院。何队长现在住的这张床，就是我当年住过的。”

“哦，这么巧，真是无巧不成书呀。看来，你们俩还真挺有缘分啊！”刘明新故意将这句话拉得老长。

“看你说的，刘秘书，这时候还有心思开我的玩笑。”朱淑芬不好意思地低下了头。

“好啦，我走了。”说完，刘明新站起来朝门外走去。

朱淑芬见状也马上站起来，送到了门口边，挥着手说：“刘秘书，谢谢你，你慢走啊，再见。”

刘明新回头看了看朱淑芬，转身走了。

送走刘明新，朱淑芬重又坐回了病床旁。折腾了一天，此时，她也感到自己特别疲劳，特别辛苦，特别想好好休息一下。

她将何队长正在输液的手臂往床里面挪了挪，就势伏在了床沿上。

孰料，何队长那匀称的呼吸声，心脏“咚、咚”的跳动声，像一道道电波似的传来，这种男人特有的气质和韵味，使得朱淑芬心头有种久旱遇甘霖的感觉。这是陈福生去世两个多月后她从未有过的，即使与陈福民在一起，也从没有这种感觉。这感觉怪怪的，令她有种无比的兴奋和冲动。她抬起头看了一眼何队长，何队长那棱角分明的脸庞，像婴儿熟睡时那种可爱的表情，使得朱淑芬怦然心动，不由自主地将凳子往床边移了移，将头伏在了何队长满是肌肉、富有弹性的手臂上。

这让她想到当年自己在这里住院时，陈福生来护理，晚上两人就挤睡在这一张床上，度过了一段时间的不眠之夜。想着，想着，她甜甜地进入了梦乡。

不知过了多长时间，何队长的手臂突然动了一下，将朱淑芬从梦中惊醒。她发现自己竟伏在何队长手臂上，忙不好意思地抬起了头。

何队长其实早已醒来，他为了不惊醒她，一直忍着疼痛没有抬起手臂。他虽然为了眼前这个女人挨了一刀，但看到她一直在身边陪护自己，更何况事情的缘由也不能怪她，何队长渐渐地原谅了她，并生了怜悯之心。自从妻子逝世后，几年了，他从来没有与哪个女人这样亲近过，此时的他倒也有种因祸得福的感觉，一种强烈的幸福感、知足感。

看到何队长醒了，朱淑芬高兴地站了起来：“何队长，你醒了？”她忙问道。

何队长微笑着，点了点头。

“太好了，我马上去告诉医师。”朱淑芬说完就要去找医师，不料，被何队长一把拉住，由于用力过猛，朱淑芬打了一个踉跄，一下子倒在了何队长的胸脯上。何队长借势将她搂在怀里：“不要去了，天刚亮，医师们也在休息。”何队长一边说，一边轻轻地拍打朱淑芬的肩膀。

这温馨的一幕，刚好被闯进来的陈福民看到，陈福民连忙退了出去。

第十九章　两代遗孀

陈福民当时与段大海一起，被带到了派出所问话，他心里十分惦记着何队长的伤情，及朱淑芬的去向情况。

经过一夜的审讯和调查，陈福民虽为案件主要当事人，但因无过失和法律责任，被及时释放。

一走出派出所，他长长地松了一口气。一夜未眠，他感到了从未有过的辛劳，可他顾不上疲惫，就立即赶来了医院。没想到，他竟撞见了朱淑芬与何队长亲热的一幕。他感到非常意外、非常震惊、非常不可理喻，也非常气愤。

他在医院的走廊上徘徊了好一阵，觉得回避不是办法，决定还是进去打个招呼。

他第二次走进了病房。只见朱淑芬正在用毛巾替何队长擦拭脸上的汗水。因何队长麻药刚醒，伤口疼痛得厉害，连汗水都冒了出来。

见陈福民进来，朱淑芬不好意思地连忙放下手中的毛巾，站了起来，激动地说："福民，你来了。派出所那边，你没什么事吧？"

陈福民正在气头上，朱淑芬的话，他装作没听见，而是径直走到何队长身边，说："何队长你醒了？感觉好点儿吗？"

何队长轻声地说："好多了。我的命大，阎王爷不要我，死不了。"接着又说："谢谢你，福民，感谢你当时帮我制伏了段大海，否则，他再来一刀，我的小命就真的会没了。”

陈福民接过话说：“何队长是有福之人，福大命大。有淑芬这样的大美女悉心照料，相信你很快就会好起来。”

“你说什么呢，福民？”朱淑芬连忙打断了他的话，“只一夜不见，感觉你说话怎么酸酸的，变了味似的。是不是派出所那地方有问题，凡待过的人，都是这样？”

何队长听后，呵呵笑了起来。

陈福民连忙解释说：“我感觉没什么啊。在你淑芬面前，给我再大的胆，我也不敢放肆。”说完，也跟着笑了起来。

接着，陈福民把在派出所听到的抓捕毛阿利的情形给何队长和朱淑芬述说了一遍。

何队长听后说：“这都是罪有应得。我曾多次给毛阿利和段大海两人打过招呼，说他们再不悔改，再不改邪归正，迟早要出大事。他们果真应验了我说的那句话。”

“这叫恶有恶报，善有善报，不是不报，时辰未到。”朱淑芬马上插话说。

“是的。任何事物都讲究因果关联，有什么样的因，就有什么的果出现。”陈福民感慨地说。

陈福民转而对朱淑芬说：“淑芬，这段时间就辛苦你在医院照顾何队长。我要回去了，下午还得上班。”

说完，他与何队长握了一下手，打了一声招呼，就转身离去了。

朱淑芬执意将他送到医院大门口。临别，朱淑芬说：“不好意思，福民，又让你为了我受了这么大的委屈，在派出所待了一晚。我真的不好意思再在这里待下去了，更不知道下一步的路怎样去走。”

陈福民听罢，刚才的闷气一下子消了下去，心想，作为一个女人，特别是一个漂亮女人，一个正值旺年的寡妇，一个小孩不在身边的单身少妇，要想在这偏僻的矿山，在这以男人为主的煤矿群体里，在这到处是一片陌生的环境中生存下去，确实要比一般人艰难许多，付出得更多。事到如今，朱淑芬不可能就此回到老家，更不可能丢掉陈福生用生命换来的工作机会。想到这里，陈福民安慰她说：“淑芬，这件事大家都知道，都明白，不是你的原因，也不是你造成的，你也是受害者。相信何队长心里更加清楚，只要何队长不计较、不在乎，别人就不会说什么。即使说了也无妨。”

“我心里也是这么想的，最担心的是何队长不肯原谅我。”

“应该问题不大。何队长人还可以，通情达理，在工区口碑也好，毕竟是干部子弟，是老革命的后代。相信他绝对不会埋怨你的。”

“但愿如此吧，也只能听天由命了。”朱淑芬听后叹息道，“对了，福民，你回去记得给我带点儿换洗的衣服过来。昨天走得匆忙，一点儿东西都没带。”

“好的，放心吧。”说完，陈福民接过朱淑芬递过来的房门钥匙，转身走了。

朱淑芬怔怔地站在那里，望着陈福民渐行渐远的背影，直到背影一点儿一点儿地消失，看不见了，她才收回了视线。

回到病房，一个护士正在给何队长换药，朱淑芬在对面的床沿上坐了下来。护士麻利地挂好输液瓶，瞧了一眼朱淑芬后，端起药盘走了。

“陈福民走了？”何队长扭转头问道。

“嗯，刚刚走。”朱淑芬答道。

何队长说：“陈福民这个人不错，工作扎实，为人实在，关键时候也肯帮忙。”

“是的。他与陈福生一起长大，也一起来煤矿。那年，他为了当煤矿工人，连高中都没读完。当时，我们村子里的人都说，这个伢子可惜了。可这几年下来，感觉他在这里干得不错，还挺开心，就觉得他当年的选择也是对的。”

说话间，两个公安民警走了进来。一个年纪稍大的民警自我介绍说：“我们是派出所的，来向你们了解昨天在平硐工区发生的血案情况。希望你们配合。”说完，两人都把工作证件给何队长和朱淑芬看了一下。

“你是何队长吗？”民警问道。

何队长点了一下头。

“那你就是朱淑芬了？”民警转过脸，对朱淑芬问道。

朱淑芬答了一声：“是的。”

两位民警相继找地方坐了下来。

民警说：“我们首先向你们通报一下案件的侦破情况。案件的两名嫌疑人毛阿利和段大海都已被抓获，他们对自己的行为供认不讳，案情基本清楚。”

民警停了停，继续说道：“现在找你们的目的，一是听听你们对案件的陈述，二是就某些细节问题进行了解，三也是体现法律的公平和正义。”

民警说完，打开了记录本：“朱淑芬，你先说。”

朱淑芬说完后，又要何队长说说。待两人说完，要他们在记录本上一一按上了红色的手印。民警这才收起记录本，离开了病房。

陈福民回到工区，想到晚上还要上晚班，就临时决定先去朱淑芬房间替她拿东西，之后再回去好好休息一下。

上得楼来，陈福民匆匆朝朱淑芬的宿舍走去。走到门口一看，不知是谁写了两个“骚货”的大字贴在门页上，白纸黑字，十分醒目。

陈福民一边大骂“是谁干的？这么缺德”，一边气愤地一把将纸撕下，揉成一团，准备扔到楼下，可转念一想：不能就这样丢掉，得拿去向领导反映一下，太不像话了。

陈福民又将纸慢慢展开，折好，装进了口袋里，接着，掏出钥匙，打开了门。门一打开，一股女人的体香扑鼻而来，他深深地呼吸了一口。

几分钟后，他站起身来，感觉有点儿晕头转向。他还是坚持把朱淑芬挂在屋内晾衣绳上的内衣内裤收起，又到箱子里去找了她要的那套浅绿色裙子。接着，陈福民找来一只袋子，把朱淑芬的衣服装上，走出了门。

他先是直接走到工区党总支书记的办公室，书记周国强不在。他下到了二楼，找到了刘明新。

刘明新接过那张纸，说：“我会要保卫组好好查下。此风不刹，会蔓延下去，将来对朱淑芬不利，对我们整个工区的风气不利。”

陈福民说了声“谢谢”，就回到宿舍休息去了。

第二天一出井，他换洗好衣服后，就往医院走去。还未到病房门口，就远远地看见门口边围了一些人，不时有哭叫声从病房传出。

陈福民感觉情况不妙，心想肯定出事了，忙加快脚步穿过围观的人群，挤进了病房。

一进病房，就看到朱淑芬伏在对面的病床上号啕大哭，一个老太婆正用手指着朱淑芬大骂：“不要脸，害得我儿子险些送了命！”何队长躺在病床上一脸无奈地看着她俩争吵。一个四五岁的小女孩，站在病床边，拉着何队长的手一言不发。

陈福民一下子就明白过来了。原来是何队长的母亲带着孙女连夜从老家赶来了医院，因道听途说，误会了朱淑芬。

他先是走到何队长母亲身旁，说了一句：“伯母，您来了？”便拉着她老人家坐在何队长的床沿上。

老人家一看是陈福民，忙要他给评评理，给个说法。朱淑芬见陈福民来了，也停止了哭声，坐了起来。室内一下子安静了下来。

陈福民将手中的袋子放下，就一五一十地将事情的来龙去脉告诉了何队长的母亲，说：“何队长受伤，虽是由朱淑芬而起，但受伤后，如果不是朱淑芬勇敢献血，恐怕连何队长的性命都有危险。因此，从某种意义上来说，朱淑芬又是何队长的救命恩人，现在何队长体内流动着的都有朱淑芬的血液。”

何队长的母亲不愧是干部家属，知书达礼，听陈福民解释后，觉得自己错怪了朱淑芬，忙走到她面前，说：“淑芬，不好意思，是我老糊涂了，弄错了，对不起了。我还得感谢你救了我儿子，照顾我儿子。”说完，就走过去拉起朱淑芬的双手：“你不怪我吧？”

朱淑芬立即站了起来，摇了摇头。

何队长的母亲一把将朱淑芬搂在怀里：“那就好，我的好闺女。”

朱淑芬感动地紧紧抱住了何队长的母亲，泪水再一次滚落而下。

何队长的女儿巧巧，也赶紧跑了过去，依偎在奶奶和朱淑芬身边。

这温馨的一幕感动了在场人员，围观人群渐渐散去。

何队长母亲何大妈忙打开行李袋，从里面拿出了花生、红薯干等农村土特产出来，要朱淑芬吃。

朱淑芬接过了一捧花生，刚准备往口里吃时，突然想起陈福民来，刚还在这里，怎么一下子就不见了呢？朱淑芬惊叫了一声："福民，福民哥！"

朱淑芬一下子冲出病房，往医院大门口走去。

远远地，只见陈福民往工区方向走了。朱淑芬喊了一声，可能太远，没见回应，她便没再喊了，只是默默地看着他一步一步远去。

朱淑芬再回到病房，何大妈对她客气多了，左一声"闺女"，右一声"闺女"，叫个不停。何大妈心想，这么年轻、漂亮的女人，要是能成为何家媳妇，那可是上天的恩赐，前世修来的福分。

朱淑芬也是一边清理房间的卫生，一边逗着巧巧。巧巧也十分喜欢这个漂亮的阿姨，与她有说不完的话，有时还引起大家满堂大笑。

何大妈看到朱淑芬喜欢上自己的孙女，更是高兴得不得了。

何队长看到她们高兴的样子，身体正虚弱的他也甜甜地睡了过去。

何大妈见儿子睡了，便把朱淑芬拉到对面床沿上坐下，拉起了家常，问了一下她的情况，也说起了自己坎坷的一生。

1929年10月的一天，随着一声啼哭，何大妈出生在徐州市一个贫民家庭，她在家中排行第四，幼时在父母的疼爱和姐姐们的呵护中快乐成长。5岁那年，父亲为报效祖国，北上当兵，从事党的地下工作，此后再也没有回来。其时，家里已有六姐妹，全靠母亲带着她们在徐州街头摆地摊、卖纸烟、卖小菜，艰难度日，常常是饱一餐饥一餐，吃了上顿没下顿，其中两个姐姐、一个妹妹，就是饥饿成疾、无钱医治去世的。六姐妹最后就剩下她和姐姐两人。

徐州历来是兵家必争之地。抗日战争爆发不久，日本鬼子就侵占了徐州。日本鬼子到处杀人放火，哄抢财物，男女老幼吓得白天不敢出门。何大妈那时已是十几岁的小姑娘，母亲把她和姐姐藏在地窖里，只有半夜三更才出来活动一下，透透气。尽管东躲西藏，还是有无数同胞死于鬼子的枪炮刀下。一天，母亲要她去离家不远的舅舅家走一趟。一走进院落，就听见有日本人粗蛮的说话声，她连忙趴在窗边上看，只见两三个日本兵坐在饭桌边，舅舅正在倒茶。没想到一个日本兵猛然站起，嘴里“哇哇”大叫，舅舅还没缓过神来，就看见日本鬼子抽出军刀，一刀砍向舅舅的右手，“咔嚓”一声，随着一股鲜血喷出，舅舅的手腕被砍断了，舅舅叫都没叫一声就连人带茶壶“扑通”昏倒在地。日本鬼子把带血的刀往舅舅身上狠狠地擦了擦血迹，转身就走了。年幼的何大妈被眼前的情景吓呆了，跑过去扑在舅舅身上失声痛哭。望着日本鬼子远去的背影，何大妈内心充满了对日寇的仇恨。一个月后，因伤口感染发炎，伤情加重，舅舅含恨去世。

舅舅的死，在何大妈幼小的心灵中，更加深了对日本强盗的憎恨，她越发思念起远在东北的父亲。那段日子，她就是做梦都想父亲回来，带领部队赶走日本鬼子。就这样，日复一日，年复一年，她在苦难的日子里煎熬，终于盼来了日本投降。见局势基本稳定，为了减轻母亲的负担，她到邻居家当保姆，帮人家带小孩，洗衣浆衫。不久，邻居家住进了一帮穿黄军装的国民党士兵，乐观、开朗的她，引起了一个叫刘忠的上尉军官的注意。通过一段时间的观察，这位军官竟喜欢上了她，托人到何大妈家说媒。开始，母亲不同意，认为她的父亲还没回来，加之当兵的南征北战，没有定所，女儿日后难免东奔西颠，跟着受苦。没想到，她的姥姥看见刘忠一身戎装、举止有礼，认为他将来必有出息，竟同意了，并说服了她的母亲，双方于是正式相亲。因部队急于换防撤走，一个月后，部队就在徐州大礼堂为他们举行了婚礼。可何大妈还没有从新婚的喜悦中走出来，丈夫刘忠就随部队迁到了南京。在南京，刘忠毅然脱离国民党，加入中国人民解放军，并先后参加了解放上海、福建的战役。福建解放后，刘忠写信回家，全家人便在南京相聚。1950年，组织上要为刘忠安排工作，思乡心切的刘忠却一再要求回湖南老家。当时，他们的儿子刘兵已出生10个月，何大妈理解丈夫的心情，随夫南下，来到湖南郴州一个偏僻的山村。

刘忠的家，具有典型的湖南山村特色，一出门，抬头就是山。刘家五兄妹，刘忠排行老三，由于自然条件的局限，家中十分清贫。1952年，刘忠被招工到附近的煤矿当了一名煤矿工人。1953年，她也随丈夫来到煤矿。煤矿火热的生活，焕发了她的青春与智慧。她利用能歌善舞、会讲话的优势，参加单位的各项活动，成为家属中的活跃分子和优秀代表。可好景不长，在那个特殊的时代，刘忠因当过国民党军官而被判入狱。刘忠这位军人出身的铮铮硬汉，没想到自己革命几十年，竟落到如此下场，怎么也想不通，一气之下用洗澡帕吊死在大队部，结束了自己48岁的短暂生命。

何大妈闻讯，哭喊着赶到40里外的乡下，丈夫早已人去气绝。怀着巨大的悲伤，掩埋好丈夫后，这位坚强的女性带着儿子刘兵回到矿上。

丈夫去世的悲哀还没消去，儿子刘兵又被抓了起来，不久因病死亡。

不幸接二连三发生在何大妈身上，苦命的何大妈泪都流干了。

后来，她认识了也是南下干部的何队长的父亲，生下了何队长，总算在矿区有了一个家。本想与老何安享晚年，共度余生，没想到老何竟在几年前因病抛下他们提前走了。

说到这里，何大妈已是泪湿衣襟。

朱淑芬听完何大妈的述说，感觉何大妈虽出身革命家庭，但命运艰辛、一生曲折，也早被感动得泪流满面了。朱淑芬给何大妈递上了手帕，两代遗孀、两个不幸女人的手已是紧紧地握在了一起。

第二十章　意外怀孕

第二天，王淑珍与红红相约来到了衡州。红红说，她有个表哥在列车上卖东西，既轻松，生意又好，一个月可赚一千多元钱。

王淑珍以前听说过，坐火车时也见过这些长年累月混杂在旅客中间，手捧杂志、报纸以及塑料凳、小玩具一类的商品，穿梭的小商小贩。以前还有点儿瞧不起人家，嫌他们影响行车秩序，没想到，自己却要加入这一行业。

“人哪，就是命。命中注定，人算不如天算，不服不行。”王淑珍想道，现在长期待在家里也不是办法，既然找不到其他合适的事做，那就先出来跟着做一做再说。

夜幕悄悄降临，可太阳似乎还留恋着人间迟迟不愿下山，于是青灰色的天空在西边又描出几抹淡淡的浅红。伴随着落日的余晖，红红和王淑珍来到了衡州市。

衡州市的夜晚，一片灯火通明。远处的湘江大桥，一盏一盏的彩灯倒映在水里，成了许多红绿相间的水柱，宛如一道道绚丽的彩虹。大桥上，车来人往，像白天一样奔流不息。红红和王淑珍从桥头下车后，手牵着手挤过人流，东拐西弯，在临近江边的一排低矮的出租屋里，见到了她的表哥。

她表哥个子高高的，人显得黑瘦，说起话来语速非常快，像打机关枪似的，说来说去，只知道他从事这个行当有两三年了，虽很辛苦，但比起到广东等地打工还是自由些。这里毕竟离家近，两个小时就可回去一趟，还可照顾家里的父母。因此，他就乐此不疲，还称捡了个“金饭碗”，于是坚持干了下来。

他要王淑珍、红红两人明天先在家里准备一下，后天再与他一起出去跟车。

此后，每天早上八点，王淑珍、红红她们像列车上的乘务人员一样，准时出现在京广线湖南段一辆由南往北的列车上。所不同的是，每次她们都用黑色的塑料袋，背上一捆沉甸甸的《三湘都市报》《故事会》等报刊，一上车，就把它塞进座位底下，等车子一开动，她们就拿出一部分书报，边走边吆喝：“卖报！”“卖报，卖报！”“一元钱一份，快看看今天的新闻！”

每天，她们在红红表哥的带领下，中途在一个站下车，然后马上又赶往另一辆往北方向的列车。中午在车站附近的一个小饭店吃个盒饭，稍休息会儿，下午三点又出现在往南方向的列车上，最后搭乘晚上的车回家。

一天在车上来来往往四趟，虽不用干体力活儿，但刚出来那阵子，由于还没适应，王淑珍她们感觉全身像散了架一样，特别是双腿，走来走去的，一天要走上几十公里，沉重得似灌了铅，到最后连走路的力气都没有。

几天下来，王淑珍深感艰难，晚上一个人孤单单睡在床上，所有的痛苦、委屈都和着泪水往肚里咽。第二天，没有办法，又得强装精神，出现在列车上。也还好，尽管辛苦，但苦有所值。一天辛辛苦苦下来，少则可赚二三十元，多则可突破一百多元。可是，她对这个职业还是不满意，说是风险太大，没有人格尊严，有时为了躲避查票，东躲西藏，像做贼一样提心吊胆。这样的日子久了，就算不出安全事故，身体也折腾不起。

她决定还是离开这里，到广东去闯一闯。在车站与红红道别后，她就直接坐火车去了广州。走出广州车站，她却一点儿都轻松不起来，因为她除了几身换洗的衣服，其余一无所有。她感到从未有过的失落与无助。望着眼前车水马龙的街道和熙熙攘攘的人群，倍觉自己人生的悲哀，一滴辛酸的泪水，情不自禁地滚落了下来。

随着南下民工流，她辗转到了东莞，当晚就挤住在一个老乡租住的出租屋内。第二天，她满怀希望地一家厂一家厂地去找工作。哪知每到一地，不是嫌她没工作经验，就是员工已满。尽管她双脚走得生疼，口水讲干，可还是没有哪一家厂愿意招收她。接连几天下来，天天如此。眼看带着的几百元钱所剩无几，再这样下去，连回家的路费都困难了，她仔细想了想，还是决定回去在老家找点儿事做。

回到家里，她看到小镇上凉粉生意十分火爆，就在父亲的支持下，买来了一辆脚踏三轮车及制作凉粉的工具，在一所学校对面的街上摆了一个凉粉摊。

由于她态度热情，所卖的凉粉口味好、数量足、价格合理，生意一下子就火了，每天的收入也能达到四十多元。虽然收入不是很高，但还是感觉比在列车上提心吊胆跑车要好，她的心也渐渐地踏实、安静了下来。

时间，就这样在忙碌中一天一天度过。

一天下来，虽然辛苦，但能在家里天天与父母亲在一起，这种浓浓的亲情，还是让她感觉到充实、温暖。“能天天与父母双亲在一起，这比做什么事都幸福，比吃什么山珍海味都有味。”王淑珍想道。她还真的喜欢上了这种有温度的生活。

可是，一天晚上，她突然呕吐起来。这一吐，就打破了她本以为宁静的生活。母亲以为她感冒了，第二天连摊子也不让她去守了，心疼地要她在家好好休息。在家里，她呕吐了好几次，自己没发烧，也没哪里不舒服，感觉与感冒还是不一样。那究竟怎么回事？她坐在床沿上左思右想。

“难道怀孕了？”她毕竟是过来人，有些经验，突然冒出了这一想法，可她马上又否定了，“上次在县城与刘铁伟只发生了一次关系，仅此一次就怀上了，应该不可能吧？”这让她既惊又喜又担心。她决定先将事情隐瞒下来，不告诉父母亲，等考虑好了再做打算。

第二天，她执意要出去做生意，又来到了摊位旁。

日子就这样一天天过去，王淑珍腹中的胎儿也一天天长大。

晚上，她坐在床上抚摸渐渐隆起的肚皮，为不知道下步将如何是好而焦虑。

“打掉吧？可这是她与刘铁伟的骨肉。刘铁伟是她的初恋情人，是她生命中的第一个男人。在学校时，有时嘴上说得无情，可在心里还是想着他、爱着他的。”这样想来，她越发觉得这个胎儿不能打，这是她与刘铁伟的爱情结晶，是她对刘铁伟一种情感的念想。于是，她决定把这个胎儿留下来。

可是，转念一想，自己身为一个寡妇，怀了孕，别人会怎么去说，父母亲又会怎么去想？虽然自己心里清楚，没做任何越轨和有损道德、良心的事，但外面的人是不会这样理解、这样去想的。

俗话说：“人言可畏。”假如她坚持生下来，就是跳到黄河也洗不清自己。

想着，想着，她都感到后怕了，不禁打了个寒战。自己遭到歧视倒算不了什么，关键是会连累父母亲，连累家人，整个家庭都会在村子里抬不起头来。

父母亲为了这个家，为了自己，操碎了心。自己长这么大，还没对父母的养育之恩、培养之情，回报半点儿，反而还处处让父母牵挂。如果再强行把胎保住，生下这个小孩，父母亲非气死不可，那自己活着还有什么意义呢？

辗转难眠。王淑珍思来想去，想不出什么好的办法，泪水流了一次又一次，枕巾湿了一大片。

正当她愁思苦想，不知如何是好时，马云给她来了封信。马云在信中说，自从王淑珍请假回去后，他们夫妇日夜思念着她，她也总是在老公面前提起，要他想点儿办法，调动一下工作，换一个工作环境。现在机会来了，矿宣传科需要一个内勤人员，她老公谭国庆与矿党委书记王方生商量了一下，说王淑珍学的是中文专业，又是教师出身，还是很适合这一工种，于是，决定调王淑珍去宣传科。马云在信中特别叮嘱，收到信后，不要耽误，立即赶来矿里报到上班。

这一消息，让她深感意外。她在学校当老师时，就十分羡慕在矿机关上班的人。矿机关办公大楼就在学校正对面，中间只隔一个球坪。尽管近在咫尺，然而，她却很少进机关大楼。在她内心，知道这是全矿的首脑机关，是政治、经济、文化的中心，是权力和威望的象征。她甚至这样认为，能进矿机关的人，都不是一般的人，要么有本事，要么有关系，像她出身农村，从农家走出来的读书人要想进机关，可能是妄想了。

没想到，命运对她格外垂青，机会来得这样快，这样突然，来得有点儿不知所措。这让她真有点儿不敢相信自己的眼睛，在反反复复看了来信两三遍后，她确信无疑，才兴奋地告诉了父母亲。

全家人都为她高兴不已，年迈的父母看到女儿久违的笑容，心情也愉悦了起来。

“女儿终于有出息了！”她父母亲的心像灌了蜜糖一样欣喜，激动地做出了早点儿收摊回家的决定。一家三口自从王淑珍回来后，已是几个月没这样开心过，于是早早地回到了家里。

晚上，母亲特地宰杀了一只大公鸡，说是这段时间来忙于做生意，大家都辛苦了，好好补补身子，同时，也是为了庆祝淑珍有了新的工作岗位，进了机关大楼，这是全家人的荣耀，家里几代人，还没哪个坐过机关，得好好庆祝一下。母亲一边做着家务，一边乐呵呵地唠叨。

父亲则坐在家门口，一根一根抽着他的旱烟，平常紧锁的眉头，已舒展成一朵朵灿烂的花团，连抽烟的姿势、动作，似乎也洒脱了很多。

王淑珍则在自己的闺房整理起东西来，她打开行李箱，将衣服一件一件折好，放进了箱内，还将随身携带的日记本从枕头底下拿出，用手擦了擦封面，放进了箱子的底层。她一边清理东西，一边哼起了《外婆的澎湖湾》，悠扬的歌声从房内飘出，在村庄的上空飘荡，仿佛在告诉人们，过去的委屈、痛苦和悲伤似乎一扫而去，迎接她的将是充满憧憬、美好的未来。

吃罢晚饭，她对父母说，要去红红家道个别，母亲说：“你去吧，红红可能还没回来，你对她爸爸说声也好，你们毕竟是玩得好的姐妹，快去快回。”

“嗯，放心吧！”说完，王淑珍走出了家门。

乡村一片漆黑，只有零零星星的几户人家亮着灯光。由于电压低，灯泡瓦数小，发出的光就像萤火虫般微弱。王淑珍借助这暗淡的光线，深一脚，浅一脚，来到了红红家里。

“咚、咚、咚。”王淑珍轻轻地敲起门。

“哪一个呀?”房内竟传出了红红的声音,王淑珍心中一阵惊喜,根本没想到,临别之前,竟还能与红红见上一面,于是,她忙大声回答:“红红,是我,快开门。”

“吱呀”一声,门打开了,红红跨过门槛就抱住了她,她也把红红紧紧地搂住。“你什么时候回来的?怎么不告诉我一声?”王淑珍一脸嗔怪地问道。

“我刚回来,正准备吃了饭去找你。没想到你倒先来了。”

“说明我俩的心是相通的,心有灵犀一点通呀!”

“快进屋坐。”红红拉着王淑珍就往家里走。

红红的父亲这时也从厨房里走了出来,亲切地招呼道:“淑珍,快进来坐。”

两人相拥着,在红红的床沿上坐了下来。王淑珍这才开始打量了一下红红,说:“红红,只一个多月不见,感觉你瘦了很多,人倒是显得有精神。怎样?说说你的情况。”

红红将头低了下来,声音小得不能再小了,说:“情况一点儿不好。我表哥为了我,从车上摔下来,摔死了。我也是刚办完表哥的丧事回来。”

“什么?你表哥死了,究竟怎么回事?”王淑珍惊诧得大声叫了起来。

红红眼泪唰地流了下来。王淑珍一边拿出手绢,替红红擦了擦泪水,一边安慰道:“红红,莫哭了。事已过去了,人死不能复生,你还是保重自己身体要紧。”

在她的安慰下,红红渐渐停止了哭声,哽咽着说起了事情的经过。

红红说:“自从你走后,我也是心神不宁,曾产生了不想跑车的念头,是表哥劝说了我。他说,他已跑了好几年了,一年的收入还可以,这几年靠跑车赚来的钱,在家里建了房子,还讨了老婆,生了小孩。这行业不比其他行业,不要过多投入,只要注意安全,吃点儿苦,耐点儿劳,就行了。如果没有其他更好的去处,不如先在这里做段时间,以后再想办法。表哥这样说,也是为我着想,加之,有表哥在身边照顾着我,我想,在这里做下去,应该不会有太大的难处。于是，我就听了表哥的话，安心做了下来。第一个月的收入，还真像表哥所说的，赚了近两千元，我高兴得要死，还请表哥他们吃了饭。”

说到这里，红红停了停，接着说：“可是好景不长，列车长以我们扰乱乘车秩序为由，不准我们上车叫卖。为了能继续在车上生存，我们一方面与列车上的工作人员搞好关系，一方面由公开转为地下秘密进行。可是，这也不是长久之计，一天像做贼一样，紧紧张张，提心吊胆。碰上那些不买账、软硬不吃的列车长和工作人员，我们就伤透了脑筋，有时为了躲避，就往厕所里躲。如遇上厕所藏不住时，就用配制的车钥匙，偷偷打开车门，躲到车门外面，待查完票后再进来。这种方法虽然能躲避，但有着极大的风险，很不安全。这次，为了逃避查票，表哥又带我躲到了车门外，由于当时刮风下雨，踏板、扶手都是湿湿的、滑滑的，我因紧张，手没抓紧，闪了一下，差点儿掉下去。表哥见状，就连忙过来拉我，我借势抓紧了扶手，没想到表哥为了救我，身子一下子失去重心，竟从飞奔的列车上摔了下去。因是后脑着地，表哥当场身亡。”

王淑珍轻轻地抓住红红颤抖的双手，将她紧紧搂在了怀里。许久许久，王淑珍都是默默地坐着，一言不发，泪水却慢慢盈满了眼眶，红红表哥那活泼可爱的面容在她眼前晃动，模糊了她的双眼。

从红红家出来，已是深夜。村里显得异常安宁，只有远处的蛙鸣，此起彼伏。回到家中，王淑珍心情沉重地躺在床上，久久不能安眠。

第二天天未亮，她就在父母亲依依不舍的目光中，离开了家乡。

第二十一章　险遭奸污

一路颠簸，王淑珍赶到马家山煤矿时已是晚上8点多钟了。

她先是来到学校，当她掏出钥匙打开宿舍门时，房间里已安排了两个新来的同事居住。

两个新同事听说后，非常热情，她们两人挤住一张床，把王淑珍原先居住的床腾了出来，让给了她住。

她想，今晚已经太晚了，就将就一下，明天见了马云夫妇再做打算。

第二天，她特地起了个早，想赶在上班前到马云老师家里去一趟。

她提了从家里带来的槟榔芋、干鱼、花生和一只土鸡等特产，早早地来到了马云家。

马云夫妇见王淑珍来了，非常客气地打开了房门，迎接了她。

马云见她提了这么多东西，忙嗔怪地说："你到我家来，还讲什么客气。大老远的，从老家提这么多特产，上车下车的，多不方便，多不容易呀！"

"都是家里自己产的，我爸妈说，拿来给你们尝尝，你们对我太关心了。"王淑珍回答说。

"什么关心不关心，帮得上忙就帮吧。你年轻，今后说不定还得要你帮我们的忙呢。"

"怎么会呢？我现在这样子自身难保，还能帮你们的忙？不给你们添麻烦就不错了。"

“年轻人前程无量。今天是这样，明天说不定命运就来了个大逆转，好运来了，要拦也拦不住。”

“我还不是全仰仗你们的厚爱。没有你们的帮助，我哪还能有什么好运可言？”

“会有，会有，放心。好了，给你开个玩笑，东西我就收下了，替我谢谢你爸和妈。”

马云接过东西，一边叫王淑珍在沙发上坐，一边把东西往里屋放。出来后，马云也坐到了沙发上，拉住王淑珍的手嘘寒问暖。马云说：“淑珍，你走后，我好像丢了魂一样心神不宁。就连你国庆叔叔都在笑话我了，说王淑珍把你的心也一同带走了。”

“这不，我向他一提起你工作调动的事，他就开始放在心里，前段时间，一直苦于没有机会。这次宣传科有位同志退休，他就立即与矿党委书记商量，将你调到宣传科工作。

“你那国庆叔还说，我把淑珍安排好了，就相当于把你的心收回来了，我也能安心工作了。”

听到这里，王淑珍早已感动得热泪盈眶，她不知道说什么才好，只见她突然扑通一声跪在了马云面前，一时吓得马云不知所措。马云连忙过来扶起王淑珍，可王淑珍就是不起来，哭着说：“马老师，您和叔叔对我太好了。我们非亲非故，你们却这样帮我，我真的不知道怎样来感谢你们的大恩大德才好。”

正在里间洗漱的谭国庆闻讯也赶快走了出来，帮马云一道劝她，说：“小王，你起来，不要这样。这不是我们一家人在关心你，而是组织上在关心帮助你。你们作为知识分子能远离家乡，来到我们偏僻的矿山，本身就是一种奉献、一种牺牲。我作为矿领导，应该感谢你们才对。该下跪的不是你，而是我！”

听谭矿长这样说，王淑珍才在马云的搀扶下站起来，坐回到了沙发上。

谭国庆接着对马云说：“马云，你待会儿陪小王吃完早餐后，陪她到宣传科报到。宣传科肖科长那儿我已说好了，然后再到组织科办理人事调动手续。”说完，谭国庆到厨房里匆匆吃了一碗面条上班去了。

王淑珍在马云陪同下，很顺利地办完了调动和报到手续，连办公桌、宿舍也一并安排好了。

宣传科办公室在矿机关办公大楼的三楼，共有三间房子，其中，两间办公室，一间资料室。王淑珍作为内勤人员和统战干事，与科长在一个靠南的办公室办公。

靠南的办公室正面就是矿子弟学校，站在窗前，学校全貌尽收眼底。王淑珍连想都不敢想，一场婚姻的嬗变，竟将自己的角色进行了互换，由一名普通教师变成了机关干部。

然而，上了几天班后，她却一点儿高兴不起来。当老师，她能如鱼得水、得心应手。现在进机关，坐办公室，她倒显得束手束脚，不知如何是好。

好在肖科长是一个热心人，能善解人意，没一点官架子，给王淑珍留下了很好的印象。

第一天报到时，肖科长给她简单地介绍了科里的情况，及其职责、范围，以及宣传工作在企业中的重要作用。王淑珍听得很认真，但很多词语她还是第一次听说，听得有点儿云里雾里，只是睁着一双大眼睛，不停地点头。

肖科长也知道，说多了也是白说，还是让她在以后的工作中慢慢体会、细细品味，渐渐进入角色吧。

隔行如隔山，此话一点儿不假。一个星期下来，她还没找到一点儿感觉。一天上班，除了打扫办公室卫生，到招待所打点儿开水，整理好办公室的书报外，她感到无所事事，感觉坐机关也不过如此，比起学校当老师来轻松得多，机关人员那种神秘感，在她内心慢慢淡化了下来。

生性就有着强烈责任感的她，感觉到这样下去不是办法，心里会不踏实，何况自己还年轻，不能这样虚度光阴。可是，她一时又找不到突破口，不知从何下手。

吃罢晚饭，她决定到马云家去，向马老师请教一下如何尽快地适应岗位、进入角色。

马云正坐在沙发上聚精会神地看中央电视台的《新闻联播》节目，见王淑珍到来，热情地打开了房门，并招呼她坐在沙发上。

马云忙到厨房里端来了一杯茶水，王淑珍见状，立即站起来双手接过茶杯，说道："马老师，您不要客气了。在您家里，我也不是外人。您一客气，我倒显得不自在了，感觉您把我当外人看了。"

"哪里，哪里，不能这样说，过门为客嘛。何况，你我曾同事一场，你现在又是机关干部，如果连一杯茶水也不倒，那不岂是得罪了机关领导？我可得罪不起。"马云边说边笑，走到王淑珍身边坐下。

这一说，倒让王淑珍紧张了起来。她虽然知道马云是在开玩笑，她还是回答说："哪能这样说呢，马老师。您和谭叔都是我的大恩人，没有你们的关心帮助，就没有我的今天。我现在的一切都是你们给的，我怎能好意思在您面前称机关干部，那岂不是折杀我了？"说完也跟着笑了起来。

马云听后，本想再调侃几句，可是生怕王淑珍见外，就没再说笑下去了，而是话锋一转，像一位慈祥的老大姐似的问道："怎么样？淑珍，上了一个星期班，坐了几天机关，感觉如何？"

王淑珍本来就为这事来的，听马云一说，忙说："不怎么好。"

"怎么回事？说来听听。"马云关切地说。

王淑珍说："主要可能是我还不适应这个岗位，反正总是感觉心里不踏实，有种失落的感觉。"

"这种感觉，以前，我在学校时从未有过。当老师，我能找准位置，找到自我，一堂课下来，总感到有一种自豪感、成就感、满足感。可是，在机关，这样的感觉我找不到，至少在目前是这样。"

马云回答说："哦，那可能你还没进入角色。进入角色，有个时间和过程，慢慢来吧。像你年轻，有文化，有知识，有理想，相信很快就会适应的。"

"马老师，你工作经验丰富、阅历也广，能不能给我说具体点儿。"王淑珍一脸恳切地说。

马云想了想，说道："一般来说，能进机关的不外乎两种人：一种是有关系的人，另一种就是有本事的人。"

"有关系的，进机关容易，只要领导一句话，或者一个电话、一张字条、一声招呼，就能进来，而且，还要进要害部门、重要部门、轻松部门。有的一进来，还要搞个一官半职，别人奋斗了一辈子得不到的官职，对这些人就非常简单。"

"那没有关系的呢？"王淑珍插话问道。

马云看了一眼王淑珍，说："没有关系的，要想进机关，那就得有本事，有真才实学，起码要在一个行业、一个专业中有突出表现。这是前提条件，同时还得有机会。"

"机会？什么机会？"王淑珍急切地问道。

"机会嘛，就至少要从两个方面来理解：一是你所从事的行业、专业中，所对应的机关部门岗位，需要人做事，而且是急需的，那么就会从本专业中去物色拔尖人员。你如果出类拔萃，就有可能被领导看中。二是你要遇上一个好的伯乐，一个能欣赏你的领导，那么，你也可以被直接选中，平步青云。懂吗？"

王淑珍点了点头，自言自语道："这么复杂呀，我都听糊涂了。"

"那当然。这还不算复杂，大家都知道的事情，公开的秘密。"

"马老师，你的意思是说，还有比这更复杂的？能否说来听听？"

"比如说，人进了机关后，要想在机关坐稳，好多人都使出了浑身解数，有的人还十八般武艺轮番着上。于是乎，有的人进机关没几年，就得到了提拔重用，当上了副科长、科长，有的人还坐上了矿领导的位置。可是，有的人在机关待一辈子，还是外甥打灯笼，一切照（舅）旧，在办事员岗位上终老一生，什么待遇都跟不上去，什么抱负都付之东流，年轻时所有的锐气都被年复一年的平淡日子磨光了。还有些人比这更惨，中途被调离机关，发配到边远的工区、单位，搞一些无关紧要的工作，郁郁一生。"

“听起来都感到害怕。那像我这种情况，要想在机关立足，将如何而做呢？”

马云端起茶几上的杯子，喝了一口水，接着说：“你还算幸运的，从目前来看。”

“我知道，我现在的一切都是您和谭叔给的，是我幸运遇上你们这对大贵人、大恩人。正因为这样，刚才听您一说，我更感到了危机感、压力感。可是，我不能坐以待毙，我不能给你们丢人现眼。不过，请你们放心，我一定会努力工作，一定会为自己争气，为你们争气。”

“听你这么说，我也就放心了。说句心里话，当初，我和你谭叔还真有点儿为你担心呢，怕你胜任不了这工作。”

“其实，我接到您的信时，我自己心里也没底，还有点儿打退堂鼓。只是我父母亲一再给我打气，说有马老师夫妇帮你，你可以大胆地去。人只有学而知之，没有生而知之，你年轻，有文化，学一学就知道了。实在不会，马老师夫妇也会教你。我想了想，觉得父母亲说话有道理，于是硬着头皮来了。”

王淑珍看了一眼马云，接着说：“有马老师您帮我，我不怕，我有信心。”

马云用手轻轻地拍了下王淑珍的肩膀，笑着说：“你这个鬼丫头，人小点子多。”

王淑珍往旁一闪，也笑着说：“哪里，我还不是仰仗您。”

马云回答说：“好了，言归正传。像你这种情况要想在机关立足，我刚才想了想，觉得还是仅供你参考。”

“您说呀，我听您的。您怎么说，我怎么做。”

“那也不能这样理解，我只不过是依据自己的人生经验和对矿宣传科的了解，想出的一些方法。管不管用，得靠实践检验，得看你自己的主观努力程度了。”

王淑珍点了点头。

马云说：“你一要低调做人，免得别人说你靠我们的关系，才能有今天。

虽是这样，但传开了，就影响不好了，特别是会对你谭叔带来不好的影响。二要勤奋工作。只有勤奋工作，把工作干好，才是安身立命之本。你们宣传科的工作看似简单实则复杂；看似轻松实则辛苦；看似无关紧要实则非常重要，做的都是一些意识形态领域的事情，都是一些人的思想宣传教育方面的事情，都是一些舆论引导方面的事情，要做好还真是不容易。”

马云又喝了一口水，说道：“宣传科主要的都是靠笔杆子说话，有一支好笔，能写出好的文章，别人就能信服你，说明你就能呷这碗饭了。因此，你现在要做的就是能尽快在局报上发一两篇文章，让别人看看，瞧瞧，咱淑珍科班出身的就是不一样。这样，你就能在宣传科迅速立足下来。”

“局报？就是那矿工报？”王淑珍问道。

“是的，就是这张报纸。你不要小看这张报纸，这张报纸是矿务局党委机关报，是我们矿务局唯一主流媒体，是我们身边的报纸、自己的报纸，它的作用很大、影响很广。矿里面的工人都喜欢看，各级领导更是关注。在这样一张重要的报纸上公开发表文章，既宣传了企业，也宣传了自己，一举多得。”

“可是，我初来乍到，与报社编辑不熟，怎么发稿啊？何况，我还不知道怎么去写，写什么呢？”

“发稿，与报社编辑老师熟不熟，没多大关系。相信哪一个编辑都需要好稿、优稿，你只要把稿子写好，编辑一定会慧眼识珠。”

“那我从哪里入手，写什么呢？”

“报上发稿，大体上分为新闻作品和文学作品两大类。新闻，你刚来，对煤矿工作不熟悉，不知道怎么去写。新闻也是一种体裁，自有它的写作规律，你要去慢慢学习和钻研。要想见报快，我觉得你还是先从文学作品入手，写一些散文、诗歌和小说，这样顺手点儿。对了，以前在学校时，我看过你写的一些东西，感觉不错，文笔细腻而流畅，还有点儿文学色彩。”

“那都是一些有感而发的东西，拿不出手，更上不了大雅之堂。”

“写东西就是靠有灵感，文章就是这样写出来的。一边写，一边悟，很快就会上路的。像那些名家都是这样走过来的。”

"我怎能与那些名家比，能把文章凑成就不错了。"

"比与不比，都是次要的，关键的是要掌握那些写作技巧和方法。我相信，很多事情都有其内在的相通之处。"

"嗯，那倒是。"

聊着，聊着，不觉已经很晚了。王淑珍忙起身告辞。

矿区十分安静，像沉睡的山村一样。只是附近矸石山上不时传来翻倒煤矸石的咣当咣当的声音，打破了这一静谧与安详。从马云家出来，王淑珍一边走着，一边回味着马云老师的谆谆教导，感觉马云老师所说的很有道理，分析也很在行。马老师真的是好人，一点一滴都在关心着自己，如不努力好好工作，那真是愧对马老师的一片良苦用心。

走到矸石山附近，她抬头一望，突然发现前面的山脚下有两个晃动的身影。借助山上微弱的灯光，她感觉从走路的姿势来判断应该是一男一女。怪了，这么晚了，这两人到这儿干什么呢？这里既不是煤仓，又不是矿里的材料仓库，更不是食堂储藏油米的地方。思来想去，这里应该没什么东西可偷，那么，他俩鬼鬼祟祟到这里干什么来呢？她怀着好奇心决定过去看看。

她轻手轻脚，慢慢摸到了矸石山旁的一堵围墙边，再沿着围墙一步一步靠近他们。在围墙当头，她伸出头往里一瞧，原来是一对正在苟合的男女。

她决定逃跑，拔腿就朝前面有灯光的煤仓方向跑去。可是，由于情急心慌，她没跑几步远就被脚下的乱石绊倒，"扑通"一声，重重地摔在地上。她的小腹刚好压在一块石头上，疼得她大声哭叫了起来。

那男的听见叫声，心中暗喜："今晚老子艳福不浅，又要交桃花运了。"他一鼓作气，三步并作两步，一下子就追了上来。

王淑珍倒在地上，捂住腹部，蜷缩着身子，露出恐惧、无助的眼神，望着那男的一步一步地走近自己。

那男的看见倒在地上的王淑珍容貌姣好，心里一阵欢喜，嘻嘻哈哈地像饿狼扑食一样，猛地扑在王淑珍身上。

王淑珍被这突然的举动吓得双手死死抱住胸部，一双脚在地上一阵乱踹，嘴里大呼："救命！救命啊！"

为尽快摆脱，王淑珍继续反抗，便不顾怀有身孕，腹部疼痛，使尽全身力气，想推开他，哪知这人像大山一样使劲儿地压着她，推也推不开，倒因用力过猛，致使腹部更加疼痛难忍，连汗水也流了出来，"哎哟、哎哟"地大叫了起来。

这一叫，倒一时震住了这男的。他以为自己弄伤了王淑珍，忙松开了手，"怎么啦？"

王淑珍忙回答说："肚子痛得厉害。"

这时，那女的也跟着走了过来，见那男的压在那女的身上，顿时醋意大发，大吼一声："张跃进，你想干什么？"

那个叫张跃进的男人回过头，瞪了一眼那女的："你叫什么？我做什么你管得着？"停了停，又说："这是规矩，她坏了我的好事，就得牺牲自己。不然的话，她就会说出去，你我还要不要脸面？还要不要在马家山煤矿待下去？"

这一句话，说得那女的一时哑口无言，可那女的还是冲上前，一把将张跃进拉开，说道："你还是不是个人？"

王淑珍借机坐了起来，那女的过来扶起王淑珍："妹子，你别怕，有我在，他欺负不了你。"

王淑珍抬起头，说了声"谢谢"，又一下子全身发软瘫了下去。

那女的连忙过来搀扶，定睛一看，"啊"地大叫了一声："这不是王老师吗？"

"王老师，哪个王老师？"张跃进一听，也惊愕得张开了大嘴。

"矿子校王老师，刚调到矿机关宣传科，昨天才搬到招待所，就住在我隔壁。"

"哦，那赶紧扶起来。"

"扶起来，有那么容易？你这回倒霉了，得罪了矿机关干部，看你怎么收场。"

张跃进站在那里，一听那女的这样说，心一下子就像霜打的茄子蔫了下来。

“那你说，王老师肚子痛得这么厉害，现在怎么办？”

“这还不简单，送医院呀。”

经张跃进这一点拨，王淑珍想到硬撑不是办法，看来还得到医院去，万一流产了，岂不是坏了大事。于是，她忙抬头用哀求的眼神看着他俩，说：“求求你们，麻烦你俩送我去医院看看，我肚子确实痛得厉害。刚才，我也不是故意打扰你们。”

见两人没作声，王淑珍又急忙补充说：“你们放心，今晚的事，我不会对任何人说，我会守口如瓶的。”

那女的看了看王淑珍，只见豆大的汗珠正从她的额头上冒出来，感觉王淑珍应该不是假装的，感到了事态的严重。她又转身看了一眼张跃进，张跃进点了点头。两人连忙扶王淑珍站了起来，朝医院走去。

此时，正是上夜班工人交接班之际，路上三三两两走着上下班的工人。擦肩而过时，工人们都用诧异的眼神，打量着王淑珍他们。张跃进与那女的装作没看到，一左一右搀扶着王淑珍。由于天气炎热，那女的已是汗流浃背，气喘吁吁了。

王淑珍脸色惨白，痛苦地呻吟着。面对这对陌生的男女，她不知道开口说什么才好。说句心里话，当初发现这对野鸳鸯时，她心里感到十分恶心，是非常看不起的，是十分蔑视的，感觉他们是道德的罪人，是背叛家庭的祸首，是伦理的践踏者。但自从他俩发现自己，到救助自己，虽然中途也有过非礼，但作为陌路人能出手相助，至少可以说明，他们内心还是善良的。想到这里，王淑珍又扭头看了看他俩，由衷地露出了感激的眼神。

张跃进他俩一路无语，默默地搀扶着王淑珍，十几分钟后，来到了矿职工医院。

第二十二章　同病相怜

一到医院，急诊科医生邹强看了看，感到病情的严重性，就马上安排护士腾出床位，准备输液救治。

看到这架势，张跃进两人吓得大气都不敢出声。他们知道，万一王淑珍有个什么三长两短，他们是脱不了干系的。坐在医院门口边的长凳上，他们又有点儿后悔起来。其实，当初最好的办法是跑掉，不要管她，更不应该送她来医院。到现在，即使想跑，也跑不了了。刚在来的路上，碰见了那么多的熟人，现在医院又折腾了这么久，一些医生、护士虽然平时没打过交道，但生活在同一矿区，低头不见抬头见，还是多多少少有点儿印象，一说起来，大家就熟悉了。他们懊恼极了。张跃进不禁埋怨起那女的来了，怪她太心慈手软了，现在倒好，把两个人都牵涉进来了，把两个人私通几年的秘密也抖了出来。

正这样想着，突然，从医生办公室传来了"谁是病人的家属？要来签字了"的叫喊声。张跃进听到了，推了推那女的："医生喊签字了，你去签吧！"

"我不去，要去你去。"

"我去？我一个大男人，与她素不相识，我怎么去签？还是你去签吧。"

"我与她也不熟悉，以前只是听说过，她昨天才搬来招待所，我签也不合适呀。"

"那怎么办？你签比我签总是要好吧。再说了，你们也是邻居，那就以邻居身份签吧。”

医生邹强喊了好一会儿，也不见他们来签字，便走出了办公室，转过弯，来到了大门口，看见他俩在那嘀嘀咕咕，就大声说道：“喊你们来签字怎么不来签？不签字，就不能发药。不发药，就得不到及时治疗，病人现在急需抢救。”

他俩见医师生气了，才慢慢挪动了脚步，跟着邹强到了医师办公室。

张跃进接过医师递来的要签字的纸，抓起桌子上的笔递到了那女的手里，那女的看了张跃进一眼，犹豫了一下，还是接了过来。正当她准备签字时，张跃进突然叫住了那女的：“等一会儿，待我问清楚了再签。”

“你想问什么，说吧。”邹强有点儿不耐烦地说道。

“医生，我问你，她哪里受了伤，这么严重？”

邹强回答说：“我们刚做了诊断，也问了她本人，她怀孕了，因过度惊吓和外力撞击，胎盘移位了，如果不及时采取措施，不但胎儿保不住，而且连大人都有生命危险。因此，你们得赶紧签字，我们好进行治疗。”

“什么？她怀孕了？”张跃进和那女的同时露出了惊讶的神色。

“是的，而且有两个多月了。”邹强肯定地说。

“她是个寡妇，怎么可能怀孕了？”那女的突然叫道。

“你们还记得去年矿里发生的那起火灾事故吗？她就是叶枫的老婆，叫王淑珍，就是她放火，把老公烧死了。”

这爆炸性的新闻，让医生邹强和张跃进都听得目瞪口呆。

“什么，她就是叶枫的老婆，你怎么不早点儿说？早点儿说了，我就不会管她了。把自己的老公都烧死，肯定不是什么好东西。”张跃进的火气一下子就蹿了上来。

医生的职业毕竟是治病救人，邹强倒不是这样认为。他说：“什么火灾不火灾的，那是过去的事了，早有定论。我相信王淑珍绝对不是故意烧死自己的老公，一般的人都不会这样做，何况她是个有知识、有修养的女性，更不会这样。至于她为什么怀孕了，这是她的私事，也许是有难言之隐。”

张跃进和那女的听医生这样说，觉得也有点儿道理，像他俩私通这种见不得人的事，也是极度隐私的事情，其实，他俩这样偷偷摸摸，也是有着难言之隐。他俩站在医生办公桌边，默默地低下了头，不再作声。

医生邹强见他两人不作声了，继续说道："因此，对于王淑珍的过去及怀孕的原因，我们暂不要去追究了，眼前重要的是，我们要抓紧时间进行救治。"

"好，我现在就签字。"说完，那女的就要拿起笔准备签字。

笔尖刚刚落在纸上，这时，院长周科军进来了。邹强见院长来了，马上起身打招呼："您好，周院长您来了。"

周科军回答说："嗯。怎么，来了新病人？"

"是的。"邹强答道。

"什么病情？"周科军继而追问道。

"矿机关宣传科的一个孕妇，因摔伤，导致胎盘移位，有流产前兆。"

"矿机关的？叫什么名字？"

"叫王淑珍。"

"王淑珍？宣传科的？没听说呀。"

"听说是刚来的。"

"哦。严重吗？"

"比较严重。"

"那赶紧抢救，不要耽误。"

"已经安排了，正在要病人家属签字。"

"你们是她的什么亲戚？"周科军转身问张跃进他们。张跃进回答说："我们不是亲戚，是偶尔碰上发现的。"

"不是亲戚签什么字？"周科军对邹强医生说，"先赶紧进行抢救，救人要紧。"

邹强马上说："是。"正准备去急救室，又被周科军叫住："打电话到矿调度室，她是机关干部，赶快向矿里报告一声。"

说完，周科军与邹强一道马上赶到了急救室。

急救室在走廊的另一头，护士长张文英正组织人员在进行抢救。摆在病床右边的氧气罐，通过输氧管发出“咕咕咕”的声音，高高的输液架上挂了几瓶药水，其中一瓶已开始输液，药水随着滴答滴答的声音，慢慢地流入了王淑珍的体内。

王淑珍脸色蜡黄，像睡着一样静静地躺在那里。身上覆盖的白色床单，将她盖得严严实实，两只手无力地露在外面，笔笔直直地伸着。

周科军来到急救室看了看，见王淑珍尽管睡得挺沉，面无表情，但其鹅蛋形脸庞下的嘴角线条，格外柔和，像个睡美人一样，尽显女性之美，心中便不由自主地感叹还是个大美人，问了问情况，听说病情稳定，没什么大碍，对邹强交代了几句后，回头看了看，走出了病房。

刚走到医院门口，周科军就碰上了急急忙忙赶来的矿宣传科肖科长和矿长谭国庆的夫人马云。

周科军见是宣传科科长和矿长的夫人来了，立即迎了上去，握了握手，跟在肖科长和马云的后面，朝急救室走去。

周科军跟在后面，一边走，一边想，肖科长作为一科之长赶来关心下属，倒也是情理之中，那么，马云跑来又作何解释？马云可是矿里的第一夫人，矿里职工私下里都称她为“国母”，那她与王淑珍又是什么关系，怎么也这样关心她呢？他感到了这个王淑珍来头不小。心想，万一这个王淑珍在医院里有个什么三长两短，他这个小小的院长可是担责不起。

这样想着，周科军倒显得十分紧张了起来。临近急救室门口，周科军抢先一步，跨了进去，大声地问邹强医生：“现病人情况怎样？宣传科肖科长和谭矿长夫人马老师来看望了。”

邹强转身向肖科长和马老师打了声招呼后，连忙回答说：“由于抢救及时，目前病情稳定，请两位领导放心。”

马云一进病房，就直接走到了王淑珍身边，弯下腰，轻轻地叫着“淑珍，淑珍”。见王淑珍没有反应，马云急切地问邹强：“怎么回事？刚刚从我家出来，还是好好的。怎么一下子就成这样了？”

邹强忙劝说：“马老师，病人刚痛得睡着了，让她休息会儿，等一下到我办公室再向你汇报。”

肖科长围着王淑珍的病床转了一圈，然后，站在了病床边，看见马云焦急的样子，也忙安慰说：“马老师，不要急。刚听医生说了，估计问题不大，先让她好好休息会儿，我们先到医生办公室去坐坐。”

周科军也跟着劝说，马云想了想，说道：“那好吧，我们先去坐坐，听听情况介绍。”说完，马云走出了病房。

来到医生办公室，邹强急于去倒茶水，被肖科长叫住了：“不用了，你先说说王淑珍的病情，我们随便坐下就是。”

周科军说：“那怎么好呢，你们机关干部也是无事不登三宝殿，特别是马老师，更是难得来一趟，过门为客嘛。”说完，他还是坚持要邹强医生给每个人倒杯茶。

肖科长、马云他们坐下后，邹强递上了热气腾腾的茶水。刚刚在桌子边坐下，邹强突然说道：“那两个人怎么不见了？”

肖科长问道：“哪两个人？”

“是不是刚才那一对男女？”周科军追问道。

“是的，刚才要他们签字的那两个人。难道见我们在忙，他们乘机溜了？”

“有可能，赶快派人去追。”周科军命令道。

“等下，你说的那两个人与王淑珍得病有关？”马云插话说。

“是的，就是那两个人送来的。”邹强抢着回答说。

“你对那两个人还有印象吗？”马云继续问道。

“有印象，但不是很深。”邹强回答说。

这时，护士长张文英进来了。邹强一见，像抓着救命稻草似的，连忙站起身问张文英：“你认识刚才送王淑珍来住院的那两个人吗？”

张文英回答说：“认识呀，怎么了？”

“你知道他们是哪个单位的，叫什么名字吗？”

“知道。”

“哦，那好，快说。”

“男的，叫张跃进，在坡塘工区上班；女的叫小红，在矿招待所上班。”张文英马上回答道。

“小红？招待所？”肖科长和马云同时叫出了声。

“什么，你们都认识？”周科军问道。

“是的，这个小红我认识。她是矿招待所的一枝花，凡到那儿吃过饭的人都知道。”马云说道。

“既然都认得那两个人，追不追回来，也无关紧要了，反正都是一个矿里的人，有什么事他们也跑不掉，下面就由邹医生说说情况吧。”院长周科军发话了。

“好吧。”邹强于是把接诊、会诊及诊断的结果等情况向在座的领导做了汇报。

“什么，她怀孕了？”听完情况介绍，马云感到非常震惊。

肖科长也说道：“她应该还没找新的男朋友吧。一个寡妇，怎么会怀孕呢？”

“肯定有原因的。”马云替王淑珍解释道，“要不这样，肖科长你先回去休息，时间也不早了，你明天还得上班。”马云转过脸，也对周科军说：“周院长，谢谢你们的及时抢救，我代表淑珍谢谢了。你们一天也很辛苦，你也早点儿回去休息，我留下来陪淑珍。”

肖科长、周科军见马云这样说，先是说了一番客气话，后见马云态度坚决，就一道起身走出了医生办公室。

马云送走了他俩，在邹强和张文英的陪同下又来到了病房。刚走进病房，就听见王淑珍在大声说着梦话“放过我，放过我”，手也恐惧得一顿乱舞。

马云见状，赶紧走上前，一边握住了她的手，一边安慰道：“淑珍，淑珍，你不要怕，有我在呢。”

王淑珍渐渐停止了叫喊声，眼睛也慢慢睁开了。一见是马云，她连忙要坐起身来，被马云按住了：“你醒了就好。不要坐起来，躺着休息。”

邹强、张文英见王淑珍醒了，没什么事了，也跟马云和王淑珍打了声招呼，退出了病房。

马云挨着王淑珍的身旁，在床头边坐下，就势将王淑珍搂在了怀里：“淑珍，你从我家出来，人好好的，怎么又住到医院了？”

王淑珍仰头看了一眼马云，话没出声，泪水就流了出来。马云连忙从衣袋里拿出手巾帮她擦了擦眼眶，说：“没关系，你说，我不会怪你。”

王淑珍这才将事情的经过一五一十地告诉了马云。马云听罢，生气地说：“这对该死的野鸳鸯，以为别人不知道，其实矿里的人早就传开了，已成公开的秘密。他们的事说来话长。你来矿时间不久，可能没听说过。”

“那您说给我听听。”王淑珍说。

“好吧。我本来不想管这闲事，只不过这事惹到了你头上，我就不得不说了。”马云直了直身子，接着说道，“那女的叫小红，是矿里一位已经退休的副矿长的儿媳妇。”

王淑珍“哦”了一声，“当时，光线太暗，我没看很清楚，但感觉她是白净的皮肤，大大的眼睛，五官端端正正，还长得蛮漂亮，是一个大美女。”

“是的，问题就出在她长得太漂亮上。”马云说，在这矿区，男人的世界，女人又少，有工作的女人更少，长得漂亮的那就更成为男人眼中关注的焦点。何况小红是既有工作，又有相貌，自然而然成为男人追求的对象。

“小红年轻时就绯闻不断，她老公也是她众多的追求者中之一。因她老公人长得帅，在小车班给领导开小车，父亲是分管经营的副矿长，有很强的优势，小红最终将绣球抛给了他。

“婚后不久，他们就生了一个胖小子，当时还摆了好大气派的酒席，我们家两口子都去吃了酒。可是好景不长，就听说她两口子总是吵架，原因各有说法，有的说她老公喜欢打牌赌博，彻夜不归，从不交生活费，还经常打骂她；有的说，她与她的初恋情人藕断丝连经常约会，被她老公发现了，导致矛盾不断。总之，矿里面传出了好几种版本，乌七八糟，沸沸扬扬的。我们事情也多，没去管这些。过了一段时间，风声好像渐渐平息了下来。没想到，她老公的父亲一退休，小红就提出了离婚，而她老公坚决不同意，两口子从此打起了冷战，小红也就更加放纵。

“外面的风言风语又开始传开，说得她老公面子丢尽。她老公是干部子弟，以前碍于面子听之任之，现在父亲退休了，他就顾不得那么多了。在忍无可忍之下，他找人跟踪小红，果真发现小红在外面乱搞。男人最恨的就是自己的女人背叛自己，他一怒之下，将小红打得个半死，将那个野男人的手也打伤了。为处理这事，矿领导态度坚决，将那个野男人地面队队长职务降为井下一线采煤工。

“此事到此也就算画个句号了，小红也收敛了许多，可是，没想到厄运降临了，她老公在一次出车途中因车祸去世了。这下不得了，舆论一齐对准了小红，说小红是红颜祸水，是小红害死了丈夫。小红有口难言。可小红毕竟还算坚强，一直坚持在招待所上班，只是人的性格发生了变化，由以前的活蹦乱跳变得沉默寡言了。

“后来，又听说她与那结了婚的野男人在一起。别人劝她，不要这样偷偷摸摸充当第三者，干这些害人害己的不光彩事。可是，不知什么原因，小红却始终与那个野男人藕断丝连。”

听着，听着，王淑珍联想到了自己。想当初，叶枫被大火烧死后，她也与小红一样，陷入了舆论的旋涡之中，无法自拔。想到这里，泪水不禁流了出来。

马云替王淑珍拉盖在身上的被子，忽然见王淑珍哭了起来，她也便停止了再说下去，而是俯下身子关心地问：“你怎么了？是不是哪里又不舒服了？”

王淑珍摇了摇头，马云用手巾帮她擦去了泪痕。

马云见王淑珍流泪了，心想估计是王淑珍听了小红的故事，联想到了自己，她也就不好再说什么了，本来想问问王淑珍怀孕的事情，看来也只好等明天了。

想到这里，马云站了起来，说：“淑珍，今晚你就住在医院好好休息，明天再听医生的安排，一定要将病养好才能出院。工作上的事，肖科长会安排，你放心。”

“嗯。”王淑珍点了点头。

马云接着说：“那我就先回去了。你谭叔叔明早要出差，我得去替他准备准备。”

“好，您去吧。谢谢您的关心，害得您这么晚了还没休息。”王淑珍十分歉意地说。

“傻姑娘，你还将我当外人，你好好休息就是了。再见！”说完，马云转身离去了。

王淑珍坐了起来，扬了扬手，也说了声：“再见，马老师，您慢点儿走。”

马云老师一走，王淑珍心里空空荡荡的，她立即感到了孤单和寂寞，一下子将身子缩进了被窝。回想今晚发生的一切，她感到自己今天倒霉透顶了，好事没碰上，却遇上这等丑人的事，还将自己怀孕的事也泄露了出来。

第二十三章　惊心一跳

住了几天院，何队长感觉好多了，吃罢晚饭，便执意要朱淑芬扶他下床，到走廊上去走走，透透气，便说："这几天躺在医院病床上，就像坐牢一样，难受得要死。人，还是要健康、自由一点儿好呀。"

朱淑芬赶紧走过来，忙扶住了何队长，心怀歉意地说："何队长，真是对不起，都是因为我，你才受的伤、受的苦、受的累。你不会怪我吧？"

"我不怪你，怪谁？是你害得我受了伤，在这里住了院。我要你赔偿。"何队长笑着说。

"你要我赔，赔什么呀？要钱，我刚来上班，连自己都养不活，没有。"朱淑芬也开着玩笑说。

"钱，谁稀罕你的钱，我不要你的钱。"

"钱，可是好东西，世界上很多事情可都是靠钱来解决。你连钱都不要，眼光还蛮高嘛。"

"当然，你知道我是谁吗？"

"知道，你不就是一个小小的队长吗？有什么了不起？"

"你不要小看我这个队长。钱，对我来说，够用就行，现在紧缺的是……"何队长故意卖起了关子，半天也不说。

朱淑芬急了："你说呀。"

"你知道，我现在是孤家寡人一个。白天上班还好，在单位忙起来不觉得，时间也过得快，可是到了晚上，却显得孤单、寂寞。有时，遇上心情不好，想找个人倾诉，却又无诉说之处，那种感觉真的好可怕。”何队长说完后，看了一眼朱淑芬，见她默默地给自己穿衣，又从床底下替他找来鞋子，帮他穿上，好像没听见他说的似的。

“唉，淑芬，你听见没有？”朱淑芬抬头看了何队长一眼，故意回了一句：“啊，你说什么呀？”

其实，何队长说的话她听得清清楚楚，心里也明白何队长要说的意思。对于何队长的苦衷，她也深有同感。

丈夫陈福生去世后，留下的一大堆事情，所有问题，都得由自己独自去面对，去处理，去解决。一些具体事情还好，可以请人帮忙解决，可遇上生理、情感上的事情，却是无法请人帮忙。

她对何队长虽不是很了解，但通过这几天的相处，何队长在她心目中的印象还是实在、可靠的，将自己后半辈子的幸福交给他，应该也不会后悔。目前的处境，她却是万万不能答应的。可如果直接拒绝，就有可能伤了何队长那颗受了伤的心，她也不愿意在何队长伤口上再插一刀。

想到这里，她灵机一动，笑着说：“今晚的夜色好美，走，我们一起出去看看，我也想到外走一走了。”

何队长见她避开话题，知道她也有苦衷，感觉她更是一个值得追求、爱慕的女人，就没必要这么快要人家答复，相信只要她不厌恶、拒绝，就说明她的心窗是向你开着的，那么就总有一线希望。

听淑芬这么说，何队长很高兴地回答道：“好。难得有美人相伴，今晚得好好欣赏一下矿山的美景。”说完，何队长在朱淑芬的搀扶下，走出了病房。

他俩慢慢地沿着走廊，从二楼走下。何队长一边走，朱淑芬一边说：“慢点儿下楼，不要扭着了。”就像当年教儿子陈光辉学步一样，充满着慈祥和母爱。

何队长好久没有体会这种被关爱的感觉了，心情高兴得不得了，朱淑芬每说一次，他就撒娇似的说：“我脚痛死了，我要你背。”逗得朱淑芬开心地笑了又笑。

一走出住院部大门口，远远地就闻到了一丝丝淡淡的桂花香。

闻到花香，何队长兴奋地说："走，到那花园去看看。"

花园位于医院住院部的前坪。花园里栽满了树木，什么樟树、银杏，还有榴子等果树。桂花树，只有一棵，栽在花园的中央。高大的桂花树，在路灯的照射下，舒展着长椭圆形的叶子，发出绿莹莹的光泽。远远望去，就像一把碧绿的大伞，一阵风吹来，满树的桂花树叶随风舞动，发出动听的响声。

花香醉人。他俩站在桂花树下，久久地注视。朱淑芬不禁心旷神怡，两人都陶醉了，何队长趁势将朱淑芬搂在怀里。

朱淑芬一惊，满脸通红地挣脱了何队长的手臂，故作镇静地说："我还真的没见过这么人的桂花树。"

何队长说："说到桂花树，可说到我家里来了。"

朱淑芬不信，说："你吹牛吧。"

"吹牛？那可不是吹牛，那硬是实打实。"

"你说吧，看你怎么说。"

"好的，你听着。"

何队长用手指了指眼前的桂花树，说："桂花树是名树，种类繁多，有四季桂、银桂、金桂、丹桂等。桂花树姿飘逸，碧枝绿叶，终年常绿，枝繁叶茂，秋季开花，芳香四溢，可谓'独占三秋压群芳'。在园林中应用普遍，常做园景树，有孤植、对植，也有成丛成林栽种。

"桂花有的结果，有的不结果。一般第二年4至5月核果成熟，用其栽种，一般要5至6年才开花。无性繁殖，用枝条扦插、嫁接、压条可以当年开花。宋代有书记载：'月待圆时花正好，花将残后月还亏。须知天上人间物，同禀清秋在一时。'指出其开花的基本规律：即每年农历八月十五日月圆时桂花盛开。半个月后花凋谢了，月亮也亏缺了。"

"哦，看不出来，你一个小小的煤矿队长，还成了赏花专家了。"朱淑芬听罢，对何队长刮目相看了。心想，不愧是干部子弟，肚子里有点儿墨水。

自己虽当了几年小学教师，可说句实在话，对花却是外行。朱淑芬不由自主地多看了几眼何队长，只见他还沉浸在赏花的意境中。

何队长继续说道："八月桂花遍地开，桂花开放幸福来。每年中秋月明，天清露冷，庭前屋后、广场、公园绿地的片片桂花盛开了，在空气中浸润着甜甜的桂花香味，冷露、月色、花香，最能激发情思，给人以无穷的遐想。

"农历八月，古称桂月，此月是赏桂的最佳时期，又是赏月的最佳月份。中国的桂花，中秋的明月，自古就和我国人民的文化生活联系在一起。许多诗人吟诗填词来描绘它、颂扬它，甚至加以神化，嫦娥奔月、吴刚伐桂等月宫系列神话，月中的宫殿，宫中的仙境，已成为历代脍炙人口的美谈，也正是桂花把它们联系在一起。桂树竟成了'仙树'。宋代韩子苍诗'月中有客曾分种，世上无花敢斗香'，李清照称桂花树'自是花中第一流'。"

"行了，行了，我的赏花专家。"朱淑芬打断了何队长的说话，说道，"对了，你怎么对桂花树这样了解？"

"说来话长。"何队长又故意卖起了关子。

"说吧。"朱淑芬有点儿不耐烦地说。

"我们矿上年年要搞绿化，我是地面队长，自然而然，这事就落到了我头上。每年，我都要带上几个人到附近的苗圃去采购树木、花草。听多了，看多了，加之以前读书时有点儿爱好，就略知一二了。"

朱淑芬轻轻地"哦"了一声。

"不过，再怎么样，在你面前我还是有点儿班门弄斧了。"何队长谦虚地说。

朱淑芬回答说："怎么能这样说呢，我是个家庭主妇，什么也不会，什么也不知道。你这样说，我可得无地自容了。"

"在平硐工区谁不知道，你朱淑芬既是美女，又是才女。才貌双全的女人，在我们矿区可是不多见啊！"

"那算什么呀，我只不过读了几年书，当了几年小学教师。如果那也算知识，也算有才，那天底下岂不是到处都是才子佳人？"

“天底下？那我可不敢说，但在我们平硐工区，在我所熟悉的女人当中，你应该算是佼佼者。”

“那是你抬举我了，我可没你说的那么好，我也没那么优秀。我自己几斤几两心里有数。”

“别人怎么说，我可管不了，但在我心目中，你还是相当优秀的。”

“谢谢你了，何队长，谢谢你的夸奖。”说完，朱淑芬见夜色已晚，便提出，“天凉了，我们回病房吧。”

何队长看了看四周，有点儿意犹未尽，但见朱淑芬这样说，为了顺着她，便回答说：“好吧，我们走吧。”

朱淑芬走过来，用手扶了何队长，两人便朝病房走去。

上得楼来，正准备回自己的病房，忽然，看见一个黑影在隔壁王淑珍的病房窗前偷偷往里窥看。朱淑芬大叫一声：“谁？在干什么？”

何队长也同时猛吼一声：“干什么的？鬼鬼祟祟！”

那黑影听见叫声，扭头一看，见有两个人朝自己走来，便吓得向病房的另一头跑去。由于慌不择路，没想到病房的另一头，竟是走廊的尽头。见无路可走，他想躲进别人的病房，可是由于时间太晚，几间房子的门都锁上了，他只得硬着头皮，沿着走廊朝前跑去。

朱淑芬见状，丢下何队长，一边猛冲过去，一边大声呼喊：“抓小偷儿！抓小偷儿啊！”

这时，也在医院住院，刚刚躺下准备休息的王淑珍听见外面的叫喊声，翻身起床，拉开门闩，冲到了走廊上，只见前面有一女一男猛地追跑，她也赶紧走了过去。

那黑影跑到走廊护栏边，往下一看，见是一块青青的草坪，楼层也不高，只有两三米，他估计了一下，觉得人跳下去问题不大，于是咬紧牙关，翻过护栏，咚的一声，跳了下去。

朱淑芬以百米冲刺般的速度追到护栏边，伸手没抓住那黑影，只一瞬间的工夫，那黑影已跳到了草坪上，往前打了个跟头，翻身坐了起来，正准备起身逃跑。朱淑芬见状，连想都没想，双手抓住护栏，用力一蹬，跨上了栏杆。

伤口未愈，走在后面的何队长见状，大声叫了起来："淑芬，不要……""跳"字还没出口，朱淑芬就一头跳了下去。

那黑影刚刚站起来，就被从天而降的朱淑芬一把抓住，又摔倒在了地上。那黑影一下子吓呆了，待缓过神来，借着路灯光定睛一看，发现原来是个女的，他破口大骂了一声："你找死啊？"就迅即爬起来，准备再次逃去。

朱淑芬落地后，只感到头脑一阵眩晕，双脚剧烈疼痛，抓着黑影的手也痛得松开了。当她睁开眼，想再次抓住那黑影时，那黑影已朝医院门口方向逃走了。她想大力呼叫，可是还没说出声，人就全身软下来，昏迷了过去。

王淑珍没弄清原因，以为朱淑芬是因为与何队长吵架才跳楼的，看到身边一时吓呆的何队长，忙说："你还站在这里发什么呆，走，赶紧下去救人！"

"是，是。"何队长语无伦次，转身就走，不料，一时性急，弄痛了伤口，又停了下来。

王淑珍问："怎么了，你？"

何队长说："我受了伤，在住院。"

王淑珍见状，忙说："那你在这里待着，我下去。"说完，一转身，就朝楼下跑去。

此时，楼下已成热闹的场面，闻讯赶来的医护人员、病人和家属已将朱淑芬围成了一团，医护人员正在紧张地做抢救工作。

围观群众，大多住在一楼，有的还目睹了这动人一幕，对朱淑芬见义勇为的行为深表赞赏，个个都佩服得五体投地。人群中开始议论了起来，有的说："这样的人，我们矿里少有，要大力宣传。特别她还是个女人，更不容易啊！"

"那个小偷儿太可恶了，偷东西还偷到医院来了。进医院的人都是些老弱病残，哪有什么东西可偷？"

"幸亏被发现了，否则，又不知哪个人要倒霉了。"

……

王淑珍急急忙忙挤过人群，只见朱淑芬在医护人员的指挥下被七手八脚地抬了起来，正朝医院急救室赶去。

朱淑芬两眼紧闭，头发凌乱地披散着，双手垂直地摆在两旁，一路晃动，腰部的上衣由于被人抬起，也紧紧地缩了起来，雪白的肚皮就这样裸露了出来。王淑珍见状，怀着一股敬意连忙走上前去，将朱淑芬的衣服拉了拉，跟着一起进了急救室。

这时，何队长也从楼上慢慢地走了下来，跟了进去。

何队长看到朱淑芬摔成这样，心疼地猛扑了上去，抓住朱淑芬的双手，嗔怪地说："你这个傻妹子，哪来的胆子，那么高也敢跳下去，就连我们大男人也不敢跳，你倒好，想都没想就跳了下去。"

"你跳呀，跳得好呀，你看，把自己摔伤了。你想当英雄啊？"说着，说着，何队长的眼泪都流了出来。

王淑珍见状连忙上前劝说何队长："你不要太担心，有医师在，你看，不正在抢救吗？我看你自己也是有伤在身，你也要多保重自己。"

何队长一看是刚才楼上一道住院的女人，朱淑芬正是为了她才去追那小偷儿跳楼的。听了王淑珍的话，何队长的气一下子就上来了，猛地转过身，瞪着眼睛对王淑珍吼道："你知道吗？她就是为了你才跳的楼！"

"什么？她是为了我？"王淑珍见好心没得到好报，反而还惹来一顿吼，也没好气地回击道。

"怎么不是为了你？"

"那你说来听听，为什么说是为了我？"

在场的医护人员，见他们吵来吵去，就要他们两人出去吵。王淑珍和何队长只好走了出来，来到了走廊上。

王淑珍没好气地说："你说说看，究竟是怎么回事？"在旁的人也附和着，要何队长说一说。

何队长说："我肯定要说。事情是这样的，我与朱淑芬从楼下散步上来，刚准备进房间，就看见一个黑影弯着腰，在这个女人病房的窗户边偷偷摸摸往里看。我叫了一声，你是谁？干什么的？那黑影听见我的叫声后，拔腿就跑。朱淑芬见状，就猛追了过去。没想到，走廊尽头无路可走，她为了抓住那小偷儿，就跟着一起跳了下去。”

听到这里，王淑珍感到错怪了何队长，连忙对何队长说：“不好意思，我自己一点儿都不知道，我准备睡觉了，听到叫声，就打开门出来，看见有两个人从走廊上跳了下去，还不知道是怎么一回事。”

“看来，我还真得好好感谢你们。真的，不然的话，还不知道是什么后果。”说完，王淑珍自责地低下了头。

“妹子，你也不要这样说，不知者不罪，不能怪你。”见何队长原谅了自己，王淑珍的心又渐渐地平静了下来。

“对了，不知道这位大美女英雄怎么样了，走，进去看看。”王淑珍对何队长说。

“好，好。快去，快去。”何队长连忙说。

两人一前一后，往急救室走去，刚到门口，就碰上了从里面出来的一名护士。护士忙拦住他们：“你们等会儿再进，病人刚醒来，需要休息。”

“她怎么样了？”何队长忙问。

护士说：“没什么大碍，就是脚骨折了。等会儿转到外科，去上夹板。”

“那好，那好。”何队长似乎松了一口气。

待护士远去后，王淑珍问道：“你怎么对她那么关心？是你老婆吧？”

“什么老婆？不是，不是。我没那福气。”何队长摇摆着手，不好意思地说道。

“哦，不是你老婆，那是？”王淑珍满脸疑惑地问。

见王淑珍追问得紧，何队长只好解释说：“不是我老婆，是我们工区的一个同事。”

王淑珍越发想知道事情真相了，她感觉他们两人不是一般的同事那么简单，于是，继续问道：“凭一个女人的直觉，你们两个好像不是这么简单吧？”

“你可不能乱说。”

“那你就仔细说说，让我来听听。”

面对这么一个步步紧逼的陌生女人，何队长感觉这也是一个不简单、有个性的女人。唉，真是世界之大，一走出平硐工区，外面美女如云。一瞬时，他倒有点儿为毛阿利、段大海之流的目光短浅，而开始藐视。也不能说朱淑芬不漂亮、不风韵，但比起眼前的这位美女来，总感觉她少了点儿什么，一时也说不清楚。也许，是文化？是内涵？是修养？是气度？

王淑珍见何队长不回答，心想，他俩之间肯定有戏，要么是婚外情、第三者，或者是初恋情人、老相好，否则，他们一男一女，这么晚了还待在一起，难道就不怕人笑话？不怕人背后说三道四？这可是进入婚姻围墙内男女之间最为忌讳的事情，特别是在这偏僻的矿山，思想观念封闭，人言更是可畏。

何队长想了想，还是说道：“实不相瞒，我是平硐工区地面队队长，姓何。那里面受伤的是新来的，分在我们队搞卫生。”

王淑珍没作声，只是静静地听着。

何队长继续说道：“前几天平硐工区发生的一起血案，不知你听说没有？”

王淑珍见问自己，忙抬起头说：“没有呀，没听说。”

“什么？没听说？你不是矿里的职工？”何队长惊讶地张大了嘴。

“我是矿里职工，只是前段时间去休假了，没上班，也是近几天才上的班。”

“哦，难怪。”

“我就是那起血案的受害者，胸部被刺了一刀。”

听何队长这样说，王淑珍更加感到好奇，忙问：“为什么？”

何队长用手指了指里边：“还不是为了她。”

“她？”王淑珍听得更加不得其解。

“是的，是为了她。”

“哦，我听明白了，你是英雄救美，她是为了报恩，特来护理你，是吗？”

何队长听后，心想，眼前的这位美女真是思维敏捷，反应神速，实在是太厉害了。但他还是不动心思，掩饰地说："你可以去当公安，是难得的侦破人才。"

王淑珍听后，哈哈哈地大声笑了起来。

正说笑间，急救室里面传出了医生的声音："外面的人快进来帮忙，抬抬伤员。"

王淑珍看了一眼何队长，一转身就进去了，何队长也连忙跟着进去。

何队长一眼看见朱淑芬醒了，精神也不错，便非常高兴地说："淑芬，你醒了？"

"我不醒了，难道你还希望我去死啊？可惜，现在马克思还不收我，说我人好，心肠好，要我在世上多活些年头儿。"朱淑芬没好气地说。

"你看，尽说些什么话？"朱淑芬一通话，说得何队长云里雾里，不明所以。

只有王淑珍心里清楚，凭女人的直觉，她是看见自己与何队长一起进来，在吃自己的醋。但她还是沉住气，装作糊涂，站在一旁，没有作声。

"医生，她这是怎么了？是不是这里摔坏了？"何队长用手指着自己的脑袋，对医生道。

医生正要回答，朱淑芬抢着答道："谁脑子有问题？是你脑子有大问题！"

何队长刚要说话，医生制止说："好了，病人刚刚醒，你不要再刺激她了，让她静心休息一下。她这次算是不幸中的万幸。她全靠的是双脚先落地，支撑了整个身体，如果是脑袋先落地的话，那后果不堪设想。"

一时间，急救室里一下子安静了下来。听完医生的话，在场的每个人都为朱淑芬捏了把汗。

特别是何队长因感到没保护好朱淑芬而深深地自责，只怪自己当时没能一把抓住朱淑芬，害得她吃了这么大的亏。本来她是来照顾自己的，这倒好，反倒弄得她受伤住了院，还差点儿丢了性命。

王淑珍听后，从内心更加佩服起朱淑芬来。同时，想到她是为了自己受的伤，感到有点儿不好意思起来。

王淑珍走过去，拉住她的手，说："妹子，谢谢你，是你帮我赶走了那小偷儿。你的精神和勇气令我佩服，我会记住你的。放心！"

王淑珍发自内心的一番话，倒让朱淑芬有点儿不自在起来，也为刚才因误解而发的无名火感到愧疚。朱淑芬刚要说话，又被医生制止了："最好少说话，好好休息。"

朱淑芬只是默默地注视着眼前这位气质非凡的女人，轻轻地点了点头。

"好了，大家一起用点儿劲儿，将她抬上手术推车，转到楼上的住院部去。"医生说道。

王淑珍一直抓住朱淑芬的手，安慰她说："没事，过段时间就好了。"

朱淑芬轻轻地"嗯"了一声。

何队长也站在推车旁，伸出手用力推着。

"何队长，你不要推了，你的伤还没好，不能用力。"已躺在推车上的朱淑芬心疼地说。

"何队长，你好福气。你看，她好关心你呀。"王淑珍扭头对何队长说。

王淑珍当着众人的面这么一说，说得何队长有点儿不好意思起来。何队长的脸，一下子就红到了脖子根。

手术推车推出医院大门，往右连转了两个弯后，沿着一条水泥马路，从后门进了设在住院大楼上的手术室。

刚刚将朱淑芬推进手术室，医院保卫科的人就跟来了。他们介绍说，那小偷儿已抓住，现关在保卫科，要找王淑珍取一下证。

听说小偷儿被抓住了，在场的每个人都非常高兴，但说是要找王淑珍取证，大家都感到纳闷儿。

王淑珍急忙问道："他是谁？哪里的？怎么要找我取证？"

保卫人员说："他叫张跃进，坡塘工区的。他说，他是来看你的。"

"看我的？"王淑珍惊讶得张大了嘴，"看我的，那怎么不敲门呢？应该要光明正大啊。"

在场的人也都感到不可思议。

保卫人员解释说："因此要找下你对证啊。"

"张跃进？坡塘工区？"王淑珍喃喃自语，脑子像放电影一样去回忆所认识的坡塘工区的每一个人，想来想去，还是想不出，她摇了摇头："我不认识他。"

"你不认识他？"保卫人员感到十分意外，"但是，他说是来看你，咬定自己不是小偷儿。"

这时，何队长发话了："你先去看看不就清楚了。淑芬这里有我，你放心去吧！"

王淑珍觉得何队长说得有道理，便对保卫人员说："好吧，我跟你们走一趟。"

王淑珍与在场的人打过招呼后，跟在保卫人员后面往楼下走去。

第二十四章　一夜成名

深秋的夜晚，凉风瑟瑟，吹在身上有股冷冷的感觉。

刚才，王淑珍由于出门匆促，身上穿的还是一套睡衣，是那年在县城一家熟人店子里买的，算来也有好几年了，洗来洗去，衣服都变薄变白了，风轻轻一吹，就前后晃荡了起来。她不由自主地用双手交叉抱在了胸前，将衣服紧紧地裹了起来。

下得楼来，往左拐一个弯，就看见了医院保卫科那块白底黑字的牌子，在路灯的照射下格外耀眼。

走在前面的保卫人员，一把推开了门，人还未站稳，就大声说道："张跃进，人带来了，你出来对质一下。"

随着一声吱呀的开门声音，张跃进被一名保卫人员从里间带了出来。他站定后，一抬头就看到了走在后面的王淑珍，就像见到了救星一样，连忙用手一指："是她，我是去医院看她的。不信，你问她，我不是小偷儿。"

保卫人员扭头问王淑珍："你认识他吗？"

王淑珍想了想，似曾相识，但又想不起来，只好说："我不认识他。"

张跃进听见王淑珍这样说，急得像猴似的："你胡说，只有几天时间，难道你就不记得了？"

"你胡说，我什么时候见过你？"王淑珍见他骂人，也提高了嗓门儿大叫了起来。

保卫人员见王淑珍不认识张跃进，就对张跃进凶了一句："你还不老实？她已说不认识你了，你不是小偷儿，这么晚了到医院去干什么？"

"我真的是去看她，看她的伤好了没有。"张跃进哭丧着脸说。

听张跃进这么一说，王淑珍马上想起了那天晚上的事情来，听口音也有点儿像那男的。"真是碰上鬼了，都几天了，还不放过老子。"王淑珍在心里恨起了他来。要不是他，自己又怎么可能住到医院里来？自己怀孕的事，又怎么可能传出去？想到这里，气不打一处来，她立马感到报复他的机会来了。这真是天意，那天晚上我求他，今天晚上，老天爷就叫他来求我，这就叫恶有恶报，善有善报，不是不报，是时辰没到。现在，时候到了，机会就在眼前。

她走过去，假装在张跃进面前瞧了瞧后，又退了回来，对身边的保卫人员说："我不认识他。他就是小偷儿，你们将他关起来吧。"说完，一转身，拉开门，消失在夜色中。

"你不能这样做，你没有良心，那天晚上我救了你，你却恩将仇报，你不是人！"张跃进撕心裂肺地一边骂一边叫了起来，那声音好像是追着王淑珍似的，王淑珍走了好远了，还能听见那号叫的声音。

王淑珍装作没听见，得意地一路哈哈地大笑了起来。

回到住院部，她马上想起了朱淑芬应该还在手术室做接骨手术，她立即朝手术室走去。一到手术室，只见门打开了，一个护士正在清理卫生，她走过去一问，才知道朱淑芬已送回到病房了。

她走到二楼病房，就听见何队长在安慰朱淑芬说话的声音。她来到了门口，想敲门进去，可突然想到这么晚了，他们也应该休息了，明天再来也不迟，于是便又将手收了回来，径直回到了自己的病房。

回到房间，王淑珍一直处于亢奋之中。她认为，对于张跃进这种人就得以怨报怨，不能有丝毫的怜悯和心慈手软，要让他懂得善有善报、恶有恶报的道理。

她一边想着，一边将窗帘布拉上，在洗脸盆里洗了一下手后，就脱衣上床休息了。

真的很奇怪，这一宿她睡得特别好，特别香甜，感觉是进院这几天来睡得最好的一晚。

醒来后，她伸了伸懒腰，习惯性地用手捶了捶后背，拢了拢散乱的头发，翻身下了床。

刚刚洗漱完，她就听见了“咚咚”的敲门声音。“谁呀？”王淑珍喊了一声。

“是我，隔壁的老何。”门外，何队长轻轻地回应了一声。

听说是隔壁的何队长，她马上来到门边，拉开了门闩。

“哦，何队长，这么早？”

“也不是很早了，快8点了。朱淑芬清早就在说，要好好谢谢你帮了她，吃了早餐，就要我过来请你过去，说要当面致谢。”

“什么呀？明明是她帮了我，怎么说是我帮了她？”

“她说，她受伤后，你帮了她。”

“可是，明明是她帮我帮在前。”

“你去一下吧。你不去，我还不好交差。”

“我去，我肯定去。你不来说，我也要过去谢谢你们了。”

“那好，谢谢你，王老师。”

“你先去吧，我马上就过来。”王淑珍转身，走到病床前，将被子简单地整理了一下，就朝隔壁病房走去。

靠在床头上的朱淑芬见王淑珍进来，用手使劲儿支撑身子想坐起来。王淑珍见状，忙奔过去拉着她的手说：“你不要动，骨折了刚接上要多休息。”

何队长也连忙走到了床边，扶住朱淑芬，也劝她要少活动。

“谢谢你，王老师，害得你忙上忙下的。”朱淑芬开口道。

“妹子，事情都是因我而起。你们是为了我，才去追那小偷儿的，把自己的脚弄伤了，要说谢谢，也是我来说。”

“这样的事，谁见了都会去管。我也只不过是当时太性急了，没顾那么多，才从楼上跳下去的。事后，连我自己也不敢相信。”

“你真是太勇敢了。这样的镜头，平时只有在电视里、电影上才看得见，没想到在我身边发生了。不说是我，就是换成别人也难以置信。你说是不是，何队长？”王淑珍见何队长一直不作声，就特地叫了一声。

何队长只是在听她俩说，一时没反应过来，张大了嘴，说道：“什么？王老师，你问我？”

“你想什么呢？是我在问你，你说朱淑芬勇不勇敢？”王淑珍加重了语气说道。

何队长看了一眼朱淑芬，说：“怎么不勇敢？肯定勇敢，她是天底下最勇敢的女人，是当代的穆桂英。”一下子说得王淑珍和朱淑芬两个大美女都笑了起来。

朱淑芬故意说道：“你说到哪儿去了，怎么一下子说到古代去了。你说的这些话，是真的吗？谁信呀？”

朱淑芬这一说，说得何队长急了起来：“你难道还不了解我？我在你面前，还敢说假话？要我说，你比穆桂英还勇敢。”

“那你就是杨宗保？”王淑珍突然插话。

朱淑芬一听，脸一下就红了，扬手就在王淑珍身上轻轻拍了一下。王淑珍反问一句：“什么？你打我，难道我说错了？”说完，王淑珍就扑上去，用手抱住了朱淑芬，两人顿时“哈哈”地大笑了起来。

何队长站在那里，不知说什么才好，见她俩亲热、打闹的样子，吵声越来越大，为不影响其他病房的人休息，就悄悄走到了门口，想将门掩上。

不料，刚伸手去关门，却被一只手撑住了。何队长忙伸头一看，见是矿宣传科肖科长，在院长周科军的陪同下进了病房。

“怎么？不欢迎我们？”肖科长开玩笑说道。

“怎敢，怎敢。失敬，失敬。不知道是两位大领导光临，不好意思了。”何队长忙解释说。

“不知者，不获罪，我们是过来看望一下朱淑芬这个美女英雄的。”肖科长边走边回答说。

“哦，王老师你也在。”周科军抢先说道。

王淑珍见是自己的科长和院长一道来了，马上站了起来，一脸微笑着说：“科长好，院长好！”

朱淑芬见是领导来看望自己，也忙微笑着跟着打起招呼。

“好，好，你们也好。”肖科长一脸慈祥地答道，“哦，小王也在？”便转身朝王淑珍打了声招呼，王淑珍“嗯”了一声，点了点头。

周科军介绍说：“昨晚朱淑芬奋不顾身，勇擒小偷儿，我们医院的宣传干事连夜给矿广播站写了一篇表扬稿，我们也及时向矿领导做了汇报。这不，引起矿领导的重视了。宣传科肖科长都亲自来了，说要对朱淑芬见义勇为的事情进行宣传报道。”

“不，不，不要这样。”朱淑芬一听要宣传自己，忙伸出右手不停地摇摆，“这都是应该做的，哪个见到都会主动去做。”

肖科长见朱淑芬这样谦虚，就说道：“我今天来是受矿党委的委派，到医院来了解情况。如情况属实，那是一定要加以宣传报道的。不仅要报道，而且还要大张旗鼓地宣传。”

肖科长接着说：“当前，全矿上下掀起抓安全，促生产，大干快上的热潮，职工群众的士气很高，矿里形势也是一片大好。可是，在治安稳定方面却不尽如人意，拖了全矿的后腿。如在这个时候，我们推出朱淑芬这样一个正面典型，无疑对进一步弘扬正气，打击歪风邪气都具有极其重要的意义。”

“是，是。”周科军一边听，一边点头说道。

“因此，朱淑芬你就不能，也不要推托了。这已经不是你个人的事情了，而成了矿里的一件大事。”肖科长正面看着朱淑芬说道。

朱淑芬听后就没再作声了，而是看了何队长一眼，心想：“我初来乍到，不知该怎么办，想听听何队长你的意见。”

何队长也是一直看着朱淑芬的，她的这一眼，何队长心知肚明，知道是朱淑芬在向他求助了，因为这里只有他才是她最亲近最信任的人，何况自己也算是她的领导了。他想了想，说道：“这事说起来既是好事，又是坏事。说是好事，是因为朱淑芬一个弱女子，关键时刻能挺身而出，不顾自身安危，勇擒小偷儿，弘扬了正气正义，彰显了中华民族的传统美德，这种精神、气概、行为，值得称颂，值得宣传，在目前物欲横流的今天，我们太需要这种正面典型和正面形象了。说是坏事，朱淑芬一个人刚刚来矿顶丈夫职位上班，不到几天时间，还没拿到一分钱工资，就接二连三出了这么多的事，特别像昨晚这一跳，竟将自己的脚都跳骨折了，给身体和心灵都带来了影响，连住院的钱都没有，这些费用，看能不能向上反映一下，给予报销。”

朱淑芬没想到，何队长竟说到了自己的心坎里去了。昨晚她还为这身体受伤和住院费用的事伤透了脑筋，急得不知如何是好。何队长能当着矿里派来的领导的面说出，真是善解人意，她从内心再次感到了何队长的善良和体贴。

肖科长接过话说：“何队长说得很有道理，两层意思都分明。宣传上的事，就这样定了，朱淑芬你也不要推托了，这是你个人的光荣，更是我们全矿的光荣，我们马家山矿能出你这么一个女英雄，对于全矿干群都是一件鼓舞人心的事情。住院费用的事，你们尽管放心，今天周院长也在这里，我们回去后一定会向领导汇报，落实好这事。”

周科军说：“事情发生在我们医院，说明我院的安全保卫工作还有待加强。今后，我们一定会吸取教训，决不能让那些坏人钻了空子，给病人的生命和财产安全带来威胁。朱淑芬你只管安心在这里住院，费用的事你不要操心，我们会处理好。”

朱淑芬忙说：“谢谢，感谢领导的关心。我只做了应该做的事情，却得到了矿党委的重视，得到了各位领导的关心，我感到惭愧。”

何队长也忙说：“真的是非常感谢了，我代表平硐工区的干群谢谢了。”

“你们不要客气了，这都是矿党委的安排。”肖科长转身对王淑珍说，“你现在的病情怎样？好了点儿吗？”

“谢谢科长关心，我好多了，可以出院了。”王淑珍马上回答。她其实早就想出院了，心想，自己到宣传科还没上几天班就住院，人家或许会说闲话，这好不容易进了机关，可不要由于自己的原因而再让马老师夫妇为难。肖科长这一问，她不假思索地回答了。

“那好。刚好这段时间科里事情多，人手也少，你上班了，可以顶一顶。”肖科长说完后，顿了顿，又接着对王淑珍说，“那这样，关于朱淑芬见义勇为这一典型的宣传报道，就由你来负责。你当时也在场，是事情的见证人之一，情况熟悉，采访也方便。你先拿出一个宣传策划方案，报党委通过后，着手报道。”

“好的，我现在就去办出院手续，下午回办公室上班。”王淑珍爽快地答道。

“好，这事就交给你了，这也是你到宣传科上班后单独完成的第一件典型报道。好好想想，仔细思考，争取一炮打响。”

“科长放心，我会努力的。”

“好。”肖科长满意地点了点头，和朱淑芬、何队长他们打过招呼后，与周科军一起走出了病房。

王淑珍对朱淑芬、何队长他俩交代了几句，说是去办出院手续，下午要出院，也跟着退了出来。

第二十五章　血染煤城

一大清早，王淑珍就挤过熙熙攘攘的矿部主街，朝办公室走去。

矿部主街呈南北走势，一字排开，横穿整个矿部。街道两旁搭建了一些矮小的门面、店铺。店铺门口则摆满了蔬菜和水果。特别是早上这段时间，这里非常热闹，卖菜的，买菜的，吃早餐的，上班和上学路过的，构成了一幅繁忙的矿区风景图，成为马家山煤矿的一大特色。这种热闹场面，一直要持续到上午10点多钟。

这里的早餐格外丰富，米粉、面包、油条、面条应有尽有，传统的花生、米酒、田螺等小吃，在街上也随处可见。那些上晚班刚出井的矿工，往往会约上几个要好的，在这里一边喝酒，一边聊着矿上的新闻，有说有笑，喝个痛快。

王淑珍在一卖早餐的摊位上买了两个包子、一杯豆奶后，边走边吃，进了矿机关大院。

她匆匆赶往办公室，是想在上班前将昨晚没写完的朱淑芬典型事迹宣传方案写好后，在第一时间交给肖科长。

昨天下午，她从一出院，就趴在办公桌旁写方案。第一次写这东西，笔抓在手里，却不听使唤，竟不知从何下笔。坐在那里冥思苦想，大半天时间过去了，洁白的稿笺上还只是一行“朱淑芬同志见义勇为宣传方案”的标题，就连这标题也是她想了好长时间才定下的。

原以为写文章，就是那么一回事，将事实写清就行，读了那么多的书，喝了那么多的墨水，写了那么多篇作文，可是一遇到实际问题，却将她难住了。直到这时，她才感到了在宣传科工作的压力。看来，要想在这位子上坐稳，光靠关系是吃不消、行不通的，得有点儿真正的文字功底，也就是说要有点儿真本事，硬功夫，有点儿真才实学才行。

生性敢于碰硬的她咬紧牙关，狠下心来，决心今天一定得将它写出来。下午下班后，在食堂匆匆吃了点儿晚饭，她又连忙赶到了办公室，抓起那支永久牌钢笔，像挤牙膏似的，一点儿一点儿地写，一个字一个字地推敲，一句话一句话地改，一直写到了晚上12点多钟，她才写了个初稿。

丑媳妇总得见公婆。文章写好了，就得交给领导看，质量可否，通不通得过，都是领导说了算，只有领导认可了，任务才算完成。她来宣传科后，这是领导第一次安排她干文字上的活儿，但她对于这点儿道理还是懂的，毕竟参加工作也有些年头儿，积累了一些社会经验，觉得在哪个行业工作都是一样的，只是工作性质、工作任务及工作的难易程度不同而已。

早上一觉醒来，她总觉得那方案还有些不如意的地方，于是她连忙爬起来，想早点儿去办公室将文章再改一改。连鲁迅先生都说过，文章是改出来的，何况我们等闲之辈？她相信，那方案再改下，再润色一下，应该会出彩得多。

她拿出钥匙麻利地打开了办公室的门，身子一闪就进去了，将手里没吃完的包子、豆奶杯放在了桌子上面，然后一屁股坐在了办公椅子上，拉开了抽屉，找出了方案的初稿，旋开了笔帽，伏在桌子上就开始改了起来。

可几分钟过去了，她看了又看，竟不知从何改起，感觉每一句话都非常重要，每一个标点符号都不可缺少。她想了想，觉得还是先吃了早餐再说，于是伸手就去拿包子，没想到手竟碰到了那杯豆奶，“哗啦”一下，豆奶倾泻而出，不偏不倚，把稿子全给弄湿了。

她哇地大叫了一声：“我的妈呀，这可怎么办啊？”她一边拿起稿子，一边去找抹布擦拭桌子上的豆奶，可左找右找，就是不见抹布，她急得在房间里打起转转来。她嘴里念叨："抹布、抹布，你在哪里？怎么不见了抹布？"突然，她拍了一下脑袋，"哦，对了，昨天下午，是科长拿去抹桌子，没有拿回来。"她高兴得一下跳了起来，急忙冲出门外，到对面的科长办公室去敲门，敲了一下，她马上将手缩了回来，现在还只是早上7点半钟，科长还没来上班。

"怎么办？"她站在门外想了想，突然想起自己有科长办公室的门钥匙，是报到那天科长给她的。当时科长说便于工作，给了她一把钥匙。于是，她忙转身返回，从屉子里找到了那把钥匙，兴冲冲地走到科长办公室门口，门也没敲，拿起钥匙就插进了锁孔，只听啪的一声，门就打开了。

王淑珍一脚就跨了进去，抬头一看，竟发现科长正与一个年轻女人在那儿匆忙穿衣服。她"啊"地大叫了一声后，感觉不好意思，又忙补充说了一句"科长，对不起，对不起，我不是故意的"，就匆匆退了出来。

回到办公室，坐在椅子上，她全身像散了架似的有气无力。她使劲儿地打自己的脸蛋："哪这么不走运？总是碰见这样的怪事，一波未平，一波又起。真是倒霉透顶了。"

"哦，也是的，怎么不事先敲下门呢？太冲动了。"她一边打自己，一边嘀咕道。

没想到，肖科长平时讲话慢条斯理，工作认真负责，却道貌岸然，私底下干出这样的事来，真是胆大妄为、不知廉耻。她一时气得呼地站了起来，用手掌啪的一声拍了一下办公桌，这还了得，堂堂的宣传科长还干出这种事来，一旦传出去，不仅有损宣传科的形象，还有损矿机关和党员干部的形象。不行，一定得告诉马老师，告诉谭矿长。

王淑珍说干就干，立即就动起手来，收拾好桌子上被打湿的稿子和笔，将豆奶杯子啪的一下顺手扔进了身边的垃圾桶里，接着，就从身上掏出钥匙，将抽屉锁好。一番忙碌后，她站起身来，转身朝门外走去。

刚走到门口，她却犹豫了起来。还没弄清真正的原因，就去向矿长夫妇报告，是不是有点儿不妥，是不是有点儿太冲动了？假如，肖科长一口否认，自己一面之词，反而使自己被动了。何况，刚才看见的也是那个女人的背影，连正面都没看到，根本不知道这个女人究竟是谁。没有充分的证据，到头来，说不定还得自己背上说不清道不明的“黑锅”。倒过来，别人会说自己来机关没几天时间，却喜欢搬弄是非，制造矛盾，影响团结，那自己岂不是吃不了兜着走，以后还怎么在这里工作下去，谁还愿意与自己共事呢？

好险！差点儿给自己酿成大错，想到这里，王淑珍额头上冒出了冷汗。她立即返回到了自己的座位上。

她刚刚坐下，就听见“咚咚”敲门的声音，她忙说：“请进！”她扭头一看，见是科长进来了，想起刚才那恶心的一幕，本不想站起身来，可她犹豫了几秒钟，还是礼貌地站了起来，说：“科长，您好。”

肖科长看了她一眼，就说：“昨天要你写的宣传朱淑芬的方案，写出来没有？”

“写出来了。本来写好了，刚不小心，将稿子弄坏了，我马上再抄一份给您。”

“好，你要快点儿，等会儿上班了，我就要拿去向党委书记汇报。”说到这里，肖科长停了停，又接着说，“这事不能拖。这事得快，这是好新闻，要讲究时效性。”肖科长说完走了出去。

时效性？时效性是什么意思？这一词语，对她来说是第一次听说。虽说她不是学新闻专业的，但学中文出身的她，反应也快，感觉这应该是对新闻事件进行及时报道的意思。她本想追问肖科长一句，可看到肖科长急忙走了，到嘴边的话，她又咽了回来。“管他呢，以后再说。”她来不及过多细想，马上拿出钢笔，旋开笔帽，埋头抄起稿子来了。只听见删改字句和撰写文稿的声音，不断地从她的办公室传出。她仔细地改了改，重新抄写了一遍后，拿起稿子，起身朝科长办公室走去。

她“咚咚”地敲了几下门，见没有响动，便轻轻地推开了门。她伸头一望，科长竟然不在，办公桌椅收拾得很整洁，桌子上有一杯刚刚泡了的热茶，还冒着浓浓的热气，估计科长有事，刚才匆匆离开了。

她站在科长办公的桌子前，脑子里却不自觉地重新回放了一下刚才看到的那不堪一幕。那女的究竟是谁？那背影、那衣着、那身材，感觉还比较年轻，可她是谁呢？她想了想，怎么也想不出来。这个女人，肯定有她的一技之长，不然的话，是不可能与宣传科长勾搭在一起的，他们之间究竟有着怎样的不为人知的秘密和情感？她实在想知道。可目前是不可能的，她不可能直接去问科长，更不可能去大肆宣扬，否则的话，对谁都不利，这一点，她已想清楚了。

正当她胡思乱想时，肖科长匆匆进来了。

肖科长一进门就说："小王，快，拿起照相机，与我一起去坡塘工区，那里出事了。"

"出事了？出什么事了？"王淑珍回过神来忙问。问完，她将写好的宣传方案递给肖科长，说："科长，给，东西写好了，您帮我看看。"

"好，先放这里，回来再看。走，赶快走。"肖科长接过稿子，看都没看，就把它放在桌子上，转身打开身后的文件柜，从里面拿出了一部海鸥牌照相机，递给了王淑珍，接着从自己办公桌下面的柜子里拿出了一部雅西卡相机，从屉子里拿出了两卷胶卷，递了一卷给王淑珍，自己拿着另一卷忙着装了起来。

"科长，我还不知道怎么装胶卷呢。"

"莫急，等下，我帮你装好。"

肖科长娴熟地给自己的相机装了胶卷后，接过王淑珍的相机，一边装，一边告诉王淑珍装胶卷时要注意，相机上卡子一定要死死钩住胶卷两边的小方孔，否则，装进去，一旋转按钮，胶卷就会脱掉。到时一冲洗，就是一卷空白，不仅浪费了胶卷，而且还影响了工作，因此，一定要用手压紧并装好。

王淑珍一边看，一边听，嘴里不停地发出"嗯、嗯"的声音，一副很认真的样子，其实，她是一点儿都没看懂，更谈不上弄清，感觉糊里糊涂，脑子一片空白。

倒是肖科长身上那股浓郁的男人气息，让她有种说不出道不明的感觉。

自从在县城与刘铁伟分手后，两个月来，她还没与哪个男人离得这样近，对于肖科长平时也没细看，更没过多的了解，仔细看来，肖科长皮肤白皙、头发浓密、面部轮廓分明，长得十分英俊，说起话来男人的后重音特重，那种磁性让人感觉特别亲切、温和，仿佛能穿透人的心灵。难怪，有女人愿意冒着风险对他投怀送抱。

检查好各自的相机，准备好采访本后，肖科长背起摄影包，就要王淑珍与他一道，赶快出发。

王淑珍还在想着刚才的事情，直到肖科长拍了一下她的手臂，她才回过神来。

下楼后，肖科长步子迈得更快，王淑珍只得一路小跑，才追赶上来。

“科长，究竟发生了什么事，这样匆忙？”

“刚接到党委书记王方生的电话，说因农赔问题，附近上百名村民正在围攻坡塘工区。昨晚上了晚班，正在调度室了解工作的工区主任李德志，被围困在里面，想出来洗个澡，吃点儿早餐都不行。”

“哦，这样的事。这事难道也要我们去宣传报道？”王淑珍一脸诧异地问。

“我们这次去，不是为了报道，而是要用照相机，把现场拍下来，好留个证据。将来，万一要谈判，要处理，好有说服力。”

“哦，是这样子。”王淑珍若有所思地回答道，没想到这也是他们的宣传工作。

“是啊，我们是企业，一切要以安全生产、经营管理为中心，所有工作都要为中心让路，为中心服务。因此，我们做宣传工作，就不是纯粹意义上的写写稿子，搞搞新闻报道了，还有很多很多的工作等着我们去做。”肖科长说到这里，停顿了一下，接着继续说道，“你是刚来宣传科，时间一长，你就知道了。”说完，肖科长看了一眼王淑珍。

听了科长的话，想到科长刚才又手把手教自己弄照相机的事情，王淑珍立马感到自己开始差点儿去举报肖科长，那是多么幼稚，多么可笑，所幸自己改变了主意，不然的话，不知道是什么后果。王淑珍扭头看了一眼科长，没想到科长也正在看她，这一下，倒让她有点儿不自在了。

王淑珍为了掩饰自己，忙说：“科长，我知道了。以后，我会努力工作，好好向您学习的。”说完，加快了脚步，紧紧跟在肖科长后面。

坡塘工区就在矿部附近，不一会儿，两人就到了。

远远地，就听见里面有大声吵闹的声音。只见工区大门两旁围满了看热闹的职工、家属。矿派出所民警、治安联防队员及一些矿山救护队员，也在那儿维持秩序。

肖科长带领王淑珍走近大门口看了看，里面人太多，吵吵闹闹的，挡住了视线，找不到最佳的拍摄角度。肖科长急得在门外团团转。突然，他抬头一看，发现大门两旁的围墙上适合拍摄，估计是最好的拍摄点。于是，他把摄影包交给王淑珍，说：“你帮我拿一下，我爬上围墙去拍，那里地势高，可拍下全景。”

“科长，您要爬围墙？那么高，您可要小心。”王淑珍担心地说道。

“放心吧，没事。”

肖科长说完，敏捷地抓住大门上的铁栅栏，一步一步地攀了上去。

不一会儿，肖科长爬上了围墙，稳住了身子后，一眼望去，村民们围攻办公楼的情景尽收眼底。一些村民手拿着钢筋、木棒、砖头，有的甚至拿着自制的长短不一的鸟铳，正与守住楼梯间的治安人员发生冲突。他们想突破过去，冲上二楼矿长办公室和生产调度室，被几名治安人员组成的人墙死死堵住了。有些治安人员的脸颊上明显有被抓破的鲜红的伤痕，体力也渐渐不支，情况十分危急。

肖科长转过头，对围墙下的王淑珍说道：“快，快把相机递给我。”一边弯腰伸出手，一边接过了王淑珍递给的相机。

肖科长端起相机，娴熟地揭开镜头盖子，打开电源开关，调好光圈和焦距，“咔嚓、咔嚓”拍了起来。正当他聚精会神地拍摄时，突然，被一个村民发现了，村民便大叫了起来：“快看！围墙上有人在照相，把我们都照下了！”这一声叫，惊动了为首的村民。那为首的村民掉转头，正看见肖科长站在围墙上拍摄。他十分敏感地说："快，快去抓住他，不能让他留下证据！"

一个手里端着鸟铳的年轻村民，马上站了出来，说："我去把他抓起来，把那照相机砸了。"

肖科长从镜头里面发现有人朝他跑来，感觉情况不妙，可能是来抓他的，连忙直起腰，转过身，"扑通"一声，迅即跳了下来。

"怎么了，科长？"王淑珍不解地问。

"快，快跑！村民发现我照相了，要来抓我们销毁证据。"肖科长一边说，一边拉起王淑珍就朝围墙侧边的家属区跑去。

王淑珍被这突如其来的情况，吓得不知所措。她还想冲到里面去拍摄，没想到自己还没开拍，就被发现了。她来不及多想，跟着肖科长逃命似的一路狂奔。

在这里工作了十几年的肖科长心里清楚，这个地方民风剽悍，是旧时湘北、湘西的人去广东挑南盐的必经之地，自古就有"马到这里死，人到这里打摆子"的传说，不少挑南盐的人命丧此地。到了现代，村民之间一旦发生斗殴，动手就是长枪、土炮，打得不可开交，往往要死伤人才肯罢休。近年来，宗族斗争减少了，但却由于种种原因与矿里面的纠纷不断。这些村民讲究的还是过去那一套打、砸、抢、闹，常常出动封堵井口、绞车房、运输通道，有时还围攻办公楼，谩骂领导干部。每次，矿里面都要与当地政府出动大批警力才能平息，政府官员都为之头痛。这在全国都小有名气。

肖科长带着王淑珍东拐西弯，躲进了一职工家中。刚刚把门关上，就听见了追赶过来的村民的叫喊声，接着，就听见了"咚咚"的拍门声。

"里面的人听着！你跑是跑不掉的！赶快出来，把照相机交出来就没事了！"那个手里端着鸟铳的人，冲在最前面，一边用枪托打着门，一边大声喊叫。

村民来势汹汹，门被打得咚咚作响，王淑珍从没见过这架势，吓得躲在肖科长身后，身子不停地发抖。

肖科长此时却变得异常镇静。他在房子里转了一圈，看了看情况，发现这户职工家是独门独户，只有一个门进出。可这唯一的出口现被村民堵住了，看来想出去可能没那么容易。他想等待公安民警来解救他们，可是眼前这架势，等不到民警过来，职工家的房门就被砸烂了。他可不能因为自己逃生，而损害了职工家属的利益，那样的话，影响不好。

他想了想，从王淑珍手中拿过相机，将自己的相机交给王淑珍保管，他知道王淑珍手里的相机没有开拍，胶卷是空的，想偷梁换柱将这相机交给他们，好乘机逃出。

他叮嘱王淑珍道："这相机里面的照片很重要，你一定要好好保护。千万记住！"接着，他又说道，"你在房子里不要出去，我出去应付他们。"说完，就准备去打开房门。

没想到，王淑珍一把抓住了他的手，说道："这门不能开，开了就有危险。您没看到他们气势汹汹，来者不善？"

"不行，我必须出去，否则的话，我们两人都有危险。这门是木门，一下子就砸烂了。放心，我自己会注意。"说完，肖科长一把将门闩拉开了。

那端着鸟铳的村民，穷凶极恶地将鸟铳架在了肖科长的肩膀上，大声说道："你胆子不小，竟敢偷拍我们。"说完，一掌打在了肖科长的脸上，肖科长白皙的脸上立马红了起来。肖科长忍住疼痛，回击道："你凭什么打人？你们本身就没有道理。有事可依照法律，你们凭什么到我们矿上闹事？"

"老子就是法律，今天闹事闹定了。"那年轻人又想打过来，不料，却被他身边一年纪稍大的村民拉住了："算了，不要打了。他也是做事的，将相机拿来就行了。"

肖科长见这样说，就将手中的相机递了过去。

那年纪大的村民接过相机，瞧了瞧后，正准备离去时，却被身边一村民提醒，说："这不是他照相的那部相机，我看得清清楚楚，他照相的那部小一点儿。"

"对，是的。"

"与他一起跑的，还有一个女的。"人群中有人叫喊了起来。

那端着鸟铳的村民一听，怒火中烧："看不出，你还敢欺骗老子。信不信，老子一枪崩了你？"说完，就将鸟铳顶在了肖科长的胸前，做出了要扣扳机的样子。

"慢，先把那女的叫出来。"那年纪大一点儿的村民说。

听到村民这样说，肖科长为不让王淑珍受到伤害，将身子紧紧地堵在门口，大声说道："里面没有人，就是我一个人。"

"你还狡辩，不见棺材不掉泪！"说完，那端着鸟铳的年轻村民失去理智，对着肖科长，狠狠地扣动了扳机。

只听"砰"一声巨响，一股巨大的浓烟从枪管冒出，十几颗罪恶的钢珠子一齐射进了肖科长的胸膛，肖科长"啊"地惨叫一声，身子往后一仰，扑通倒在了血泊之中。

见打死人了，围观的村民吓得一下子就散去了。

王淑珍听见枪响，忙将门打开，却看到肖科长倒在地上，鲜血正从胸口上不断地往外冒，短短几秒钟时间，肖科长的脸上、身上到处流满了血，模糊一片。

王淑珍忙扑过去抱起肖科长，不停地哭喊："科长！科长！你醒醒！"

肖科长努力地睁开了一下眼睛，看了王淑珍一眼，有气无力地只说了一句："小王，保、保护好，相、相机。"就永远地闭上了眼睛。

王淑珍一下子瘫坐在地上，晕了过去。

第二十六章　生如夏花

两个小时后，王淑珍睁开了眼睛，一看自己竟躺在医院的病床上，她马上明白了过来，一翻身就要坐起，被守护在身旁的马云老师按住了身子。

“不要动，淑珍。你刚醒来，还要休息一下才好。”马云劝说道。

马老师亲切和蔼的话语，让王淑珍感到格外温暖，联想到近来发生在她身上和身边的几件事情，她哭了起来。

马云轻轻地抚摸着她，安慰道：“别哭了，淑珍，没事，你这不是挺好的吗？”马云接着说，“人生在世，不如意者十之八九。每次，只要你忍一忍，挺一挺，想开点儿不就过去了？没有什么大不了的事，天塌不下来的。何况，天就是塌下来，在这里还有我，还有你谭叔呢。”

“嗯，嗯。马老师，谢谢您，您和谭叔叔对我太好了。”王淑珍一边抽泣着，一边说道。突然，王淑珍一下子就坐起来，要翻身下床。马云又一次按住他，说：“淑珍，你要干什么？”

“不行，我要去看肖科长。”王淑珍答道。

“肖科长？宣传科肖科长他已经不幸去世了。”

“死了？不可能，我们刚才还在一起，他还教我照相呢。”

马云感觉王淑珍在说胡话，便用手摸了她的额头，叹口气说道：“傻孩子，肖科长他真的死了，那是他生前在教你照相呢。现在，他还怎么可能教你照相？”

王淑珍听罢，仰起头，天真地问道：“这，这是真的吗？”

马云看着她，一脸正经地点点头：“嗯，是真的。我怎么可能骗你呢？肖科长，他真的死了。”

王淑珍听后，将头扭向一旁，望着窗外，沉默了半晌后，自言自语道：“我不相信，肖科长那么好的人，怎么会死呢？”突然，她坐转身，对马云说道，“马老师，您一定是在骗我，是不是？”

“傻孩子，我骗你干什么？这么大的事，是能够随便说的吗？这可是人命关天的大事。”

“可是，可是，我就是感觉肖科长他没有死，他是到别的地方忙工作去了。”

“你要面对现实，肖科长他真的走了，他真的离开了我们，离开了这个世界。”

直到这时，王淑珍才真真切切感觉到肖科长的确远去了，不可能再回来，也不可能再教她照相了。她猛地伏在马云身上大哭了起来。

“肖科长不仅是个好人，还是我们矿里的一个大才子。他从一个采煤工干起，靠自学成才，一直干到了矿党委宣传科科长的位置，几十年不容易啊。现在，怎么说没就没了呢？他还年轻，只有40岁，人生的壮年啊。”马云像是安慰王淑珍，又像是自己说给自己听。“太可惜了，太可惜了。”马云深深地哀叹着。

王淑珍再次要翻身下床，说道：“我要去看看肖科长，肖科长是为了保护我才牺牲自己的。”

马云见她态度坚决，便只好让步：“好吧，我陪你去看他最后一眼。”

王淑珍下床后，穿好衣服，用手拢了拢凌乱的头发，在马云的搀扶下，准备去太平间看一看肖科长的遗容。

医院出奇安静。她们正准备出门时，突然，走廊上传来一阵匆匆的脚步声，矿长谭国庆在坡塘工区主任李德志、医院院长周科军的陪同下来到了王淑珍的病房。

马云一眼看到了谭国庆，打招呼说："国庆，你也来看淑珍了？"

谭国庆笑着说："怎么，不欢迎？为什么我就不能来看看，淑珍现在可是我们矿里的新闻人物了。"

"淑珍，你说是不是？"谭矿长一席话说得王淑珍有点儿不好意思了。王淑珍忙说："谭矿长，您好！欢迎谭矿长。谢谢谭矿长。"

"唉，谢什么？说'谢谢'的应该是我。"

"是您？怎么是您呀？"王淑珍小心地问道。

谭国庆矿长说："我今天来，就是代表矿党委、矿行政、矿工会来向你表示慰问和谢意的。你和肖科长热爱企业，忠于职守，履行使命，勇于担当，敢于与不良风气去斗争的精神，值得我们每一个人学习。特别是肖科长关键时刻能以大局为重，不顾自身安危，挺身而出，保护企业利益和身边同志的生命安全，彰显了一名共产党员的高尚情操和浩然正气，值得我们每一名干部、职工好好学习。"

说到这里，谭国庆停顿了一下，继续说道："这样一位好党员、好同志，竟被歹徒残忍地枪杀，死得多冤啊！但他死得其所，死得光荣，是我们共产党人的骄傲，是我们马家山人的荣耀。要让他这种企业利益高于一切的精神，在我们的矿山发扬光大，代代相传。淑珍，你说，我是不是要来感谢你，感谢你们？"

说完，谭国庆忙扭转头，对李德志介绍说道："李主任，我来介绍下。刚才，我也许太激动了，还没来得及介绍，就像打机关枪似的，说了一大通。"这一句话，说得在场的人都笑了起来。

马云说："你呀，就是个急性子，几十年了都改不过来。"

谭国庆笑着回答说："我就是我嘛，为什么要改呢？改了，就不是谭国庆了，而成了刘国庆了。"说完，哈哈大笑起来。

站在一旁的李德志忙接过话说："对嘛，我觉得谭矿长的性格蛮好的，矿里的职工都喜欢。"

"难怪国庆那么喜欢你，我今天才发现，你们俩一路货色，穿一条裤子，一个鼻孔出气。”马云听后嗔怪地说道。

“马老师批评得对。不过，能有幸与谭矿长穿一条裤子，那可是我李某的福分。”李德志说完，看了站在一旁一直没作声的王淑珍一眼。

谭国庆见状，忙说：“来，来，我来介绍一下。李主任，这是我们宣传科新来的大才女王淑珍，她可是衡州师范学校毕业的高才生，学的是中文专业。原在矿子弟学校当老师，这次宣传科需要人，我把她给挖过来了。”说完，扭转头，对王淑珍说道：“淑珍，这位你可能不认识。他可是我们矿上最年轻的矿长，有名的技术人才。要说你们宣传科肖科长是我们矿上的‘文曲星’，那么李矿长就是我们矿上的‘武状元’。刚才李主任听说我要来医院看望你，一定要坚持陪同我过来，说一起来看看你，说你也是因为他们工区的事情而受到了惊吓，而住到了医院。再忙也要来，不来心里会不踏实。”

王淑珍听了，感激地看了一眼李德志，忙说：“很荣幸认识李主任。今天上午我和肖科长在去你工区的路上，肖科长还同我说起了你，说你被不法村民围困在办公楼里，不能出来洗澡换洗衣服，不能下楼来吃早餐。”

“是，是。还得感谢你和肖科长前来营救啊！”李德志特地将“营救”两个字说得很重。

谭国庆忙插话说：“古有英雄救美，今有美救英雄。”说完，大家又一起笑了起来。

王淑珍收住了笑声，说道：“美救英雄，不敢当，我也没这个本事。要说救英雄，还得感谢谭矿长和王书记的英明领导、决策。”

“淑珍，你这句话说得对，你说到了点子上。”李德志接过话茬儿，忙附和着说。

“哦，你看，你看，你们俩竟一唱一和，来戏弄我这一老夫子了？”谭国庆诙谐地说道，一边用手指着他俩。这时，马云也帮上腔来，说道：“是啊，你们是初次见面，竟然感觉你们有一见如故、相见恨晚的味道，说起话来也蛮对口味。”

马云这一点拨，说得王淑珍有点儿不好意思起来。不过，王淑珍心里面还是惦挂着肖科长的事情，用手拉了拉马云老师的衣襟，悄悄说道："马老师，我还是想去看看肖科长。"

谭国庆见状，忙问："你们俩在说什么悄悄话，说来听听？"

马云回答说："淑珍想去看看肖科长。"

"好，好。要去，一定要去，于公于私也要去看下。人是感情动物，说明淑珍还是很重情的嘛。人一醒过来，就想着去看别人，这种境界，这种心境，我喜欢。"

"你喜欢什么啊？"马云听后，竟吃醋似的反问了一句，然后，推了他一把，"你这老鬼！"

"你反应咋这么快？我没说错什么话吧？刚才大家也是听到的，你倒好，像打翻了醋坛子一样。给我评评理，我是说，喜欢淑珍这种讲感情的性格，又没其他的，对吧？"谭国庆笑着说道。

李德志忙出来打了个圆场："没说错，没说错。王淑珍这个性格我也喜欢。"马云老师也忙说："不好意思啊，是我错怪了老谭。淑珍，没有意见吧？"

王淑珍忙回答道："马老师，看您说到哪里去了。对您，我永远只有感谢，没有意见。"

站在旁边一直没作声的院长周科军，这时趁机说道："那好吧，我们一起再去看看肖科长。"

谭国庆表态道："好，我们走。"

于是，一行人在谭国庆的带领下，朝医院的太平间走去。

几分钟后，一行人来到了位于医院南边山头上的太平间。西斜的阳光，洒在太平间那几间水泥房子的墙壁上，像血色一样凝重，让人的心情也跟着沉重了起来。

而此时，这山上却格外安静。

走近太平间，门口有几名公安民警和治安人员在值守。

见是矿长谭国庆来了，一名为首的警察向谭矿长敬了一个礼后，走在前面，将一行人带进了屋子。

昏暗的灯光下，肖科长静静地躺在一张水泥台子上面，身上覆盖着一张白色布单，将头、脸都遮住了。

那民警轻轻地用手将布单掀开，肖科长的脸庞渐渐地露了出来。

肖科长双眼紧闭，像睡着了一样，脸上的血迹已被擦得干干净净，只是那张没了血色的脸庞煞白煞白，看后有种让人恐惧的感觉。

马云拉了一下王淑珍，说道：“你身怀有孕，就不要靠得太近了，免得晚上做噩梦，惊吓了胎儿。”

王淑珍迟疑了一下，心想肖科长也是为了保护她才献出了自己年轻的生命，这最后一眼，无论如何也得看看，否则会后悔一生的。

“谢谢马老师关心，我一定得看一眼肖科长，否则我对不住自己的良心。”

谭国庆听后朝王淑珍点了一下头。王淑珍挤过去，站到了最前排，来到了肖科长的身旁。

王淑珍看到肖科长的遗容，突然扑通一声，一下子双腿跪在了地上，马云连忙去拉，可她死活不肯站起来。

谭国庆见状，说：“你就让她跪下吧，这样，也许她会好一点儿，心里会得到一丝安慰。”

马云松开了手，但还是守在王淑珍身旁，用手扶着她的身子，泪水也悄悄地流了下来。

王淑珍哇哇地大哭了起来。她边哭边说：“科长，我来看您了。谭矿长、马老师，还有坡塘工区李主任也来看您了，您知道吗？

“科长，我知道您当初是为了我的安全，才死活守住门口不让那帮人进来抓我。其实，我没什么呀，我的命哪有您的重要啊！您也还年轻，家里上有父母双亲，下有老婆、孩子，好多的事情，等着您去做，好多的责任，等着您去尽，可您那么傻啊，把自己的命都搭上了。

“我还要跟您学照相，跟您学写新闻，可是，您竟然连这些机会都不给，让我去哪儿跟您学啊……”

“呜呜……”王淑珍越哭越伤心，身子一下子瘫了下去。

李德志见状，也忙伸出手扶住了她。谭国庆见这样下去，王淑珍会更伤心，便对马云和李德志说："你们送她回病房去休息吧。"

谭国庆强忍住泪水，走过去，轻轻地将白布单拉上，重重地叹了口气："唉，可惜呀！多好的一个同志，怎么说走就走了呢？"

谭国庆转过身，向身边那警察问道："那凶手抓住没有？"

那警察回答说："县公安局已出动了大批警力，正在围捕。据说，那家伙已逃到附近的山上去了。不过请放心，我们一定会尽快抓捕他，将他绳之以法。"

"好，一定要尽快抓住。绝不能让犯罪分子逍遥法外，绝不能让肖科长的鲜血白流。血债一定要用血来还！"谭国庆愤怒地挥动了一下手臂，斩钉截铁地说道。

马云和李德志两人将王淑珍送到病房后，见她情绪渐渐稳定，也就放了心，各自离去了。

王淑珍躺在床上，仔细回忆起这段时间与肖科长交往的点点滴滴，肖科长的人格魅力、渊博学识、为人处世深深感动着她，感慨如潮水般袭来。

她感到有很多心里话要诉说，有种不吐不快的感觉。"我要写篇文章，纪念肖科长。"王淑珍立即起床，换上衣服就走出了病房。

一路上，她满脑子都是肖科长的形象，肖科长的音容笑貌已深深地根植于她的心中。

回到三楼办公室，她习惯性地走到了肖科长的办公室门前，轻轻地敲了三下，她知道，这声音是永远也换不回肖科长的回音了。她的眼泪又一次流了下来，她痴痴地站在那里，任由泪水滴落，好几分钟后，才从悲伤中缓过神来，转身打开对面自己办公室的门，在办公椅上坐了下来，良久，才打开抽屉，拿出纸和笔，在洁白的稿纸笺上唰唰地写下了一首题为"生命永恒——追忆肖科长"的诗。

王淑珍这样写道：

静悄悄，静悄悄

您离我们而去了

一声唏嘘
不尽泪水
寄托着无尽的哀思
一句话也没有
您就这样走了
如此决绝
一片美丽的秋叶就此凄美地落地
这无法弥补的伤痛啊
……

写完，王淑珍把笔一丢，伏在桌子上再次痛哭了起来。

三天后，肖科长的追悼大会在医院太平间前面的操坪上隆重举行。自发而来的上千名职工家属和当地政府的领导及附近乡镇的村民，将操坪挤得水泄不通。王淑珍在会上含泪朗诵了这首诗，台下人听得寂静无声，读完后，台下顿时哭声一片。

王淑珍念完这首诗，走下台阶，一抬头，站在前排有一个哭得很伤心的年轻女子引起了她的注意，那女子的衣着、身材，让她想起一个人。王淑珍脑子马上一闪，她应该就是与肖科长相好的那名神秘女子。

送葬回来后，王淑珍一打听，那名女子原来就是劳动服务公司的一名宣传干事，叫肖芸。关于肖芸的故事，王淑珍也不想知道得太多，想将她看到的一切尘封心底，同肖科长的肉体一道永远地消逝于人间。

第二十七章　突遭袭击

肖科长走了，可他的感人事迹轰动了全国煤炭行业。

矿党委也认为，肖科长的事迹极具典型意义，联想到前几天朱淑芬的义举，觉得二人的事迹异曲同工、非常感人，这样的事迹是对全矿职工家属进行爱矿爱国爱社会主义教育的生动教材，要在全矿大张旗鼓地进行宣传，要以此凝聚人心，鼓舞斗志，推动发展。于是，矿党委决定，成立宣传教育领导小组，党委书记王方生任组长，矿长谭国庆任副组长，具体由宣传科牵头，工会、团委配合，将宣传活动深入开展下去。鉴于宣传科科长位置暂无人选，具体工作将由王淑珍全权负责。矿长谭国庆说，要给年轻人一点儿压力，让她锻炼一下。

矿领导的信任，给王淑珍增添了无穷的动力，可是，却招来了一些人的嫉妒。特别是矿机关的一些长舌头，就在私下议论，看她王淑珍怎么收场。以为宣传工作就这样好搞，宣传工作不仅要说，还要能写，重要的是写。她以为自己长着一张好脸，讨领导喜欢，别人就买她的账。领导喜欢的，群众可并不一定会喜欢。等着瞧吧！

机关就是上下三层楼，只那么大，一些风言风语一下子就传到王淑珍耳朵里了。王淑珍心想，这又不是我自己争抢过来的工作，这是领导的安排，难道我服从安排也错了吗？真是岂有此理！要是都这样，领导的话都不听，下级不服从上级，全党不服从中央，各自为政，各自称王，那天下岂不一盘散沙，人心大乱，社会大乱，国家大乱？她觉得自己接受任务，服从安排，绝对不会错，也错不到哪里去。

向来就很有主见的她决心要好好珍惜这一机会，尽自己最大的努力，将工作搞好，将活动搞好，搞出影响，搞出成效。

任何事，说来容易做起难。当她着手工作时，却真的觉得无从着手。早上一上班，她就在想这一问题。坐在办公桌前，她冥思苦想了好一阵子，也理不出一个头绪。她突然想起，肖科长生前曾对她说过，做什么事，都先要有一个明确的思想，也就是一个纲领或一个方案。方案定了，一切按部就班就行了。她觉得肖科长说得非常有道理，于是，她拿出了纸和笔，准备先写一个宣传方案，报党委批准后就开始实施。

她想了想，就将已写好的宣传朱淑芬事迹的方案拿出来，重新修改，将两者合二为一，写一个综合性的方案。

正在这时，桌上的电话铃响了，她怔了怔，抓起了话筒："喂，您好！"对方电话里传来了一个男中音的声音："喂，您好。请问是马家山煤矿宣传科吗？"

她答道："是的。请问，您是哪里？"

"我是局矿工报社的。"

她一听口音，就知道是报社总编辑欧总，于是，她在电话中连忙叫道："哦，您是欧总吧？"

"是的，你是小王？"

"是的，是我。"她激动地说道。

"你们矿接连发生的两起新闻事件都非常重要，局党委十分重视，指示我们报社要加大宣传力度，现特向你们约稿。"

"向我们约稿？欧总编，我们还没写呢，还不知怎么去写。我为这事，正在发愁呢。"于是，她将矿领导的意思，一五一十地向总编辑做了汇报。

欧总编是个非常热心的人，他也知道王淑珍初来乍到，没有宣传工作经验，要写出一篇像样的文章确实很难。宣传科长出身的他，想了想后，给王淑珍提供了一个大概宣传思路，并表示，将会派记者下来，协同她将这一报道做好。

王淑珍如获至宝，有了欧总编辑的这一指点，她的思路一下子打开了，她很快将宣传方案写好，在上午下班前，将方案送到了党委书记王方生的案头。

王方生接过方案，仔细看了看，感觉这个方案虽然在公文格式和表述上存在一些不足，但所提出的在矿工报开辟专版，配图片发人物通讯和评论文章，在局、矿广播站开辟专题，利用黑板报、墙报、标语等形式宣传，巡回宣讲，将事迹结集成册，记功等几条方案也还切合实际，具有操作性。

看完方案，王方生不禁松了一口气，原以为王淑珍初来乍到，不熟悉业务，可能会有难度，没想到，她能在这么短暂的时间内写出这样一份洋洋洒洒的宣传活动方案，而且文笔还算流畅，看来事先的顾虑都是多余的。年轻人就是不一样，接触事物快，进入角色快，进步也快。他决定，下午就递交党委会，明天就在全矿启动这一方案。

下午一上班，王方生就主持召开了党委会。他在会上宣读了这一初步方案。

矿长谭国庆听后，从王方生手里接过方案，仔细看了看，不禁对王淑珍赞叹了起来，将王淑珍从学校调来宣传科他是顶着压力，怀着顾虑的，现在来看，这丫头还能胜任。一丝笑容，掠过了他的脸庞。

王方生讲完话后，他接过了话头。他说，对于宣传肖科长和朱淑芬二人的先进事迹，我们党委班子成员首先要形成共识，要充分肯定他们两人的事迹，他们的事迹是一种见义勇为、舍生忘死精神的体现，是我们民族精神的升华，是一种大义。在当前人心浮躁、私欲膨胀、正气不足等不利因素下，我们太需要这种精神的支撑，太需要这种精神的引导，太需要这种精神的弘扬和光大。因此，我们一定要借这次宣传机会，将其与我们的矿情教育结合起来，一道组织，一道宣传，一道落实。

有了矿长的支持，党委会一锤定音，形成了学习宣传肖科长和朱淑芬英勇事迹的决定，在全盘肯定王淑珍拟写的方案基础上，增加一项与矿情教育相结合的内容，那就是在全矿进行一次矿情教育知识竞赛活动，作为整个活动的收官节目。

悉知方案获得一致通过，王淑珍既惊喜又激动。她知道，这里面有报社欧总编的心血和功劳。于是，她在第一时间，打电话告诉了欧总编。

欧总编听后，也在电话中向她祝贺，并表示报社会尽全力支持她的工作，明天就派记者过来深入采访，先将演讲稿和人物通讯这些大东西写出来，拍一些现场照片，然后，再分头开展宣传工作。

放下话筒，王淑珍就忙开了。她先拟写了一些供各单位学习宣传的标语口号，将标语贴出来，制造氛围，再出墙报和黑板报，营造立体声势广泛宣传。

接下来，就忙她认为最难写的大作，就是宣传肖科长和朱淑芬的演讲稿子。这两个人她都熟悉；两件事她都是亲历者，不需要过多采访，她就知道事情的前前后后。她奋笔疾书，将两个人事迹简介一下子就写出来了，只等明天报社记者一到，就可着手演讲稿和人物通讯的写作，最迟两天时间，就可以出动到各矿进行巡回演讲。

矿党委办的同志也积极行动，当天下午，就以党委文件向全矿发出了学习通知。通知对时间进行了排序，刚好也与王淑珍预想的时间一致。

第二天，报社记者就到了矿里。

说来也巧，王淑珍当时正在机关大楼传达室门口查阅新来的报刊。这时，一个背着布包、戴着眼镜的高个儿男青年走了进来。保卫人员见状一把将他拦住，问道："喂，同志，你找谁？"

那高个儿青年的脚步停了下来，扶了扶眼镜，看着保卫人员，回答说："我找宣传科。"

"宣传科？"保卫反问了一句。

"是的，没错，找你们矿里的宣传科。"

保卫人员看了一眼那高个儿青年，继续问道："你是哪里的？找宣传科什么事？”

“我是矿务局报社的，来采访的。”

听说是报社的，那保卫人员更来了兴趣，问道：“有介绍信吗？”

“有。”说完，高个青年就低头到随身背的包里去找。

王淑珍刚好拿着报纸从传达室走出来，听见有人找宣传科的声音，她就忙走了过去，对着那年轻人说：“我是宣传科的，请问你是哪的？”

听说是宣传科的，那高个青年立即抬起头道：“我是局报社派来采访的。”

王淑珍一听，忙走过去，伸出手道：“欢迎，欢迎！我们正等着你这位大记者来呢。”

那高个青年也伸出手与王淑珍握了握：“哪里，哪里，还得向你学习。”

保卫人员连忙打开通道，做出了一个“有请”的手势，放了那高个青年进来。

王淑珍客气地要去替那高个青年背包，被他婉拒了。高个儿青年说：“怎敢劳驾你为我来背包，谢谢，不要客气。”

王淑珍回答道：“哪里，应该的。你是专程来为我们做事的，应该这样。”

“这是我们分内的事情，宣传先进人物也是我们的职责。”高个儿青年回头看了一眼那保卫，说道，“你这保卫还挺严的？”

“是啊，不过刚才还得请你多多谅解。”

“我倒没什么，当记者的什么场面没见过。”

“那也是，见多识广嘛。”王淑珍忙问道，“哦，不好意思，请问贵姓？”

“免贵姓谢，叫我谢记者就行了。”说完，他看了王淑珍一眼。这一看不打紧，看得他心里一惊：“马家山煤矿宣传科还有这漂亮的姑娘，怎么没听说呢？”

有了这一印象，谢记者的心头一下就热乎了起来，刚才在门卫那儿的一点儿不愉快立即烟消云散了。

上得楼来，谢记者跟着王淑珍到了宣传科办公室。之前，谢记者来了几次，对办公室并不陌生。一进门，他就不客气地坐在了肖科长生前用的办公桌旁。王淑珍立即倒来了茶水，客客气气地放在了谢记者的面前。

谢记者接过茶杯，说了声“谢谢”，就拉开了背包，从里面拿出了钢笔和采访本。

王淑珍见状，心想刚刚落座，屁股还没坐热，就要开始工作，真的看不出来，还有点儿务实作风嘛，报社派下来的人就不一样。这样想着，她也从旁边拖了一张椅子过来，坐在了谢记者的对面。

“怎么？开水也不喝一口，就开始工作了？”王淑珍坐下后，笑着说。

“是的，时间很紧。临走时，欧总交代要抓紧时间采访和写作，争取赶上这一期报纸。欧总将版面都留好了，就等着我回去编排了。”谢记者拧开手中的钢笔，一边将笔记本打开，一边说。

“哦，说来，时间还真的很紧。你们报社要得急，我们矿里内部也等着你的大作派上用场。”

“哦，你们也等着我的作品？”

“是的。我们做了一个宣传方案，要到各单位进行巡回演讲。你知道，我是新来的，一窍不通，工作还没上路，就碰上这档子大事。要我独立完成，我可是拿不出，也写不好。你说，我不靠你，我靠谁？”

“靠我？”谢记者有点儿受宠若惊，又有点儿不解地问道。

“是啊，是靠你将稿子写好，我们好参考，好改写成演讲稿子啊。”

“哦，这样呀。”谢记者张大了嘴。

王淑珍也一下子醒悟了过来，她猜想，肯定是他想到哪去了，不禁扑哧笑了起来。

“你笑什么，我没说错什么吧？”这一笑，弄得谢记者更加不好意思了。王淑珍反而越发觉得，这小子有点儿意思，有点儿可爱。

笑毕，王淑珍说道：“我们言归正传吧。”

谢记者答道：“好！你先说说基本情况吧。”

“好吧。”王淑珍直了直腰板，先从朱淑芬说起，后又接着说了肖科长的事迹。说完，她已是泪流满面了。

谢记者一边听，一边用手中的笔不停地在采访本上记录着，中途时不时地打断王淑珍的说话，提了些问题和阐述自己的见解。王淑珍说得认真，他也听得认真，记录得也很全。不知不觉，一个多小时过去了，谢记者的采访本上也密密麻麻地记录了几十页材料。

看到王淑珍这般动情，他心中也深为感动。这两个人的事迹确实太感人了。特别是肖科长在关键时候，将生的机会让给别人，却将死的危险留给自己，这是一般人难以做到的，也是无法做到的。这种境界，绝大多数人是无法企及的，更是无法逾越的。什么是英雄？这才是真正的英雄本色。采访完，谢记者也感到自己热血沸腾，激情四射起来。

他放下笔，从包里拿出一包纸巾递给了王淑珍，说道："擦擦吧。事迹太感人了，我也是强忍着，要不然，我们两人哭作了一团也不好吧？"说完，故作轻松哈哈笑了起来。

王淑珍接过纸巾，说了声"谢谢"，听了谢记者这么一说，也跟着笑了起来："说得也是。没办法，我唯有将工作做好，才对得起肖科长的一片苦心。"

气氛一下子轻松了起来。王淑珍说："情况大体就是这样。哦，对了，我也写了点儿文字资料，不知对你有没有点儿参考作用。"

"好呀，你拿来看看。"谢记者说。

王淑珍站了起来，打了声招呼："你坐下，喝口茶，我去拿。"说完，转身就朝对面自己的办公室走去。

谢记者也礼貌地站了起来，点了点头，顺手端起了茶杯，而眼光却一直盯着王淑珍的背影，直到她开门走进了办公室。

不一会儿，王淑珍拿出了两篇稿子和她写的怀念肖科长的那首诗。

谢记者接过看了会儿，说："这都是很好的资料，我带回去做参考。"

"哦，对了，我们得去医院采访一下朱淑芬本人，听听她的感想，还要到肖科长牺牲的现场去看看，感受一下当时的情景，然后，再去采访一下你们的矿长和党委书记，肖科长生前的同事、领导及亲人。这样，我才能塑造出他的光辉形象，写出来的东西才会鲜活和生动，宣传效果也才会更好。"

“好呀，我马上陪你去。”王淑珍高兴地说。

“好的，现在就去。”说完，谢记者将自己的采访本放进背包，将包往肩上一放。两人一前一后，走出了办公室，朝职工医院走去。

一路上，王淑珍热情地当起了导游，将沿路所见所闻，尽自己所知，悉数地向谢记者进行了介绍。谢记者听得也心花怒放，一边“哦”地应声着，一边时不时地偷偷看风姿绰约、活力四射的王淑珍。

王淑珍也感觉到了，可在她心中，谢记者给她的第一印象虽然不错，但总也比不上第一次见到叶枫时的那种怦然心动、一见钟情的感觉，反而觉得谢记者就像自己的弟弟一样，有点儿浪荡，有点儿顽皮，有点儿放纵，仅此而已。

不知不觉，两人就来到了医院大门口。

刚准备进大门，谢记者犹豫了一下，退了出来。他站在门口，欣赏起“马家山煤矿职工医院”的题词来了。他抬头看了看，头也不动地问道：“这字写得好。谁写的？”

见没有回音，他重新问了一句，可是还是没有回音，他觉得怪了，便将视线收了回来，左右摇头一看，王淑珍竟然不见了。

“王淑珍，王淑珍！”谢记者紧张得一下子大叫了起来。

可是，仍然没有动静，谢记者感到蹊跷，刚明明在一起，一个大活人，怎么一下子就不见了呢？于是，他站在那里，又继续大叫了起来：“你在哪里，王淑珍！”

突然，大门旁边的公共厕所里传出了“嗯嗯”的声音。谢记者侧耳一听，好像是王淑珍的声音。“坏了，出事了！”谢记者心中猛地打了一下寒战，“谁这么大的胆子，竟敢在光天化日之下抢劫？”他怒向胆边生，顺手从地上捡了一块石头，拿在手中，气愤地朝厕所跑去。

跑到门口，里面突然安静了下来。他感到情况不妙，慢慢地靠近，侧着身子，将头探进去观望，岂料，他刚将头伸进去，头部就受到了重重的一击，他“啊”地叫了一声，倒在了地上。

凶手见状，以为打死了人，吓得放开王淑珍，逃了出去。

缓过神来的王淑珍，拔掉塞在口里的布头，急忙弯下腰，抱起谢记者，一边叫着谢记者的名字，一边轻轻地摇晃着他的身子："谢记者，你醒醒，你醒醒！"

王淑珍的叫声，引来了路人。刚好，医院院长周科军来上厕所，见状，周科军马上挤进人群，实施抢救。只见他蹲下身子，先是用手在谢记者的鼻子下试了试，看有呼吸，然后，用一只食指和一只大拇指按住谢记者的人中穴，只按了一下，谢记者就慢慢睁开了眼睛。

"醒了，没事了。"周科军松开手说。

谢记者见一大堆人围着自己，不知发生了什么事情，连忙就要坐起来，却被身旁的周科军院长按住了："不要动，刚刚醒来，还不能乱动。"他对围观的群众说："大家帮帮忙，把他抬到医院去。"

"去医院？我不去。"谢记者倔强地说道。

"要到医院上点儿药，打点儿针。你看你脑袋都见红了，流血了。"

"啊，流血了？"谢记者用手摸了摸，果真头发湿乎乎的，将手放在眼前一看，手指都是红红的。"这下手也太狠毒了吧。"谢记者自言自语了一句。

王淑珍刚想解释，对大家说一说是怎么回事，却被周科军打断了。周科军站起身说："先将人送医院包扎伤口后再说。"

"好。"众人回应说。

大家在周科军的指挥下，扶身子的扶身子，抬脚的抬脚，七手八脚地抬起谢记者朝医院走去。

第二十八章　再起事端

周科军叫护士赶紧打开急诊室的大门，谢记者被众人抬起，放到了一张靠门边的病床上。

周科军当即喊来值班医师，安排用药，之后，与王淑珍、谢记者打过招呼后，离开了病房。

众人见谢记者被安顿好了，也热情地打了招呼纷纷离去。王淑珍一边送这些人出门，一边连声道谢，说："谢谢你们！辛苦大家了。"

她转过身回到病床边，坐到了床沿上，伸手拉起床单，盖在了谢记者身上。她抬起头，对谢记者说："谢记者，真是不好意思，让你受伤了。"

谢记者故意生气地说："哼，岂止是受伤，害得我差点儿把命丢在这里了。幸亏我命大，不然的话，我得像肖科长一样去见马克思了。"说完，将脸扭到了一边。

"可是，我不是故意的。我与你一样，也是受害者。"王淑珍委屈地回答道。

"你是不是故意的，我不知道。但当时，究竟是怎么一回事，你应该知道吧。可我，却不明不白地挨了这一下。还好，只是头皮受伤。"谢记者摸了摸自己的伤口，一副痛苦的表情。

王淑珍见了，心里更是不安，说道："我和你走到医院大门口，突然一转头，看到了坡塘工区的张跃进在跟着我们。我正要问他为什么，他冲上来，一把将我拖到了路边的厕所里，用刀子抵着我，不准我出声，并将我的嘴堵上。我奋力挣扎，故意弄出声响，让你听到。没想到，这家伙竟然对你也下起了黑手。”王淑珍说到这里，抬头看了看谢记者的表情。谢记者没作声，却在认真地听她讲述。

见王淑珍不说了，他问道：“你与他怎么认识的，是不是得罪了他？”

“唉，说来话长。是得罪了他，这个坏蛋。”王淑珍一脸怨气地说道。

谢记者见她这么说话，更激起了他的好奇感：“怎么了？说来听听。他还吃了熊心豹子胆不成，竟敢欺负你王淑珍大美女？”

“怎么不敢？他们这些人不知天高地厚，不管伦理道德，厚颜无耻，有什么不敢的？任何事情都做得出来。”于是，王淑珍简要地讲了她怎么认识他、报复他的，怎么结下这一冤仇的。

谢记者听罢，翻身就要下床。王淑珍一把拖住他，并说：“你要干什么？”

“干什么？难道还要问吗？”

“我不明白你说什么。”

“真的不明白？还是在装糊涂？”

“我是真的不明白，难道我还骗你吗？”

“那好，我告诉你，我要去报案！”谢记者加重了语气说道。

“报案？”王淑珍一听报案，急了，忙说，“这个案不能报。”

“为什么？”

“我不想把事情搞大了。”

“你这么想，是纵容他犯罪。对这种人，你不能饶恕，更不能宽容。”

“近来，因我而起的事情太多，矿里已传得沸沸扬扬，刚刚好不容易平息了下来，我可不想再起事端。”

“你的事我也听说过，但仔细想想，问题也不全在你个人身上。”

“可是，叶枫、肖科长连命都没了啊，虽然不是我直接所为，但也与我有关系啊。因此，我不想再添麻烦，再生是非，今后只想过宁静而平凡的生活。”

“可是，你不想有麻烦，但并不表示麻烦就从此不来找你了？就像这个张跃进，刚才他犯了一个这么大的罪行，你都不去报案，将他绳之以法，还要去原谅他。那下次，他再对你行凶，你怎么办？”

“我想找个机会，跟他好好谈谈。相信他不会再犯的，因为人的本性是善良的。”

“你要与他谈一下，谈什么？谈我为了你受伤了，我会原谅他？呸，我原谅他不可能。我的命都差点儿丢了，世界上还有什么东西比生命更重要？人的生命只有一次，且不可重来。生命这么宝贵，世界这么美好，我可还不想死。你知道吗？我至今连女朋友都没谈过，就这么走了，不值得也不甘心。”

王淑珍听了后，一时没作声，想来谢记者说得也有道理。这么大的事，怎么能原谅？又怎么能掩盖得了呢？但如果这次真的去报了案，将张跃进抓起来的话，那岂不与他之间的矛盾和隔阂越来越深。本来上次在医院时就可放他一马，但急于报复，结果派出所抓了他，关了他，才有今天这样的事。假如当初饶恕了他，那么今天的事情就不会发生。如果今天再不放过他，那么，等他有了机会，照样会来找自己的麻烦，说不定会带来比今天更为严重的后果，那就会是真的冤冤相报何时了了。可是，她又不能将那天晚上看到张跃进偷情，以致后来与他结下冤仇的真实原因告诉谢记者。想了想，她反问了一句谢记者：“那你想怎么样？”

谢记者看到她这样严肃，心又一下子软了，他可不想让王淑珍不高兴。自己毕竟初来乍到，毕竟刚刚谋面，毕竟也是报社派来采访的人员，重要的也是一个大男人、一个男子汉，她王淑珍一个小女人，尚能有这么大的气量，何况自己呢，自己可不能为了这点儿小事，在这样一个陌生女人面前留下斤斤计较、不好打交道的印象。他沉思了一会儿，语气也缓和了下来，说道：“既然这样，今天这事，我就客随主便，听你的了。何况受的伤也是一点儿头皮外伤，忍一忍就没事了。”谢记者一边说，一边用手摸了一下伤口。

王淑珍听他这么说，感觉有点儿不好意思，看到他抚摸伤口的样子，又感到有点儿滑稽，她忍不住笑出了声。

“你笑什么？”谢记者反问了一句，也跟着笑了起来。

“我笑你摸伤口的动作，好幼稚，好可爱。”

“我可爱吗？可是，到现在，还没有哪个姑娘看上我。”

“不是没哪个姑娘看上你，而是缘分未到。”王淑珍宽慰他说。

两人正说笑着，身着白大褂的护士端着药水进来打针了。见状，谢记者却有点儿犹豫了起来，问护士小姐：“真的要打吗？”

护士小姐点点头，说：“是的。要打一点儿消炎针，避免伤口进一步感染。”

谢记者看了一眼王淑珍，犹豫了一下，说道：“既然这样，那就打吧。”说完，将右胳膊伸直，接着，将手指也握成了拳头。

护士小姐弯下腰，用手抓住了他的手臂，另一只手轻轻地拍打了几下，正准备用胶管扎紧时，他突然将手收了回去，说：“等下，还是觉得打左手好，右手要用来写东西。”

护士小姐和王淑珍两人都不约而同地笑了起来。护士小姐说：“没关系的，打哪只手都一样，针打完了就可写东西。你不要太紧张。”

王淑珍也说：“哟，一个大男人，还怕打针呀。不怕别人笑话？”

“别人不怕，只要你不笑，就没事了。不过，这针还是打左手算了。”谢记者半认真地说。

“你想好了，打左手？”护士小姐问道。

“嗯，左手，就打左手了。”谢记者下定决心说。

“好，听你的。”护士小姐只好端起药盘，走到了病床的另一边，手脚麻利地给谢记者插上了针管，抬头看了看药水瓶，调好了药水输入的速度，说了句“打完后叫我”，就离开了。

王淑珍忙起身，说道：“好，谢谢你。”

王淑珍坐下后，看了看“滴答、滴答”的输液药管，又看了看谢记者躺在病床上的表情，说：“不好意思了，谢记者，让你受罪了。”

谢记者直了直腰，笑着宽慰说：“不经历风雨，怎能见彩虹？这是小事，我们要把这次报道做好，那才是真正的大事。”

“你先去与朱淑芬联系，我在这里打针，打完后，我再过去采访。时间很紧了，要抓紧。”谢记者一本正经地说道。

“这，有点儿不好吧。你针没打完，我怎好离开？”

“你去，这里没什么事。你放心，有事我会叫护士。”谢记者接着又说道，“何况，我要利用这点儿时间，好好构思一下，看这两篇文章从何下笔。”

王淑珍见他这样说，就站了起来：“那好吧，我快去快回。”

谢记者没作声，只是对她点了点头。王淑珍提起手中的包，就走出了病房的门。

谢记者躺在那儿，望着王淑珍的背影渐渐远去，慢慢地合上了双眼，他想一个人静下心来，好好理理肖科长和朱淑芬这两个人物的事迹材料，选择一个好的报道角度。他觉得当前最紧要的是把文章做好，把新闻报道及时弄出来，其他都是次要的。

这样想着，他迷迷糊糊地睡着了。待他一睁开眼，只见王淑珍正坐在床前静静地守着他。

他马上翻身下床，一边嗔怪地说：“王老师，你回来了？针打完了，你怎么不叫醒我呀？”

“我回来时，看你睡得挺香的，想到你一到矿里就开始工作，还没休息一下，刚才又受了伤，我是想让你多睡下。”王淑珍解释说道。

“可是，你想过没有，时间对我们来说已是非常紧张了。我们必须马上着手采访，马上进行写作，否则的话，真的是赶不上这期报纸了。”

“我知道。我也很着急，我刚才已联系好了朱淑芬，她在病房里等我们。”

“那好，我们走吧。”谢记者将衣服穿好，稍整理了一下，对王淑珍说道。

王淑珍立即起身，陪同谢记者朝医院住院部朱淑芬的病房走去。

采访异常顺利。朱淑芬很热情地接受了采访，坐在一旁的何队长也不时补充现场的情景。

合上采访本，已是下班时分。矿上的广播也欢快地叫了起来，播音员正在用矿山特有的普通话播送着各单位通讯员发来的新闻稿件。沉寂的矿山，又开始活跃了起来。

走出医院的大门，也许是刚才采访的成功，王淑珍与谢记者两人的心情都非常好。王淑珍拉了一下谢记者的手说：“走，今晚我请你吃饭，吃马家山的特色菜。”

谢记者回答说：“好呀。有美女请我吃饭，说明我还有点儿男人的魅力嘛。”

“去你的。”王淑珍一下松开了拉着他的手，装着生气地说。

两人一路说笑着，走到了矿部最繁华的主街，在一家名叫“情未了”的酒店门前停下了脚步。

“怎么样，就这里？”王淑珍问道。

“可以呀。这么有诗意的店名，想必菜肯定有特色了。”谢记者回答道。

“走，进去。”两人一前一后走了进去。

刚一进去，王淑珍就看到了一个熟悉的背影，这一次，她反应很快，觉得应该是肖科长的相好肖芸。她想退出来换一家店，可是谢记者已经走到了肖芸的身旁。肖芸回头看了一眼，就发现了王淑珍，并马上站了起来，主动与她打了招呼：“王老师，您好。您也来这里吃饭了？”

王淑珍这下没辙了，想退也不好走了，只好点头回答说：“是的，陪局工人报的谢记者来吃饭，你也在这里？”

肖芸听说是报社记者，非常热情地说：“那欢迎呀！”并伸出手，与谢记者握手。

谢记者握着肖芸的手，问王淑珍道：“王老师，你也介绍一下吧，让我多认识认识马家山的美女嘛。”

王淑珍答道：“你也太性急了吧，抓着美女的手，就不肯松，我怎么好介绍？”

王淑珍快人快语，这一说，倒让谢记者和肖芸两人都不好意思起来。谢记者年轻，见多识广，反应也快，忙回答说：“要怪也只能怪马家山的美女太漂亮了，一个比一个靓。”他见王淑珍有点儿不悦，又忙接着说，“当然，要说漂亮，说风度，说气质，还是我们的王老师当属上乘。”说完，对着王淑珍伸出了一个大拇指。

王淑珍扑哧一声笑了起来，一只手朝谢记者扑打了过去：“就你会说，叫你来吃饭的，不是来说美女的。你说是不是，肖芸？”

肖芸借机会也早松开了谢记者握着的手，见王淑珍将话题抛给了自己，想了一会儿，便站在那里回答说：“王老师，这就是你的不对了。谢记者说得不错，你本来就是我们矿里的一朵矿花，要文化有文化，要气质有气质，要身材有身材，要肌肤有肌肤，这么漂亮的脸蛋，不要说是男人见了你，就是我们女人见了你也想摸摸你，亲你一口。”说完与谢记者一道哈哈大笑了起来。

肖芸这一招说得王淑珍脸红了起来，但她很快镇定了下来，进行了回击：“哟，你们才刚刚认识，这么快就结成了同盟？肖芸你还吃里爬外，出卖起姐妹来了？看我不好好地咬你一口。”边说边朝肖芸身上扑去，肖芸急得连忙躲到了谢记者背后，一躲一闪的，王淑珍更是装作气急败坏，伸出双手像雨点似的一顿胡乱扑打，可全落在谢记者的身上。谢记者口里时而发出“哎哟，哎哟”的叫声，时而大叫“美女息怒，美女息怒”。

肖芸躲在后面，也是故意尖叫：“饶命呀，饶命呀。”一时间，他们仨人将整个餐厅闹翻了天。

酒店服务员见状，拿着菜单忙跑过来制止说：“莫闹了，快点菜吃饭吧。”

听见服务员在叫他们，他们才停止了吵闹，各自找位置坐了下来。

服务员走到王淑珍身旁，将菜单递给了她：“美女，是你点菜吧。”

王淑珍扭转头看了一眼服务员，用手接过了菜单，随手翻了翻后，将菜单递给谢记者，说：“谢记者，你是客人，今天的菜，你来点。”

谢记者看了一眼她，并没接过菜单，而是说：“我是客人没错，但中国有句俗话，叫‘客随主便’，菜还是你来点吧。”说完，用手将菜单推了回来。

“这怎么好呢，还是你来点吧，谢记者。”旁边的肖芸也帮忙插话道。

谢记者想了想后，接过了菜单，说道：“那这样，我们仨人各点一个菜，来一个大组合。怎么样？”

肖芸快人快语，抢着说道：“好，这个主意好，各有所好。皆大欢喜！”

可王淑珍不这样认为，她说：“谢记者是客人，应该由客人做主。想吃什么，就点什么。”

谢记者还是主张各点一个菜，这样，既民主，又和谐，既吃到了自己想吃的，又照顾了大家的喜好。

王淑珍见谢记者这样坚持，就只好说道："那好吧，既然你发了话，那就照办。"停了停，她又接着说，"谢记者，你是客人，你先点，然后是肖芸点，最后由我来做总结。"说完，哈哈笑了起来。

谢记者翻了翻菜单，从头到尾看了个遍，然后，将菜单递给了肖芸，对站在身旁的服务员说："那就点个水煮雄鱼头吧。"

服务员埋头唰唰地用笔记下了，然后问肖芸："美女，你点什么菜呢？"

肖芸没作声，用手翻了一下菜单，说："都说矿山女人天不怕地不怕，对辣椒肯定不怕辣了，那就来份辣椒炒肉了。"

服务员记下后，接过菜单，转递给了王淑珍，要她点菜。王淑珍用手推挡着菜单，说道："我不用看菜单了。你就给我点一道马家山的名菜'风皮牛肉'，谢记者难得来一趟，好好招待一下。"

服务员答应了一声："好。"转身就要离开，被王淑珍叫住了："哦，还得再来一份新鲜蔬菜。"

"一共四个菜，可以了吗，帅哥美女？"点完菜，王淑珍问道。

谢记者忙说："谢谢，你们太客气了！"

肖芸说："反正，我今天是来这里吃盒饭的，瞎碰撞上了，跟着谢记者沾点儿光啰。"

"好了，好了，快点儿上菜吧。"王淑珍对服务员说道。

他们仨人聊了一会儿天儿，菜很快就送上来了。望着桌子上热腾腾、香喷喷的菜肴，肖芸提议说："王老师，报社的大记者来了，我们是不是来点儿酒，助助兴？"

经肖芸这一说，本就性情豪爽的王淑珍连说："好呀，是得喝喝酒，一是欢迎谢记者的到来，二是庆祝今天的采访成功。"

听二位美女这么一说，本不打算喝酒的谢记者兴致一下子就高涨了起来："好，喝点儿酒。都说马家山矿的菜好，酒好，美女好，不喝几口，岂不白来一趟马家山？"

“那喝什么酒？”王淑珍问道。

“今晚上，我还想写点儿东西，就喝点儿啤酒吧。”谢记者答道。

“啤酒好，天气热，爽爽口。啤酒，可是我的强项，你俩得小心点儿。”肖芸笑着说。

“强不强项，喝了再说。”王淑珍不服气地说，说完，大声叫了起来，“服务员，来一件啤酒。”

听说来一件，吓了谢记者一跳，说：“王老师，你不是开玩笑吧，真的来一件？”

王淑珍回答说：“当然是一件，还给你开什么玩笑。”

“一件还便宜了你，说不定还得两件。”肖芸接过话说。

“你不要乱说，不要吓破了谢记者的胆！”王淑珍打断了肖芸的话，“不过，没喝完，也没关系。喝不了，带着走。”

不一会儿，只听咣当一声，服务员气喘吁吁地捧着一件啤酒重重地放在了王淑珍的身旁。王淑珍看了一眼，对服务员说：“打开，先每个人面前放两瓶。各人自扫门前雪，各喝各的酒。喝完了，再来。”

服务员十分熟练地一一打开了酒瓶盖子，在每人面前摆了两瓶。摆完后，王淑珍说：“你先退下，喝完了，我再叫你。”

看着这架势，谢记者心头不禁一惊，看来今天是遇上高手了。矿务局机关的人都说马家山的美女喝酒厉害，自己一直不相信，真是耳听为虚，眼见为实呀。

王淑珍率先给自己的杯子倒满了酒，肖芸见了，说要给谢记者倒酒，谢记者推托说：“还是自己来吧。”

王淑珍见仨人杯子都倒满了酒，便站起身说道：“欢迎谢记者来马家山煤矿指导工作。这第一杯酒，先干为敬。”说完，她端起杯子，仰头便是咕嘟咕嘟一口气就将一杯子酒喝完了。

谢记者和肖芸见状，也闷着头一口喝了下去。

一杯酒下肚，在酒精的作用下，三个年轻人热情高涨了起来。特别是近来心情一直压抑的王淑珍，更是心花怒放，话也多了起来。她竟说起了酒段子："相聚都是知心友，我先喝俩舒心酒。"说完，她独自一个人干了一杯。

谢记者和肖芸两人也不甘落后，纷纷干起杯来。

喝到尽兴处，谢记者站起身来，吟起了诗句："酒逢知己饮，诗向会人吟。今晚难得一聚，不醉不归。"

"好，喝，干。"他话音未落，就得到了两位美女的热烈响应。只见他们仨人你来我往，相互敬酒，觥筹交错。

不知不觉，一件啤酒倒下了肚，他们接着叫服务员又开了一件。

这时，谢记者感到头脑发沉，视觉模糊，便趴在了桌子上。

肖芸在服务公司上班，平时应酬较多，经验丰富，酒量也大，她还算清醒。见状，她忙问谢记者怎样，还喝不喝？

谢记者硬着头皮，死要面子，含混不清地说："喝，谁、谁说不喝了？倒、倒满。"

王淑珍此时也醉了，帮着谢记者说："加上，我也加上。"

肖芸只好再给每人杯子里加满了酒。

王淑珍一口喝下后，见谢记者没喝，便说："谢记者，轮着你喝了。喝，怎么不喝了？"

可是，谢记者伏在那里一动不动，没有反应。

肖芸用手一摸谢记者的额头，感觉汗珠一滴一滴在往外冒。她顺势将手滑到了谢记者的后背，身上的衣服也像被水淋湿了一般，没一丝干衫。肖芸反过手来再摸他的额头，感到体温渐渐下降，逐显冰凉。

肖芸心头惊了一下，忙对王淑珍说："王老师，谢记者可能真的喝醉了，现全身都冰凉了。"

王淑珍一听，吓得酒马上醒了过来："啊，怎么会这样？要不要送医院？"

这时，酒店老板也过来了。他摸了一下谢记者的额头，说："要送医院，而且要快！"

酒店老板叫了几个伙计，加上王淑珍、肖芸两人，大家手忙脚乱地将谢记者送到了医院。

第二十九章　再续姻缘

医院迅即展开了急救。

半小时后，急救室的门打开了。一直守在门边的王淑珍、肖芸二人，马上站了起来，忙问道："医师，情况怎样？"

医生取下了口罩，摇了摇头，说："没办法了，我们已尽力了。送来时，他就没有了生命体征，他已停止了呼吸。原因可能是当天他注射了消炎类药，身体抵抗力下降，加之饮酒过量，导致双硫仑样反应，全身皮肤充血，血压下降休克，导致猝死。"

王淑珍一听，以为医生在胡说，在欺骗自己，绝不相信，连忙推开站在门边的医生，发疯似的径直闯了进去。

急救室里的两个护士正在收拾输氧、输液管等抢救器材，摆在旁边的心电图仪器上显示的是一条刺眼的直线。

谢记者平静地躺在病床上，眼睛紧闭，像睡着一样。

王淑珍一见，明白医生并没有说谎，谢记者的确是走了。

她猛地扑上去，抓住谢记者的手使劲儿地摇晃："谢记者，你醒醒，你醒醒啊！你走了，我可怎么办？我怎么说得清，怎么向领导交代？"刚说了两句话，王淑珍就急得晕了过去。

谢记者的死，对王淑珍刺激很大，在她的精神上给予了致命的打击。她几次想到了死，想一死了之。叶枫、肖科长、谢记者三条鲜活的生命都在她眼前消逝。虽然从法律上，她没有责任，但从良心上来讲，她怎么也无法原谅自己。她觉得自己就是一个克星，死一百次也不为过。她写下了一封遗书，也想好了死的办法。恰在这时，她收到了父亲从老家寄来的书信，信中告诉她家里一切安好，就是母亲年纪大了，身体差了，常常为病痛折磨，也时常因想念她而睡不好觉。老父亲还在信中特意叮嘱，要她照顾好自己，在单位好好干，为全家争气，争光。

看到这里，王淑珍泪如泉涌，她倒在床上痛苦得号啕大哭起来。

父亲朴实的话语，在平时看来亲切暖人，可此时此刻，她倒觉得句句似刀割，让她痛苦不堪。

可也得感谢老父亲的这封来信。她大哭一场后，她的心却变得异常镇静。她仔细地想了想，自己还不能死，为了父母亲，为了腹中的胎儿，为了马老师夫妇，为了关心自己的所有的人。她果断地撕毁了遗书，在家中休息几天后，她打起精神来到了办公室。

这件事在马家山煤矿，乃至全矿务局都传得沸沸扬扬。一时间，舆论四起，铺天盖地。最后，全靠着马云、谭国庆夫妇顶着巨大的压力才将事件渐渐平息了下来。

矿党委为给广大职工、家属一个交代，防止类似事件再次发生，特定下发红头文件，明确了公务接待的标准和规定。同时，给予王淑珍行政记大过，留矿察看一年的处分；给予肖芸行政记大过的处分。

矿党委书记王方生、矿长谭国庆还是爱护王淑珍的，先后找她谈话，希望她放下包袱，振作精神，以此为教训，好好珍惜工作机会，干好工作，稳稳当当走好今后人生的每一步路。

马云老师既像母亲，又像大姐，下班后就来陪着王淑珍，苦口婆心，进行安慰、劝导，给了她无穷的精神力量，令她深受感动。

这天，刚好谭国庆找王淑珍谈了话，李德志就来到了他的办公室。

李德志在谭国庆对面刚刚坐下来，谭国庆就开门见山地问他："李主任，你是怎么看待王淑珍这一事件的？"

李德志并没有马上回答，而是从口袋里掏出一包烟，抽出一支递给了谭矿长。接着，他拿出打火机，“吧嗒”一声将谭矿长手中的烟点燃，然后，他自己也抽出一支，点上火，狠狠地吸了一口，再张开口，将黑黑的烟圈吐了出来，长长地嘘了一口气，缓缓地说出一句“我感觉王淑珍并没什么地方做错了呀”的话来。

听罢，谭国庆感到惊讶，忙问：“为什么？你为什么这样说呢？”

李德志又猛地吸了一口烟，他不是直接回答问题，而是说道：“不好意思，我刚从井下出来，憋了一天的烟瘾，憋得受不了了，真想一口气吸它一包烟。”

对于这种感觉，谭国庆十分理解，自己有时也一样，刚出井那会儿要坐在井边好好地吸上几支烟，才去洗澡更衣。唉，那味道真的不好受，就像吸毒的人一样，生不如死！因此，他不急于李德志能马上回答，让他痛痛快快地吸吧。想到这里，他也连连吸了几口烟，呛得他咳嗽了起来。

李德志见他咳了起来，自己也放慢了吸烟的节奏。他朝眼前的烟灰缸弹了一下烟灰，说道：“理由嘛，很简单，他们一起喝酒的都是成年人，都是具有完全民事行为能力的人，也就是说，能对自己的所作所为负起责任。那个局报社派来采访的什么谢记者，他应该清楚自己的酒量有多大，自己能喝多少。当自己不能喝或者喝起来受不了时，应该主动提出，予以拒绝。我想，王淑珍她们也不会强人所难吧。”

“话虽这样说，可在酒席上要做到就十分困难了。”谭国庆插话说道，“这时候，就得靠旁人提醒和观察了啊。”

“这个旁人，就是王淑珍和肖芸两人！”谭国庆强调说，“因此，她们两人也就负有不可推卸的责任。”

“我认为，你这是从道义层面上来说。如果从法律角度来讲，假如王淑珍和肖芸两人没有违背谢记者意愿，强迫他喝酒的话，是没有责任的。”李德志说，“我想，她们应该不会这样去做，也不会想去做。”

“但是，她们两人联手来劝谢记者喝酒呢，那是不是有责任？”谭国庆问道。

“那就另当别论了。”李德志话音低了下来，他想，劝酒，她们两人应该是劝了，中国人热情好客，习惯使然。哪一家来了客人，都有劝酒劝吃的习惯。可是，想到这里，他却不想再说下去了，以免谭矿长不高兴。他话锋一转，说：“矿里不是已经做了处理决定，这很好，既可以给死者家属一个交代，又可以在全矿起到教育作用。一箭双雕呀！”说完，他哈哈笑了起来。谭国庆也跟着笑了起来，并用手指着李德志道：“你这个鬼精！”

笑毕，李德志又给谭国庆递了一支烟：“矿长，再来一支。”

谭国庆爽快地接了过来，叼在口里，等着李德志点火。李德志忙掏出打火机上前点燃，借机，将自己口里的烟也点着了。

两人默默吸了一会儿烟，不一会儿，办公室里已是烟雾缭绕，四处迷漫。谭国庆见状，走到窗前，一把将窗户打开，一股新鲜空气扑面而来。

回到座位，谭国庆突然说道：“李德志，我给你说个事。”

李德志忙问：“好呀，您说，什么事？”

“你嫂子马老师说了好几次了，一直要我对你说，可是，我又不知道怎么开口说。”

“没事，您说，任何事都可以说。您有事对我说，说明您看得起我，您心里有我，我高兴还来不及呢。”

“是这样的，那次在医院，你嫂子马云看见你与王淑珍两人说话一唱一和的，挺投缘，挺般配的。回来后，她就跟我说，要我给你们穿针引线，当你们的红娘。”说到这里，谭国庆停顿一下，看了一眼李德志，“怎么样？桃花运来了，有意思吗？”

“我，我……”平时十分健谈的李德志却突然紧张得结巴了起来。

“我，我，什么呀，一个大男人还有什么害羞的？”谭国庆说，“你有什么想法只管说，这里只有我们两人，没有外人，爽快点儿。”

“我感觉我配不上。我是一个离了婚的‘臭男人’，年龄比她大了十几岁。她可是学校分来的科班生，有知识，有文化，年轻漂亮。”

“在婚姻上，你与她是一样不幸的，都是再婚。在年龄上，你虽比她大点儿，但这有什么关系，我估计年龄不是问题。现在只有一个问题，看你介不介意？”谭国庆说。

“什么问题？”李德志抬头问道。

“你应该听说了，她已怀有身孕，有几个月了。听说是她那初恋同学的。”

“我是听说了，这确实是一个现实问题。但对我来说，这问题不大。王淑珍不愿意将这个胎儿打掉，说明她是重情重义之人，将来小孩生下来后，我会当作亲生的。这点，您放心！”

“哦，你有这么高的境界，实属难得，那就什么都好说了。我想，王淑珍担心的也是这个问题。王淑珍这女子重情，你嫂子和我都劝过她，要她放弃，要她打掉，她就是不肯。她说，今后就是嫁不出去，一个人过日子，也要将小孩生下来，抚养成人。那现在看来，什么问题都没有了，你只管等着好消息。到时，你们可得请我们夫妇坐上席。”谭国庆笑着说。

“一定，一定。”李德志高兴地说。

下班回到家中，谭国庆将李德志的想法告诉了马云。马云高兴极了，连说：“这下可好了，不再担心王淑珍肚子大了怎么办了。这得要王淑珍好好感谢你。”

“感谢什么呀，这不都是看在你的分上吗？你将王淑珍当姐妹，你是我老婆，那我也得表现表现哟。不然的话，怎么在你那姐妹面前抬得起头？”

“那我得要谢谢了。你一个大矿长，要管那么多人和事，日理万机，可你还帮我了了这份心事，我真的要感谢你。”

“算了吧，我们都是老夫老妻了，还这么客气。再客气下去，我可受不了了，我可有你把我当外人看的想法了。”

“好了，好了，我赶紧煮饭去。吃了饭，我得去找王淑珍谈谈，看她是怎么想的。”

“那是。现在看来，关键在她了。”

匆匆吃了晚饭，马云一路小跑着朝矿招待所赶去。

矿招待所大院十分安静。院中央，一棵硕大的桂花树像空中盛开的蘑菇一样，静静地矗立在那里，散发出醉人的芳香。

马云抬头看了一眼桂花树，感觉这树长高长大了，显得更加郁郁葱葱。她来不及多看细想，从树的旁边径直走了过去。

“咚、咚、咚！”她轻轻地敲响了王淑珍的门。

王淑珍正坐在床沿上发呆，谢记者去世后的近段时间来她常常是这样，没事了，就一个人在这儿呆呆地坐着，直到睡意来了才脱衣上床睡觉。

马老师的敲门声，把她一下子惊醒了过来。她急忙问了一声：“谁呀！”当得知是马云老师时，她激动得立即跑过去打开了房门。

马老师一进屋，她就高兴地连忙拉住了马老师的手，两人一起坐到了床沿上。

“你刚才在做什么？”

“我没做什么，就是一个人在这儿坐着。”

“不是发呆吧？”

“是发呆，真的是发呆。这段时间，我常常这样。我怀疑我是不是得了抑郁症。”

“不要乱说，更不要胡思乱想。想多了，想不得抑郁症都难。”马老师开导她说。

“如真得了抑郁症，我就随着叶枫而去。都怪他那么自私，到那么自由的极乐世界，也不带上我去。有时，我真的好恨他。”

“你看你，怎么又胡思乱想起来了？你还年轻，前途光明得很，不要总想着已经过去的人和事情，眼光要朝前看。一切向前！一切向前，懂吗？”马云加强语气地说道。

“懂是懂，可是，叫我不去想，一下子我还是难以做到的。”

“唉，我也理解。这种事情落在谁身上，谁都难受，谁都承受不了。何况，你还这么年轻，这都是命啊！”马云叹了口气说。

王淑珍起身倒了一杯水，递到了马老师手里，低着头，又坐到了马云身边。

马云喝了口水，将杯子放在了床头边的桌子上，将身子扭转过来，面对王淑珍说：“淑珍，那不开心的事，我们不说了，我们来说点儿开心的吧。我今天来，就是要告诉你一个好消息。”

“什么好消息？对一个倒霉透顶的我来说，哪还有什么好消息？我都快没信心了。”

“可别这样说，我真的是给你带来了好消息。”

正当马云要开口说时，突然，传来了敲门的声音。

“谁呀？”王淑珍不耐烦地大声问道。

“是我，王老师。”门外传来了一个女子的声音。

马云轻声问王淑珍：“是谁呀？”

“是隔壁的小红。”

“哦，这么晚了，还来干什么？”

“不知道，我去开门看看。”

“好。”马云点了点头。

王淑珍站起来，走到门口将门打开，说：“小红，有什么事吗？”

“我家来了客人，没开水了，你烧了开水吗？”

“哦，我热水瓶里有。进来吧。”

小红一进门就发现马云坐在那儿，忙说道：“马老师，您来了。”

马云向来不喜欢小红这样的女人，本来不想理她，但碍于面子，还是低声回答了一句：“是的，我找淑珍有点儿事。”

小红从内心也看不上这些官太太，以为这些官太太狐假虎威，老公当官，就像是她自己也当了官一样，不得了了，连说话、走路都趾高气扬。但她也知道，马老师在矿里的口碑还是不错的，她对马老师评价也很高，这也许与马老师的为人和素质有关。她从内心还是尊敬马老师的，尽管马老师回答得不是很利落，但她还能接受。

她小心翼翼地走到了马云身旁，套近乎说：“马老师，好久没看到您来了。今天见到您，感觉您比以前年轻了许多。”

马云回答说：“是吗？如果真的是这样，那就托你的福，借你的吉言了。”

小红见马云肯与自己说话，高兴得不得了，连说：“肯定年轻了。不信，您可以问王老师。”

“王老师我就不问了，唉，年不年轻，我自己心里有数。可是有谁又能违背自然规律，有谁又能长命百岁，长寿不老？当年，听说慈禧太后吃遍天下山珍海味，用了世上各类美容佳品，还长期用蜂蜜沐浴洗澡，到头来，还不一样音容不再，一样要去那极乐世界。不想多了，人健康，就是最美丽的。”

马云一通话，说得小红不好意思起来。但她还是感觉得到，马云对她有成见，连说话都这么冲，没耐心。她站在那里，应和地说了几声“那是，那是”后，便自己从热水瓶里倒了开水，没趣地回到了自己的房间。

王淑珍关上门后，刚在床沿上坐下，马云便问她：“你对小红印象怎样？”

“谈不上什么好与坏。感觉到她的本性也还不坏，就说那天晚上，关键时候她还讲良心，劝阻了张跃进对我施暴，还主张把我送到了医院，得到了及时救治。”

“这个小红，不知道珍惜自己。你看她人长得多水灵，人见人爱，可就是有点水性杨花，到处勾引男人，不仅害了别人，还害了自己。”

“也有可能事出有因吧。我听说，她家在农村，特困难，父母年老体弱，还有一个得了精神分裂症的弟弟，长年要靠药物控制，一家人就靠她父亲那一点点退休金。以前，小红老公还在时，家里经济稍宽松点，每个月小红还能寄点儿钱回去，可她老公死了后，她一个人还要抚养小孩，工资又低，哪还有什么钱寄回去？她老母亲有时一糊涂，就托人写信要小红寄钱回去，说什么，你顶了你父亲的职，就得每个月按时给钱，天经地义，等等。小红每次看了信，都心急如焚，可一个女人家又有什么办法。”

马云听了，心一下子也软了下来，人心都是肉长的，人的尊严都是一样平等。想到这里，她深深后悔刚才对小红的态度，是不是过分了点儿。她感慨地说：“是呀，每个人都有自己的难言苦衷。但不管怎样，都不能出卖自己的肉体，出卖自己的灵魂吧？”马云刚刚在心头产生的一点点同情心，一下子又被这种强烈的正义感、道德观取代，对这种行为，她不能原谅！

王淑珍见马云有点儿不高兴，便忙引开了话题，说：“马老师，您不是说给我带来了什么喜讯吗？是什么喜事，说给我听听，我可等不及了。”

“哦，好，好。刚小红一来，差点儿将正事给忘掉了。”接着，马云将她和她老公给淑珍说媒的事说了，特意强调，李德志是个好人，将来还大有前途，他说他没意见了，现只等你回话了。

王淑珍猜也猜到这一点，前不久，马云对她提过李德志的事。自从在医院第一次见到李德志后，她对李德志就留下了很深的印象，感觉这人稳重，不错，有股强烈的男子汉气质，人又长得高大、英俊。后听说，他离婚了，她也没过多去想。这次，马老师专程来提媒，她也觉得是个机会。肚子里的孩子一天比一天大，再不想办法，那就真的不知道该怎么办了。她低头想了想，最后还是害羞地点了点头，对马云说：“既然他不计较我肚里的孩子，那就先交往一段时间再说吧。”

马云见王淑珍答应了，忙高兴地说：“那好。据我这么多年来对李德志的了解，他是一个值得托付的好男人。放心，有我和你谭叔叔给你做主，错不了的。”说完，她站起身，满心欢悦地回家了。

一个月后，李德志和王淑珍的订婚宴在矿部情未了酒店举行。王淑珍精心打扮后，显得格外美丽，一段时间来的阴晦也是一扫而光，脸上洋溢着幸福的光芒。李德志更是神采奕奕，搂着王淑珍连连给谭矿长等客人敬酒，整晚都是笑呵呵的。

第三十章　乘人之危

肖科长、朱淑芬二人的先进事迹报告会，如期在矿俱乐部隆重举行。两人的事迹材料，后在报社欧总编辑的亲手润笔下，生动感人。首场报告，一炮打响！

矿党委书记王方生见报告会十分成功，便对矿长谭国庆提议，为更好地宣传弘扬先进事迹，报告团到各矿井进行巡回宣讲。谭国庆马上点头并嘱咐，报告团到各矿巡回宣讲很辛苦，一定要确保好报告团成员的工作生活，特别是安全，肖科长之悲剧决不能在马家山煤矿重演！

所幸的是，巡回报告非常成功，场场精彩。每到一个工区，都受到了热烈欢迎。王淑珍讲述肖科长的事迹，生动感人，好多人在会场上就泣不成声了；朱淑芬讲述自己的故事，娓娓道来，如行云流水，活灵活现，“煤矿女英雄”之名一下子就在十里矿区传开了。一时间，王淑珍和朱淑芬两位美女，名满煤城，成为青年人羡慕学习的楷模。

做完报告后，朱淑芬在何队长的陪同下双双回到了平硐工区。

平硐工区党总支书记周国强认为，朱淑芬是工区的职工，在外代表的是平硐工区的形象，现在成了大英雄，也是咱们工区全体职工的光荣，理应大张旗鼓地宣传。于是，他立即组织人员张贴标语，工区球坪、办公楼前坪都悬挂了条幅，“热烈欢迎女英雄朱淑芬载誉归来”“向朱淑芬同志学习，大力弘扬见义勇为精神”……并着手组织召开了一个小型座谈会，欢迎英雄归来。

陈福民见朱淑芬成了全矿的英雄，也打心眼儿里为她高兴。听说她要回来，他连班也没去上，跟别人换了一个班，早早地就站在工区大门口等待。

“来了！来了！”人群中突然有人叫出了声。随着人们手指的方向，远远地看见一辆吉普车朝工区驶来。

车子一停稳，陈福民便抢先打开了车门，何队长与朱淑芬两人下了车。陈福民走过来，叫了一声：“何队长、淑芬，你们回来了。”何队长、朱淑芬也高兴地叫了一声：“福民。”陈福民主动接过了朱淑芬手中的行李。

周国强见状，带头鼓起了掌，并说：“大家欢迎！欢迎！”一时间，掌声雷动。

工会秘书刘明新在前面带路，将朱淑芬他们引进了会议室。

会议室里正在播放《咱们工人有力量》的歌曲，高亢嘹亮的歌声响彻会场。

人员落座后，周国强主持会议，即兴讲了个简短的开场白，随后，要各位与会代表座谈发言。

朱淑芬第一次见到这么严肃的场面，最后要她讲话时，她紧张得只讲了“这是我应该做的，哪个人见了也会去做”，“今后我将好好工作，决不辜负大家的期望”几句话。周国强见了也不勉强，只说了句“大多数英雄只是做得多，说得少。我们的朱淑芬英雄也是一样”，说完，他带头鼓起了掌。

周国强讲完话后，最后代表工区宣布了一项决定，鉴于朱淑芬的突出表现，给予奖励500元，并调机关办公室从事勤务工作。

宣读完毕，会场响起了经久不息的掌声。

朱淑芬、何队长更是高兴万分，散会后，双双离开了会场。

陈福民已站在朱淑芬宿舍的门口等候。朱淑芬见状，感觉不好意思，让福民等这么久，连说了几次“不好意思”“让你久等了”。何队长也是连声对陈福民说“对不起”。陈福民一边露出笑脸，一边说：“这没什么，反正我今天没上班，也没什么事情。”

朱淑芬忙掏出钥匙，将门打开，三个人一同进了屋。

朱淑芬一边放下手中的包，一边说道："出去这么久，屋里都有霉味了。"说完，连忙去将窗户打开。

陈福民见状，也忙帮着将对面靠近走廊边的窗户打开。

前后窗户一开，空气对流，一股新鲜空气扑鼻而来。何队长站在那里，不失时机地说上一句："这舒服多了。看来，这房子还是需要人气，有人住，就是不一样。"

"当然，有人的地方，才有生气，才有灵气。不是都说，人类改造世界吗。"朱淑芬接过话说。

"那是，那是。人是人类的主宰，只有人，才能改变一切，包括自然的、科学的。"

"就像我前段时间所发生的、经历的那么多的事情一样，在你们的帮助下，不都是挺过来了吗？"

陈福民见他俩说着这样深奥的话题，插嘴又插不上，想了想说道："今天你们载誉归来，今晚由我做东，请你们吃饭，怎样？"

何队长一听，马上应和："好，好主意。不过，这饭还是由我来请。"

"还是我来吧。你们两人都在外面待了这么久，如今双双回来，这个风还是由我来接吧。"

"那好，客你来请，不过，这单还是由我来买吧。"

一说请吃饭，朱淑芬就紧张，她的第一反应就是在哪里吃。她可不想去食堂吃，上次差点儿弄出人命。食堂，成为她的伤心之所。

何队长看出了她的心思，想了想，说："那就去我家吧。我妈也在这儿，听说我回来了，家里还买了不少菜呢。"

"去你家？好不好，方不方便？"朱淑芬问道。

"好，有什么不好的。在我家里，想吃什么搞什么，方便得很。"

"我，我不是这个意思。"

"那你？"

陈福民回答说："淑芬是怕人家说闲话，是这个意思。"

“哦，这没什么呀，吃个饭怕什么？”何队长大声地说。

听何队长这样说，一时间，大家都沉默了下来。

朱淑芬想了想，然后又看了看陈福民，说道：“那你既然这样说，我们就去你家吃吧。你说呢，福民？”

陈福民答道：“只要你同意，我没意见。”

“那好吧，就去你家，只不过，要给你妈添麻烦了。”

“没事，我妈一定会好高兴的。上次，在医院时她就说了，等你出院后，要在家里好好请你吃餐饭，感谢你对我的照顾。”

“感谢的话，还得我来说。那我们走吧，早点儿去，早点儿搞饭，早点儿吃。”

“好，好，我们走。”

何大妈见朱淑芬来了，高兴得不得了，笑呵呵地说：“稀客，稀客。欢迎，欢迎。今晚就看我的了，我弄点儿好菜给你们吃。”

“妈，就辛苦您了！”何队长说道。

“辛苦什么呀，傻儿子，看着你们平安回来，妈心里高兴。”

“那，我去厨房帮您吧。”朱淑芬插话说。

“谢谢。你是我家的贵客，平时要请都请不来，不要你帮。几个人的饭菜，简单。”

说罢，何大妈就一头钻进了厨房，连朱淑芬要去帮厨都硬是不让，只是说：“你们坐在那儿休息，好好聊天儿，我一会儿就弄好了。”

“坐，坐。”何队长招呼朱淑芬、陈福民两人在房子正中的桌子边上坐下，接着，给每人倒了一杯茶水。

陈福民刚接过茶杯喝了一口，就马上站了起来，说：“我去买点儿酒。”

“你坐，你坐。你是客人，要买，也是我去买。”何队长也站了起来说道。

“我们两人还讲什么客气。你是主人，得好好在家陪客，我去买，买回来后，到你那儿报账。”陈福民说完，用眼神示意何队长，并扫了一眼朱淑芬。

何队长明白他的意思，是要他在家里陪朱淑芬，便说：“好吧，我不与你争了，快去快回。”

“好呢。”陈福民应允着，快步走了出去。

何队长回到座位上，要朱淑芬喝茶，并说，这茶是他妈从老家带来的绿茶，在当地好有名气。

朱淑芬端起茶杯，往嘴边一闻，一股清香扑鼻而来，沁人心脾，忙说：“嗯，真的是好茶，好香的。”

一说到茶，何队长兴致就来了。他说：“有人说茶是一种饮品，有人说茶是一种心情，有人说茶是一种生活。皇室贵族爱茶，文人墨客也爱茶，自古就有苏东坡的‘从来佳茗似佳人’。其实，无论是阳春白雪还是下里巴人，无论是琴棋书画还是柴米油盐，都离不开茶。那么茶到底是什么呢？淑芬，你说说看。”

“我？”朱淑芬用手指着自己，忙摇摇头，说，“我不知道。我在家很少喝茶，我是外行。”

何队长说，中国茶的品种很多，有白茶、绿茶、青茶、黄茶、红茶、黑茶，每一种茶又有很多品类，可谓多姿多彩、五彩斑斓。人们常常谈论哪种茶是最好的，我认为每个品种的茶都有极品，都有它的最好，那要看个人喜好，看品茶心情，因为不同的茶会给人带来不同的心境。

“那你喜欢喝哪种茶呢？”朱淑芬问道。

何队长沉思了一会儿，说：“我生长在茶乡，从小就与茶打交道。我喜欢茶，有的茶清淡，有的茶甘甜，有的茶苦涩，有的茶厚重，有的茶柔和，有的茶有力度。茶给我带来的感悟，不仅仅‘从来佳茗似佳人’，它更像百态的人生。”

“哦？”朱淑芬睁大一双迷惑的眼睛，望着他。

何队长装作没看见，继续说他的茶道。他说：“不同的茶，有如不同的群体和年龄阶段。白茶，有如少年儿童。香气清淡，汤色透明。品饮白茶，仿佛看见一个天真烂漫、纯洁无邪的孩子。它真实，没有太多的承载；它解渴，给人带来愉悦的心境；它明朗，给人一种期待。”

“那绿茶呢？”朱淑芬喝了一口茶，问道。

“绿茶，犹如十六七岁的花季少女，淡淡的甘甜，略带青涩，有茶香，但是不耐泡。花季，少了一份深度和厚度，却多了一份轻盈和清新，让人跃跃欲试。走近绿茶，就像置身于田野、林间、泉边，涤荡出年轻美好的心态。譬如你现在喝的这种我们家乡生产的茶，妙丽飘香，轻舞飞扬，像芭蕾的舞者，用窈窕身姿谱写着优美的旋律。”

刚说到这里，陈福民扛着一件啤酒气喘吁吁地进来了。

朱淑芬见状，马上站起来，就要去接，口里嗔怪道：“你咋买这么多酒？”

“我来，我来。”何队长忙推开朱淑芬的手，稳稳地接过了陈福民肩上的啤酒。

“今晚上，我们要放开喉咙，痛快地大喝一场。”陈福民一边放下啤酒，一边说道。

“好，好，好久没这样开心过了。今晚，一定不醉不归。”何队长抱起啤酒放到了饭桌旁，直起腰说道。

见饭菜还没上，何队长招呼陈福民和朱淑芬两人坐到了桌旁。陈福民端起茶杯咕咚喝了一大口茶水，将杯子放下后，笑着说：“你们俩刚才在聊什么？见你们那么认真。”

“没聊什么，何队长在谈他的茶道。何队长可是人才，说茶说得头头是道，称得上专家了。”朱淑芬回答说。

“哪里，我只是在淑芬面前吹吹牛，随便说说而已。因从小在茶乡长大，耳濡目染多了，感想也就有了那么一点点。”

“哦，那再给我说说，让我听听。”陈福民说。

“算了，算了。不好意思，不值一提。”何队长推托说。

正说着，何大妈端着一盆热气腾腾的西红柿蛋汤来了，边走边说：“上菜了，准备吃饭了。”

何队长一听，忙起身到厨房准备碗筷，朱淑芬也跟了进去，端着一摞白色的瓷碗出来了，放在桌上摆好。她给每人盛了一小碗汤，并说道：“先喝汤吧，趁热喝。”

“等一下吧，等何大妈来了再一起吃吧。”陈福民说。

“也是。何大妈是长辈，理应等何大妈来了再开始。”朱淑芬接着说。

何队长说：“没事，可以先喝汤，又没吃菜。我们老家那里的规矩就是吃饭前先喝汤，喝了算了，不然的话，会凉了。”

本就有点儿饿意的陈福民见何队长这样说，便说：“那好吧，我们先喝汤。”说完，他端起碗一口气将汤喝了。

喝完汤，何队长从碗柜里拿出了酒杯，一人面前放了一只。朱淑芬将放在面前的杯子拿开，说：“我不喝酒，我不要。”

“那怎么行？今晚你是主角，怎么能不喝酒？一定得喝。”何队长又将杯子重新放在她面前，并马上倒满了酒。

陈福民也帮着劝说：“没事的，喝一点点，助兴。有我在，你放心。”

朱淑芬见福民也这样说，也就没再作声了。

何队长把仨人的酒倒满，又到厨房端来了菜。这时，何大妈也笑呵呵地从厨房走出来了，说：“不好意思，没什么菜，大家随便吃，吃点儿便饭便菜。”说完，也坐到了餐桌旁。

见人坐齐了，何队长站起身，给大家敬酒。第一杯酒，大家都一口气干了。

刚喝完一杯，采煤队长就进来了。他说，井下攻关，遇到断层，队里临时决定安排陈福民去组织人员打头阵，搞突击。

工作上的事，陈福民从来都是不讲价钱，只要领导安排，就是上刀山，下火海，他都会在所不辞。队长刚一说完，他就马上放下手中的筷子，站起身，说道：“好的，我马上下井去。”

何队长一把拽住陈福民的胳膊，说：“你这小子，饭也不吃。人是铁，饭是钢。不吃饭，怎么去做事，怎么去攻关？”

接着，扭头对朱淑芬说，“淑芬，你去给福民盛一碗饭，吃了饭再下去。”

“嗯。”朱淑芬应了一声，立即起身到厨房里盛了一碗饭出来，送到了陈福民手上。

何队长又忙招呼采煤队长一起吃饭，采煤队长连说："谢谢。我已吃了，正准备下井。"

陈福民狼吞虎咽般将饭吃了，站起身，说了声："那，何队长、淑芬、何大妈，我先走了，你们慢吃，下次再来好好喝场酒。"

"好，随时欢迎。"何队长他们也跟着站了起来，朱淑芬还有点儿不舍似的将陈福民送出了门外。

这一餐饭，朱淑芬很是放得开。也许，连日来的巡回演讲，奔波劳累，上下应酬，让她感到非常疲惫。才几杯酒下肚，她就觉得头脑昏昏沉沉，全身乏力，视力模糊。她努力支撑着给何大妈敬了一杯酒，刚一敬完，她就双腿一软，跌坐到了凳子上，头一歪，就伏在桌子上昏睡了过去。

这一下，何队长母子俩倒不知如何是好了。何队长用手摸了一下朱淑芬的额头，感觉体温正常，应没什么大碍，估计是近段时间来她太辛苦了，加上喝了点儿酒，便睡着了。他想了想，便对母亲说："妈，我送她回去吧。"

何大妈灵机一动，回答说："傻小子，你脑子咋这么笨，怎么就一点儿不开窍？这么好的机会，不把她留下来过夜，还将她送回去？"

"什么？将她留下过夜？"何队长惊讶地大声叫了起来。

"你叫，叫什么叫，要让全天下人都知道。留下过夜怎么了？你们两人都是单身，何况你们都有这意思，合情合理合法。不要怕，有事我顶着。这么漂亮的女人，人见人爱，上哪儿去找？"

"妈，你是不是老糊涂了。她是漂亮，可不能乘人之危。乘人之危的事，我不干，这不是我们何家人做事的风格。不行，我要送她回去。"

"你这木脑壳。你也不想想，一把年纪了，矿里只有这么一巴掌大，到哪儿去找这么合适的女人。我都看上她了，我可还想抱孙子呢。"

"您不是有孙女了吗？"

"那是孙女，我还要一个孙子！"

说到孙子，可说到了何队长的心坎上去了。他家几代都是单传，父亲在世时，就多次流露了这一想法。没想到，儿媳去世得早，没圆了父亲的心愿。父亲临走前，还叮嘱过儿子一定要再找个媳妇，生个儿子，将何家香火延续下去。父亲心愿未了，何队长一直内疚，也曾暗下决心，可是这事由不得自己，要看缘分。现在缘分来了，经母亲这一说，何队长一下子沉默了下来。母亲也说得有道理，再怎么也不能让母亲留下遗憾了。

何大妈见他不作声了，就趁势催促道："还站着不动干什么？等她醒了，可就错失机会了。快点儿扶到房里去，生米煮成熟饭。快呀！"

何队长一言不发，站在那里还是一动不动。何大妈急了，竟自己动起手来。可毕竟年老体弱，扶了几次，都没成功。"还不过来搭把手？我也是为你好，为你们何家好，也是想了却你父亲的心愿。"

可是，他还是站着不动，脑子一片空白。何大妈急了，突然扑通一声，双腿向儿子跪了下来："快点儿，就算妈求你了。"

"妈，您这是何苦呢？"何队长吓得忙去拉母亲。可何大妈怎么也不肯站起来，一定要何队长答应她。

何队长见母亲这样执拗，只好咬了咬牙，横下心，站起来，抱起朱淑芬就进了自己的卧室。

第三十一章　重归于好

朱淑芬一觉醒来，发现自己竟与光着身子的何队长共睡一枕，她一下子就明白了缘由。她腾地翻身而起，啪的一声，在何队长脸上狠狠地打了一巴掌，将他一下子惊醒了。

“你疯了，你干什么？”何队长一屁股坐了起来，瞪着眼睛看着朱淑芬。

“我干什么？你看你做的好事，你凭什么乘人之危？”

“谁乘人之危了？”

“是你，你还不认账。”说完，朱淑芬委屈地呜呜哭了起来。

“算我瞎了眼，看错了人。原以为你是堂堂一队之长，应是正人君子，可是你看你自己做的好事，你连畜生都不如！”她边哭边穿衣下床。

何队长没想到朱淑芬对这事这么敏感、在意，还伤心地哭了，这才感到事态的严重，一下子慌了神，对自己的举动后悔不已。他翻身下床，一把握住了朱淑芬的手，要她原谅，并说自己是多喝了酒，一时冲动、糊涂，做错了。

朱淑芬气愤地用力甩开他的手，说：“早知这样，何必当初？我没想到你会这样对待我，要我原谅你，没门儿！”说完，摔门而去。

何队长生怕朱淑芬一时想不开，有什么意外，急得马上穿好衣服，追了出去。

天才刚刚放亮。远处的油茶山若隐若现，矸石山上的灯还亮着，翻倒矸石的工人不停地忙碌着。山边的一口水塘，在灯火的照耀下泛着光泽。

朱淑芬一路哭着，向水塘边跑去。何队长紧紧跟在后面，一边大声叫着："淑芬，你冷静点儿，不要这样。是我不好，我不是人，我对不起你。"

朱淑芬没听见似的，一口气跑到了水塘边上。她一屁股跌坐在地上，呆呆地看着水塘，脑子里却思绪万千。回想自己到矿上来的这段时间，更是悲喜交集。这段时间以来，她感觉自己获得的欢乐少，痛苦多。本想这次自己的命运会出现转机，没想到，何队长竟使出这么下流的手段，把自己全毁了。原以为，何队长是个好人，是个值得终身托付的人，在她的心头曾也产生了一丝想法，如能与他结为夫妻，也许下半辈子还能得到幸福。可他竟这样操之过急，这哪像一个有道德操守的人做的事情？太让人失望了。更可怕的是，这样的事要是传出去，她朱淑芬以后还有什么脸面做人？刚刚还得到矿党委表彰的英雄，却遭遇了这种事情，现在就是跳到黄河里也洗不清了。她越想越悲观失望。"干脆，死掉算了！"突然，她脑海里冒出了这一可怕的字眼儿。"对，死了，可一了百了，还可以与陈福生在另外一个世界里长相厮守。"想到这里，她猛地站了起来，就要跳入水塘。

"淑芬，你干什么？"刚刚赶来的何队长一把将她拖住，并使劲儿地把她往回拖。

"我不要你管，你走！你是畜生，我不想看到你！"

何队长见朱淑芬还是不肯原谅自己，只好在她面前跪了下来，求她不要这样，都是自己不好，请她给个机会，原谅自己。说着说着，何队长也是泪流满面了。

朱淑芬想到这一段时间来，何队长为了她还挨了一刀，差点儿送了命；自己腿受了伤，也是他在照顾。男儿有泪不轻弹，看他那伤心的样子，足见他对自己还是出于一片真心悔过。于是，朱淑芬的心也慢慢地软了下来。

"好，我答应你回去。不过，从此，你我各不相欠，我再也不想看到你。"朱淑芬说完，转身跑了回去。

没想到，朱淑芬与何队长上床的事还是很快传开了，连周国强也知道了这事。

一直暗恋朱淑芬的周国强，心想，这下机会来了！

这天下午下班后，整个办公大楼异常安静，走廊上静悄悄的。朱淑芬像往常一样来到党总支书记办公室打扫卫生。扫完地，她正弓着腰在用抹布擦拭办公桌。突然，一个身影闪了进来，从身后猛地抱住她一顿胡乱亲吻。她吓得“啊”地大叫一声，奋力挣扎，回头一看，竟是周国强。

“周书记，怎么是您？”朱淑芬挣脱出来，用力将手中的抹布一扔，愤怒地说道。

“我怎么了？淑芬，自从我在矿招待所第一次见到你后，我就喜欢上了你，我就在心里面无数次地念叨你的名字，想念着你。想得到你的欲望，像火烧一样疯长。我多少次彻夜难眠，多少次梦中惊醒，多少次被情所困，都是为了你，你知道吗？”

“可是，你是领导，你是有妻室的人。你这样做，万一传出去了，您还怎么在这儿当官，您还怎么对得起您的家人？”

“我是领导没错，可领导也有七情六欲，也有追求自己喜欢的人的权利。我是有老婆，可夫妻两地长期分居，那一点点感情，早就被无情的岁月冲到了九霄云外了。相反，我却被分居带来的生理、情感上的痛苦所折磨，被头上这顶‘乌纱帽’所困扰，我不能像普通人那样光明正大地去追求自己所需要的东西。”

“我知道，我这样做是不对的，是有违伦理道德的，是会遭人唾骂的，是会众叛亲离的。可是，我管不了这么多，我受不了了，我痛苦极了。因此，淑芬，你务必答应我，就算我求你了。”说完，周国强竟流出了泪水。

朱淑芬此时倒头脑清醒，她始终认为周国强是有家室之人，不论他地位多高，官有多大，理由有多充分，这样做都是不对的，都是要遭天打雷劈的。她是无论如何也不会出卖自己的良心去答应他的。想到这里，她话也不回，掉头就跑，没想到，周国强反应很快，一把拽住了她的衣服。朱淑芬一边奋力反抗，一边说道：“我不管您的痛苦，您的痛苦与我无关。我不是救世主，我不是观音娘娘。您放开我，让我走！”

周国强使劲儿抱住朱淑芬不肯松手，朱淑芬又哭又闹，两人拉扯成一团。

正在这时，咚咚咚响起了敲门声，接着门就被推开了。刘明新捧着一沓报纸杂志进来了。刘明新见状，马上又退了出去。

周国强一下子松开了手，脸色变得苍白，朱淑芬趁机跑了出去。

刘明新侧着身子让朱淑芬过去后，走进了办公室。

周国强铁青着脸问道："什么事？门也不敲。"

"周书记，给您送今天的报纸和杂志来了。我敲了门，您可能没听到。"刘明新回答说。

周国强挥了挥手，说："你放这里，走吧。"

刘明新随即退了出来。

朱淑芬从办公室跑出来后，双手掩面，委屈地边哭边跑，刚下到一楼楼梯间，就碰上了何队长。

何队长看到朱淑芬哭成这样，忙问："淑芬，怎么了？谁欺负你了？"

朱淑芬见是何队长，说："都怪你，我不要你管。"说完，朝自己的宿舍跑去了。

何队长站在那里，望着朱淑芬远去的背影感到一头雾水。这是怎么回事？朱淑芬肯定是遭人欺负了，不然的话是不会这样痛哭的。自上次两人闹矛盾后，何队长一直心存内疚，曾多次找过朱淑芬向她赔礼道歉，她也不肯原谅自己，还下了狠心话，说今生不想再看到他。何队长母亲何大妈也曾上门说尽了好话，说是自己一时老糊涂了，是自己指使儿子这么干的，她也是不依不饶，决不原谅。何队长后悔得要死，眼看到手的媳妇又要飞走了，他感到自己无能，感到绝望。正在他不知所措之时，机会送上了门。

无巧不成书，他恰巧碰上了朱淑芬遭人欺负。他觉得这是一个好机会，这是一个让朱淑芬重新回到自己身边的机会。这个机会一定要好好把握。

他决定追上朱淑芬，问个明白，然后再为她打抱不平，讨回公道。这时，刘明新从楼上走了下来，他觉得刘明新应该知道事情的原委。于是，他走上前问道："刘秘书，刚才朱淑芬从办公室一路哭着出来，是不是遇上了什么伤心事？是谁欺负她了？"

“你不是与她分手了吗？还管这事干吗？”刘明新没好气地说。

“嘿嘿，哪里分手？我们是闹一点儿小矛盾。”

“你乘人之危，睡了人家，还是小事？你说，什么样的事才是大事？”

何队长感觉自己说错话了，连忙赔不是：“不是这样的，我那是喝醉了酒，稀里糊涂的。事后，我后悔得要死。刘秘书，老弟，你不要再取笑我了，还得靠你成全我们。”

“我一个小小的秘书，哪有什么能力来成全你们，我也希望你们两人能结成百年之好。可是，我心有余而力不足。”

“你有，老弟。”

“怎么说？”

“你只要告诉我刚才朱淑芬哭成这样是怎么一回事就行了，剩下的事，就不用你操心了。”

“这、这，这样的事不好说呀，老兄。”

“你说，我给你保密就是。”何队长拍着胸脯说，“绝对放心，我不会说出去的。”

“那你可千万不要出卖兄弟呀。”

“不会的，放心。”何队长再次拍了拍胸脯。

见何队长这样肯定的语气，平时就喜欢行侠仗义的刘明新，凑近何队长耳边，用手指了指楼上党总支办公室的门，悄悄地说：“你进去就知道了。”

刘明新用手一指，他就明白了：“妈的，敢欺负我的女人！”

何队长用手拍了拍刘明新的肩膀，说道：“好兄弟，够义气，我会记着你的。”说完，就气愤地朝楼上冲去。

何队长一口气冲到三楼，跑到党总支办公室门口，咣当一脚就将门踢开了。

听见响声，周国强迅即从办公桌旁站了起来。他不愧为当了这么多年的领导，面不变色，心不慌，厉声喝道：“何队长，你这是干什么？想造反？”

何队长不作声，手握拳头，怒不可遏地冲到周国强面前，一拳打了过去。

周国强躲闪不及，拳头重重地落在他的鼻梁上，顿时，鼻孔的血就往外流。周国强这时也像一头发了疯的狮子，跳起来，猛地扑向何队长。这突然的反扑却将何队长狠狠地压在地上，于是，两个大男人就倒在地上厮打起来。

刘明新告诉何队长后，又感到后悔。毕竟周国强是他的直接领导，虽然他看不惯周国强在某些方面的所作所为，但就此报复，落井下石，也不是他做人的风格。他想依照何队长的性格，肯定要上去打人的。两人一旦打起架来，不论谁受伤，传出去都是一件不光彩的事情。追究起来，说不定，周国强还要拿他开刀。他想到这里，越发感到事态的严重。于是，他转身就朝楼上跑去。当他赶到办公室时，他们两人还在地上相互殴打。周国强一脸的鲜血，头发蓬乱，衣衫凌乱。

刘明新用力将他们两人分开，又将周国强从地上扶起来，一边拍周国强身上的灰尘，一边训斥何队长："你哪儿来这么大的胆量，竟敢殴打周书记。你是不是吃了熊心豹子胆？怎么连领导也敢打？"说完，就说要打电话给保卫科，将何队长抓起来。

周国强知道是刘明新说出去的，现在又来讨好自己，他平生最恨的就是这种两面三刀之人。他没有作声，自己弓着腰回到了座位上，听说要报警，他挥了挥手，制止了刘明新，说了声"算了"。接着，他对何队长狠狠地说："你还不快滚？我不想看到你。"

何队长怨气未消，哼了一声，双手一甩，走了出去。

刘明新赶紧从毛巾架上取下毛巾，在脸盆里打湿再拧干，给周国强递了过去。

"你也走吧，我想一个人静一静。"周国强开口说道。

刘明新刚准备离开，突然桌子上的电话机响起了铃声。他走过去，抓起话筒。接听之后，他急忙告诉周国强，说："周书记，不好了，刚调度室来电话，说井下出事了。"

"什么事故？"周国强忙问。

"冒顶事故。采煤队陈福民被埋，现正在抢救。"

“哦，那快，你跟我一起下井去。”周国强站起来，胡乱用毛巾擦了把脸，就朝井口走去。

井口边上已陆续站了些闻讯赶来的职工家属。一双双焦急的眼睛，一眨不眨地盯着黑乎乎的井下。

周国强换好工装，挤过人群，下到了井下。

一个小时后，陈福民被救护队员抬了出来，由于失血过多，已昏迷了过去。

等在井口的救护车立即载着陈福民一路呼啸着，朝矿医院驶去。待朱淑芬、何队长他们赶到医院时，陈福民的左大腿已高位截肢，回到了病房。

朱淑芬想到福生、福民这同村两兄弟的悲惨命运，痛苦得伏在陈福民的病床上大哭起来。

不久，周国强被平调到了矿工会当工会副主席。刘明新顶替了他的职，被提拔为党总支副书记，主持工作。

陈福民因重度残疾不能从事正常工作，作为工伤，回到老家长期休养。

走之前，陈福民拄着拐杖找到朱淑芬，劝她原谅何队长，重归于好，说：“你遇到一个爱你的人，并不是幸运；而你遇到一个为了你，敢于吃苦、敢于牺牲自己的人，那才称得上真正的幸运！何队长就是这样的一个人。”她觉得这话非常在理。她听从了陈福民的意见，回到了何队长的身边。

时光就这样在回首展望中追寻你的记忆，流年就这样在兜兜转转中一去不返。匆匆一瞥，似水年华已悄然走过。不知不觉中经历得多了，而心却似乎老了。朱淑芬觉得自己明明正值二十几岁的青春年纪，而近年来心却苍老得可怕。

她想，也许世间有太多的事无法看透，也就失去了一份绚丽的心情，在这红尘岁月中，有那么多刻骨铭心的瞬间，在无尽风烛残年的遗憾中，只能让红颜染遍秋霜。世事如此难料，便自持一份春来草自青、秋至叶飘零的心境去看这炎凉冷暖的苍天。

她就抱着这样一份心情，重新与何队长交往了起来。

第三十二章　人生转机

“有些事，我们明知道是错的，也要去坚持，因为不甘心；有些人，我们明知道是爱的，也要去放弃，因为没结局；有时候，我们明知没路了，却还在前行，因为习惯了。”王淑珍在日记本上写下这段话后，深深地叹了口气。

她清楚地知道，她与同学刘铁伟虽有了一个共同的孩子，也曾深深相爱过，可无情的现实是，两人各处一方，即使相爱，也不会有结局的。为了孩子的未来着想，她很快地与李德志结了婚。

“女人如花不是花，岁月添优雅。”婚后，她一直沉浸在幸福温馨的世界里。随着女儿李香花和儿子李开奇的出生，她也由当初刚到马家山煤矿时的懵懂少女俨然成为优雅的家庭主妇。虽经历了这么多风雨，可从外观身材上来看，她还是那么亭亭玉立，丝毫看不出已是两个孩子的母亲。

日子是平淡的，日子又是重复、简单的，生活就是由这么些简单又平淡的日子堆垒的。有些时候，王淑珍真想停下脚步不再前行，保留着这眼前平凡无奇又不可复返的日子。

这一年，马家山煤矿创下了历史上产量的新纪录，生产原煤74万吨，并且实现了安全年。

这一消息，迅即被国家煤炭工业部获悉。部领导认为，我国南方煤矿地质条件复杂，自然灾害严重，井型小，产量低，而马家山煤矿却在逆境中发挥了煤矿工人特别能战斗、特别能吃苦、特别能奉献的精神，创造出如此难得的成绩，实属不易。于是，决定组织全国煤炭工业战线的代表到马家山煤矿召开现场会，进行典型推介。

听说全国的现场会要在矿里召开，矿区上下都沸腾了。矿务局领导也非常重视，多次到矿里就会议的召开现场办公，帮助解决实际问题。矿党委也认为这是千载难逢的好机会，一定要抓住机会，好好进行宣传报道。党委书记王方生提出，借此机会，组建矿区电视台，到时形成立体宣传声势，同时，也可将会议的视频资料长期保存下来。

矿长谭国庆听说后，也非常支持王方生的这一建议，并说电视台暂时交由矿工会管理。于是，筹建电视台的事情，落在几年前就已调到矿工会从事群众宣传工作的王淑珍身上。

组建电视台需要人选，首先就需要一位端庄大方、上得镜的女播音员。王淑珍马上想到了教师出身、说得一口流利普通话的朱淑芬。矿领导也采纳了王淑珍的意见。她高兴地打电话告诉了朱淑芬。

听说朱淑芬要调到矿工会电视台当播音员，何队长一家子除何队长外都高兴得不得了，何大妈逢人就说，我家淑芬要调到矿里去上班了。

而何队长却高兴不起来。他想到，周国强在矿工会当副主席，又分管电视台，以前就对淑芬不怀好意，现在调到一起了，岂不是羊入虎口，送食上门？他把想法告诉了朱淑芬，劝她不要去，就在平硐工区上班算了。

朱淑芬却说："你放心，我自己会有分寸。何况那是在矿部机关，他不敢乱来的。"

"可狗改不了吃屎的性格。他肯定会处处为难你的，他会想方设法欺负你的。"何队长面露难色地说。

"你只管放心好了。他如果再敢欺负我，我就上告到矿党委，撤了他的职。何况，淑珍姐也会帮我的。"

何队长见劝不了她，只好同意了。

何大妈见朱淑芬明天就要动身到矿机关上班去了，高兴得买了好多的菜，做了一顿丰盛的晚餐，何队长也兴奋地喝了不少酒。

吃完饭，何队长与朱淑芬两人来到宿舍，准备整理行李。

突然，窗前有道黑影闪了一下，被朱淑芬一眼看见。“有人！谁？”她大叫了一声。

何队长放下手中的行李包，也大叫了一声：“谁？别跑。”就迅即追了出去。

那黑影没想到何队长竟然在朱淑芬房子里，吓得掉头就跑。

“站住！站住！”何队长边追边喊。

这时天色还早，楼下球坪上还有三三两两的人在散步。听见叫喊声，都不约而同地将目光转了过来，看见何队长在边喊边追，大家想都没想，就跟着围了过来。

那黑影见人越来越多，而且有慢慢围拢之势，要想冲出去逃跑已是很难，他突然停了下来，猛地转身，同时从腰间拔出了匕首，准备来个鱼死网破。

那黑影一转身，就被何队长认了出来，原来是潜逃在外的毛阿利回来伺机报复。何队长怒不可遏，大喝一声：“毛阿利，你给我放下凶器。你还蛮有本事，连公安都抓你不到，现在竟敢回来。”

“老何，你们好狠毒，害得我有家不能回，害得我老婆跟了别人，小孩无人看管。我早就发誓，只要我有一口气，我就与你们没完没了，不共戴天。”

“呵呵，你还真是猪八戒倒打一耙，明明是你们欺负朱淑芬，动手动脚，还动刀子，刺伤了我们，反过来说是我们害了你们。真是岂有此理！”

“是啊，不错，是我们砍伤了你，可我们调戏美女也与你无关呀，你狗拿耗子，关你什么事？”

“怎么不关我们的事？朱淑芬是我们平硐工区职工，我们任何人都有权利去过问和制止。我是正义的行为，是见义勇为！”

“你勇为个屁，要不是陈福民帮你，你早就去见马克思了。哈哈哈！”

毛阿利边说边得意忘形地手舞足蹈，何队长见他放松了警惕，想借机夺掉他手中的匕首，于是突然发动进攻，猛地冲了上去。没想到，毛阿利反应迅速，将匕首对准何队长的胸膛刺了出去，由于速度太快，何队长躲闪不及，匕首深深地刺入了他的心脏。

只听何队长“啊”地大叫了声，就慢慢地倒了下去。围观的群众冲上来，一边将毛阿利扭住，一边迅速将何队长往工区医护室抬去。

医生马上展开救治。由于刀子刺中了心脏，何队长一到医护室其实心脏就已停止了跳动。

一腔热血的何队长连想都没想到，自己竟以这种悲壮的方式结束了年轻的生命。

刚刚从楼上跑下来的朱淑芬刚好撞见了这一幕，惊吓得瘫倒在了地上，朱淑芬也被迅即送到了医护室抢救。

朱淑芬很快就醒过来了。她拔掉手上的针头就跳下床，说要去找何队长。护士拦也拦不住，只好跟着她到了急救室。此时的何队长还躺在急救室的病床上，只是已被一张白色的床单全身覆盖着。何大妈和何队长的女儿，在一旁伤心地哭泣。

朱淑芬一路奔跑过去，走到床前，伸手掀开了床单，只见何队长脸色煞白，双眼紧闭，像睡着了一样。她根本不敢相信，何队长就这样无情地走了。想到自己好不容易遇上了一个可以依赖、可以掏心窝子、可以托付终身的人，没想到却如过眼烟云，转瞬即逝。命运真的会捉弄人呀，为什么老天爷对我一点儿都不开恩，一点儿都不公平呢？她想到这里，无助而又绝望地伏在何队长的身上，泪水喷涌而出。

待何队长的后事办完，王淑珍特地从矿办公室调了一辆专车，来到平硐工区，要接朱淑芬到矿电视台去上班。

朱淑芬由一名普通女工直接进矿机关上班，这在平硐工区历史上还是第一人。这样的喜讯，像长了翅膀一样，迅速传开了。大家都说，这淑芬妹子还是不错，是个才女。矿领导用人，没有选错。能够进大机关，这不仅是她个人的光荣，更是全工区一千多名职工、家属的荣耀。现在，人要走了，可不能随随便便地走，默默无闻地走。要走也要走得风风光光、体体面面，她代表的可是整个工区的形象。

一向对朱淑芬心怀好意的刘明新，将自己的想法跟工区主任一说，工区主任立即拍板说："你说得有道理。马上组织召开一个小型欢送座谈会，做到既简朴，又热烈。同时，要工会准备一件礼物，送给她做个纪念。"

座谈会后，朱淑芬在王淑珍的陪同下就要离开平硐了，刘明新领着一帮子人送到了大门口。

何大妈闻讯，也牵着小孙女恋恋不舍地赶来了。何大妈拉着朱淑芬的手，话还没说出口，眼泪就流了出来。

何大妈哽咽着说："我儿子没这样好的福气，我们家没这样好的福分。这么好的闺女，我真的很舍不得呀！"说完，何大妈突然放声大哭了起来。

朱淑芬一边用手擦拭何大妈的泪水，一边安慰道："妈，都是我不好，都是我惹的祸，都是我害了何队长，害了你们全家。"

"傻闺女，我不怪你。相信，我儿子在九泉之下也不会埋怨你，他为你而死，值。我们不后悔。"

"妈，您不能这样说。您越这样说，我就会越感到不安，我就永远不会原谅自己。我知道，我罪孽深重，我今生今世是无论如何也弥补不了对你们全家的亏欠。"此时，朱淑芬已是泪流满面了。

何大妈见她这样伤感，自己反而变得镇定和坚强了起来。她觉得再怎么样，在朱淑芬面前她是一个长辈，长辈就要有一个做长辈的样子，就要让淑芬不带任何思想包袱，轻松愉快地到新的岗位上去工作；在刘明新他们面前，她既是一个老革命家庭的后代，更是原工区领导的家属，再怎么样，就是天塌下来了，也得先顶着再说，得给刘明新他们做个样子，不能给何家丢脸。

这样想来，何大妈也感到轻松多了。她抚摸着淑芬俊俏的脸蛋安慰说："傻闺女，不要尽说些傻话，人死不能复生。我儿子死了，我比谁都难过，比谁都悲伤，我还一时想不通，产生过轻生的念头。但静下心来仔细想想，逝者已去，生者还得继续活下去，更何况我还有一个活泼可爱的小孙女需要人抚育和培养，因此我不能走，这样也就想开了。"

何大妈叹了一口气说："其实，人生一世，草生一秋，就这么一回事，早走迟走，归宿都是一样的。说不定，早走的还可以早解脱，还可以早超度重生。你说是吧？唉，事情过去了，就让它过去吧。”

说完，何大妈在朱淑芬的肩上轻轻地拍了拍，劝说道：“走吧，王老师他们都在等你了。”

朱淑芬站在那里就是不肯挪动脚步，还在抽泣着哭个不停。这时，王淑珍、刘明新他们也走过来劝道：“淑芬，走吧。反正都是在一个矿里工作，相距也不远，周末休息了，有时间就回来走走看看。”

在大家的劝说下，朱淑芬这才停止了哭声，朝停在路边的小车走去，眼看就要上车了，她却突然转身双腿跪地，朝何大妈深深地磕了三个头。她边磕头边说：“妈，您放心，何队长不在了，今后，我就是您的女儿。”何大妈赶紧将她抱起，两人痛哭着抱成一团，在场的人都被深深感动了。

朱淑芬就这样怀着十分复杂而又忐忑不安的心情，在王淑珍的引领下走上了新的工作岗位。

矿电视台在全国煤矿安全生产现场会召开前顺利组建。会议召开当天，王淑珍、朱淑芬二人扛着摄像机来回穿梭，忙上忙下，拍摄了大量的第一手视频资料。当天晚上，两人又加班加点，赶制出了会议专题新闻报道。在矿电视台播出后，产生了极大的反响。

矿长谭国庆夫妇特地守在电视机前观看这期新闻。看后，谭国庆情不自禁地对马云说：“王淑珍还是有点儿真本事嘛，你看这新闻搞得像中央电视台的新闻一样，有模有样的。”接着，他又赞叹说：“那叫朱淑芬的播音也不错呀，字正腔圆的，可以称得上是我们矿山的‘百灵鸟’。”说完，爽朗地笑了起来。

马云接过话说：“这两个妹子的确不错，放在工会是人尽其才。”

王淑珍听到各方面的赞美声后，深受鼓舞。她根据手头掌握的资料，以全国现场会在矿里召开为新闻由头，连夜写出了一条长达5000字的长篇通讯，局矿工报在一版不惜版面，全文发表。同时，《中国煤炭报》也在一版显著位置刊发。一时间，在整个矿务局，乃至全省、全国都掀起了一股学马家山煤矿抓安全生产经验的热潮，来矿学习、考察、调研的兄弟单位络绎不绝。马家山煤矿一时声名大振，矿长谭国庆也是名声在外。

不久，谭国庆乘势而上，被提拔为矿务局副局长。

一年前已被提为副矿长的李德志，就接替了谭国庆的班，被提拔为矿长。

王淑珍两口子迎来了人生的重大转机。

第三十三章　红颜薄命

“多情只有春庭月，犹为离人照落花。”用这句诗来形容小红此时的心境是最为恰当不过了。

近来，小红总是感觉小腹隐隐作痛，有时还得用手去按压才舒服一点儿。她觉得不正常。可是这段时间招待所的会议多、客人多，忙个不停，她便只好一拖再拖，没去医院检查。

早在李德志手里就被提为工区秘书的张跃进，如今也是今非昔比。

张跃进的转变，缘于王淑珍一次次地给他改过的机会，让他从心灵深处认识到自己此前的所作所为，是多么可耻和可笑，也让他下定决心去不断地改进和改变。

李德志通过王淑珍的介绍，在对张跃进观察一段时间后，发现他的字写得好，人也长得英俊，嘴巴也很甜，脑子也灵活，便渐渐改变了对他的看法，觉得张跃进并非不可教也。觉得年轻人犯点儿小错误关系并不大，关键是能够及时认识到自己存在的问题，并下决心去改进，才是难能可贵的。基于这样的考虑，李德志决定把张跃进调到自己的身边进行调教，让他有一个成长成才的平台和机会。

张跃进做梦也没想到，自己还能进机关，还能给领导当秘书。但他深深知道，这一切都是李德志夫妇的关心，也让他下定决心，一定要好好干，决不给李德志夫妇再添麻烦，也决不让李德志夫妇失望。

地位变了，可他对小红的那份感情却始终没变。这天晚上，他在处理完公务后，又来到了招待所。一见面，他就感觉小红明显疲惫和消瘦，一副精神不振的样子。他忙问道：“小红，你是昨晚没休息好，还是怎么了？”

小红答道：“没什么，只是感觉身体有点儿不舒服。”

“哦，是哪里不舒服？”

“这里。”小红用手指了指腹部。张跃进走过来，弯下腰，关心地用手摸了摸，按了按：“现在还痛吗？”

小红没作声，只是点了点头。

一丝不安随即涌上张跃进的心头，他站起身，坐回到了床沿上，急切地说道：“要到医院去看看医生，去全面检查一下。”

“嗯，”小红答道，“我也是这样想的。只是这几天很忙，走不开身。”

“再忙，也要去医院呀，有什么东西还能比健康更重要？”

“我的命反正生来就贱，健不健康的，又有什么关系？又有谁会来关心我，爱护我，呵护我？当我需要你的时候，你又在哪里？”

“我知道，我亏欠了你，也对不住你。但是，情况你是清楚的，我老婆又看得紧，也是没有办法嘛。”

“我又没怪你，也从来没埋怨过你。要怨，就怨我自己八字不好，红颜薄命。”说完，小红呜呜地大哭了起来。

张跃进看到小红这样伤心地哭了，心一下子就慌了。想到两人相处几年来，还是第一次见小红这样伤心痛哭，他感到左右为难，不知如何是好。他静静地坐在那儿，两只手使劲儿地搓来搓去。见状，小红的哭声也渐渐地弱了下来。

张跃进坐过去，将小红搂进怀里。小红先是使劲儿地反抗，后又用双手扑打着他的胸脯。张跃进只是紧紧地搂着她，默不作声。

小红伏在他的怀里慢慢地安静了下来。张跃进轻声地对她说：“听话，你明天一定要去检查一下。”

小红抬起头，看着张跃进，点了点头。

张跃进轻轻松开小红："那好，你明天先去检查，有什么问题再告诉我。我要回去了。"说完，在她的脸上亲了亲，起身走了。

检查结果很快出来了。矿医院医生委婉地说，矿医院医疗条件有限，建议她立即到省城大医院去复查，可靠些。

张跃进闻讯后，跟老婆扯了个谎，说要去省城出差，于是带着小红就到了省城。

结果是悲惨的。小红患了癌症，是子宫癌晚期。医生说，保守估算，她的生命旅程也只有半年光景了。

张跃进听完医生的介绍，全身不由得发软起来，拿着化验单的手都颤抖个不停。他无法接受这样的结果，更无法想象知道真实病情的小红将会是怎样的反应。他一个人呆呆地站在那里，脑子一片空白，思来想去，却想不出更好的办法来面对小红。他最后决定，瞒着可怜的小红，先住院治疗，瞒一天算一天吧。

他深一脚浅一脚地走回病房，小红问他情况怎样，他却不敢正视她的眼睛。只是说，没有多大的事，医生说住几天院就好了。还说，你先在这里住着，我回去处理点儿公事，顺便去借点儿钱，再过来。

小红心里明白，张跃进是在敷衍她，肯定有什么事在瞒着她。见张跃进这样说，她也不好过多地去问，只好自言自语地说："你去吧，我在这里。你放心，我不会有事的。"

一回到矿里，张跃进谁也没说，就先去找了王淑珍。他觉得王淑珍是好人，以前住招待所时又是小红的邻居，待小红不错，找她，信得过，也靠得住。

王淑珍听了，半天没有作声，只是喃喃自语："唉，小红也怪可怜的，命运对她确实是太不公平了。真是红颜薄命啊！"说完，哽咽起来。

站在一旁的张跃进，连日来的痛苦和压抑一下子释放出来，跟着哭了起来。

听见哭声，王淑珍走到了张跃进身旁，说道："说什么好呢，到了今天这一步，说什么也没用了。现在我们要做的，就是要让她开开心心过好人生的这最后一段日子，感受到身边的人带给她的快乐和幸福，要让她无忧无悔地走完这短暂的一生。我明天就去省城看她，毕竟我们也是姐妹一场。”

“谢谢，谢谢。”张跃进连声道谢，“交了你这样一位好朋友，也是小红的福气。”

“不要这样说。以前，我对你们的行为不理解，也有过怨恨和不当的言论，还得请你们谅解。”

“我知道。再怎么说，我们还得谢谢你，帮助了我，也帮助了小红。”

“好了，不要再说了。你先走吧，我想一个人静一静。”

王淑珍想了想，先是准备去找朱淑芬，后想了想，觉得朱淑芬也是苦命之人，便拿起了话筒，拨给了劳动服务公司的肖芸，告诉了她小红患病的事情，并希望她明天陪着自己一起去趟省城医院看望小红。

肖芸很爽快地答应了下来。

一下火车，省城浓浓的秋日景象扑面而来。阳光洒满大地，街上车水马龙，一栋栋高楼大厦在太阳的照射下显得一片金黄。

王淑珍虽然第一次进省城，但对于省城，因为刘铁伟的缘故，她并不感到陌生，可她这次来主要是看小红的，更何况有肖芸在身边，她不想节外生枝。事情一旦传出，特别是让李德志知道了，对她对家庭并没有丝毫好处。参加工作这么多年了，已是两个孩子的母亲，再也不能像年轻时那样冲动与无知了。孰轻孰重，她是清楚的。她本来就没有一丁点儿的其他想法，现在到了省城，更不轻举妄动，决不能辜负了李德志的一片深情。于是，她无暇欣赏省城的美景，匆匆拉着肖芸的手，挤上了通往医院的公交车。

到了医院，没想到小红却不在病房。同病房的人，却递给了她们三封书信：一封是写给她小孩的，一封是写给张跃进的，还有一封是写给王淑珍的。房间的病友说，她是昨天走的，临走时，委托她们将这书信转交给来医院看望她的人，其余的，她什么也没说。

王淑珍急忙将信拆开，在将信纸抽出来时，一张绿色的定期存单滑落到了地上。肖芸眼明手快，一下子从地上捡了起来，用口吹了吹灰尘，定睛一看：“哇，3000元！”说完，她把存单递给了王淑珍。王淑珍接过一看，惊奇地说：“是3000元存款，她哪儿来这么多钱？”

接着，王淑珍把信笺铺开，认真看了起来：

淑珍：

我的好姐妹，也许你会介意，我这样称呼你。可是，在我心目中，你就是我的一位好姐妹。我虽在马家山煤矿工作、生活了十几年，但能够让我称得上姐妹的，也就是你了。我知道是我高攀你了，传出去，也许会玷污你的声誉。可我顾不了那么多，今天，在我人生的最后时刻仍然要叫你一声：好姐妹！

淑珍，当你看到这封信时，我也许不在人世了。可我庆幸的是，能够在今生遇上你。你我虽了解不多，但你的言行，却对我影响不少。特别是在张跃进一而再，再而三地刁难你的情况下，你不但不追究，不报复，反而还推荐领导重用、提拔他，你所表现出来的大度和忍让，让我深深感动，令我终生难忘。我觉得你不是一般之人，你是我们女性中的骄傲。

老天不公，让我患上了绝症。但我不埋怨，不诅咒，要怪只能怪我自己，没有爱护好自己的身体，没有珍惜好自己的人生。我知道，这种病无法治愈。勉强坚持，也会是人财两空。更何况，我没有钱，我家里更没有钱，也不想给单位带来过多的负担。像我这种人，别人是不会怜悯的。

我与张跃进的关系是说不清道不明的，也许是前世带来的情债，让我们今生来偿还。至于给他老婆的伤害，我也只能说声对不起了。

在临走之际，还有一事相托。就是你已看到的那张存单，密码我已写在存单的后面。这些钱，是我参加工作十几年平时省吃俭用省下来的。我想麻烦你取出后，交到我的公婆手上，作为我儿子日后的生活、学习之用。如果，他们嫌弃不肯收，就麻烦你帮我再存入银行，待我儿子长大懂事了，再代我转给他，并告诉他，他妈妈不是什么坏女人，妈妈永远想着他，爱着他！

拜托了！

小红　绝笔

1998年10月26日

王淑珍看完，为小红的坦诚、执着，为小红的浓浓母爱和她不幸而坎坷的人生感动得泪流满面。她强忍着泪水，忙将信递给了肖芸，说道："不好了，小红出事了。她放弃了治疗，选择了轻生。快，快去报警！"说完，她拉起肖芸的手就冲出了病房。

在医院所在地的派出所报了案，王淑珍又带着肖芸到邮局打了一个长途电话到矿里，向矿领导汇报了。

在派出所时，所里的民警就提醒她们，要她们到湘江河边去找找，一般轻生者大多都是选择投水自尽。

一打完电话，王淑珍两人就拦了一辆出租车，赶到了湘江边。

湘江边上人头攒动，有男女恋爱的，休闲散步的，弹琴跳舞的，匆匆而过的，人员拥挤而混杂，使得江边异常热闹。王淑珍、肖芸两人手拉手，挤过人群，沿着河边，边走边喊："小红，你在哪里？""小红，我们来找你了，跟我们回去吧！""小红，你可不能做什么傻事，一定要想开呀！"

她俩找来找去，有时还停下脚步，比画着小红的相貌特征，不时向路人打听。两人不知走了多少路，也不知问了多少人，说了多少话，反正感觉口是干燥的，腿也是酸痛的，可来来回回找了好几圈，就是丝毫没有小红的下落。

此时，已是夕阳西下。王淑珍倚在岸边的护栏上，远看着独立的斜阳，听着江上的渔船号子，感受着孤寂的黄昏，她显得那样无助和迷茫，不禁心生惆怅。

想起与小红相处的点点滴滴，是那样历历在目。她虽不是一个十分讨人喜欢的女子，但也是漂亮得迷人，可一个大活人怎么说不见就不见了呢？真是人生无常，命运捉弄人呀！她又想起初恋情人刘铁伟就在眼前，自己好不容易来一次省城，却不能相见，这老天爷是何等残忍？她的心悲凉至极，跌到了冰点。可转念一想，她觉得如果将这万象都看作镜花水月，万事皆空，执一份清净，忘一段尘缘，一心无忧便可一世无愁。花为水落，你我擦肩而过，泪为谁流，转瞬已白头，在这纷繁的盛世中没有谁能与你一生相伴。曲会终人会散，与其愁白了青丝，流尽了泪，不若相视对望笑看世间万千，一份洒脱，一份清闲，留一曲欢歌停驻在天上人间，煮一杯菊花酒，赏着落日晚霞，放下该放下的，得到心灵的享受，把世人世事看清看淡，让精神得到放松，灵魂得以释怀。如此安宁，如此平静，不去想，不去念，就不会遗落任何留恋。

她转身对着肖芸说："算了，我们已尽力了。这样找下去也不是办法，我们还是回去吧。"

肖芸点点头，说："嗯，这也是没办法的了。这是天意，要怪也只能怪小红的命不好。命薄如纸呀！"说完，肖芸忙将头扭向了一边，偷偷用手抹去了眼泪。

两人一路无语，朝火车站走去。

大约十天后，矿工会接到了省城派出所打来的电话，说湘江下游发现了一具女尸，相貌特征与小红相符，要矿里去人认领。

闻讯后，王淑珍、张跃进又立即赶到了省城，经确认真的是小红。年轻的小红就这样走了，走得那样决绝，那样无情。

忙完小红的后事，王淑珍累得真想停下来好好休息几天。没想到，一波未平，一波又起。张跃进老婆因为张跃进与小红的事情，闹得不可开交。张跃进没办法，也只好找王淑珍求援，因王淑珍既是矿长的夫人，又是工会的干部，更是他张跃进的恩人，还是小红生前的好姐妹。

王淑珍没法子，只得耐着性子，做起了他们两口子的工作。

张跃进老婆一边哭一边说："张跃进这几年，被小红那妖精迷得丢了魂。一天天总是早出晚归，有时还彻夜不归。更可恨的是，本身家庭困难，他还背着我，偷偷把钱给小红。为不让我发现他有私房钱，他还将钱偷偷藏在屋背上。一次，他取钱不小心，从屋背上摔下来，我才发现了这一秘密。"

张跃进急了，忙打断老婆的话说：“王老师，别听她胡说八道，没有的事。那是屋顶漏水，我去修，一不小心摔了下来。”

他老婆见他一口否定，急得又大哭了起来，用手指着张跃进说：“你不是人，你说话没有良心。自己的老婆不管，去管别人。你是不是人呀！”

王淑珍见他两口子吵来吵去，也不是办法，便要张跃进先出去，她先做做他老婆的思想工作。

王淑珍热情地要他老婆先坐下来，并给她倒了一杯开水，放到她的跟前，接着轻言细语说道：“嫂子，你不急，有什么事慢慢说，道理是说得清的。”

张跃进老婆这时的情绪也缓了下来，望着王淑珍没有说话，只是点了点头。王淑珍说：“张跃进与小红的事情，我们都知道一些。他们的做法，确实不对，也的确伤了你的心。可是，现在小红连人都不在了，你还继续吵闹下去，就是你的不对了。逝者已矣，可张跃进和你们还得继续生活下去。你说是不是？”

张跃进老婆嗯了一声，又点了点头。

“那好，既然得活下去，那就开开心心地活。如果你们两人为了这事，总是吵下去，对你们小孩的健康成长也不利，对你们的家庭和睦就更不利了。这又何苦呢？”

听到这时，张跃进老婆发话了：“王老师，你说的我都懂，我也感谢你的良苦用心。今后，只要他张跃进改了，我绝对不再吵闹。”

“这点你放心，我一定帮你做好张跃进的工作，一定得让他痛改前非，好好做人。”

听到王淑珍这样说话，张跃进老婆站了起来，拉着王淑珍的手说：“王老师，那得谢谢你了，你真是我们家的大恩人哪！”说完，打了一声招呼就走了。

张跃进老婆刚走，肖芸就兴高采烈地来到了办公室。王淑珍看到肖芸来了，高兴得立即站了起来，忙拉着她的手坐到了自己的身边。

“哟，哪阵风将你吹来了，肖芸大美女？”

“我是总想来看你，可你是我们矿里的大忙人，我怎敢常来打扰？”

“哪里话，我们是姐妹。欢迎你来。”

“我今天来是向你辞行的。”

“辞什么行?”

“我要去老公那里工作了。”

“哇，这是好事呀！你怎么不早点儿说?”

“其实，这事半年前我老公就开始在办了，只是我一直没作声。心里面，还是舍不得你们，舍不得马家山煤矿。”

“说句心里话，我也真舍不得你呀！你看，玩得好的小红走了，她走了我很伤心，我是至今还活在她的阴影里，就连做梦都在想着她。唉。可是，你不一样，你是高升。你是要到大城市去了，到更高的层次去发展，好好珍惜，好好把握。我祝福你。”

肖芸听了，眼泪唰地流了下来，只见她站起身走过来，一下子抱住了王淑珍，呜呜地哭了起来。

王淑珍就势将肖芸紧紧抱住，久久没有作声，好一会儿，才轻轻地拍了拍她的肩膀：“不要哭，肖芸，你这是喜事，要高兴才是。我知道，你舍不得这块生你、养育你的土地。这土地上，有你太多的难以忘怀的人和事。在这里，我有一句话，不知当讲不当讲。”

“什么话?你说。我们之间还有什么话不该讲呢?”

“那好，我说了，你不要见怪，那就是你与肖科长之间的事情。”说完，她看了看肖芸的表情。

肖芸心里面也猜到了淑珍要说的就是这件事，因当时也只有她看见了自己与肖科长的偷偷约会。肖芸松开了王淑珍，回到了座位上，用手巾揩掉了眼泪，低着头说：“实不相瞒，当时我与肖科长两人偷偷相好已有两年了。我是羡慕他的才华，他是欣赏我的气质。加之，我们都是两口子长期分居两地，因此，我们两人情不由已地走到了一起。我知道，我的行为违背了伦理道德，但是感情上的事就是没法儿说得清。就像小红与张跃进一样，是那样炽烈和执着。现在，小红走了，张跃进解脱了。肖科长也走了，可我的心却永远放不下。”

王淑珍说：“肖科长是好人，可死得太冤了。以后，有机会回来，就到他的坟前看看吧。”

肖芸没有直接回答，而是感慨地说道：“这也是我下决心离开马家山煤矿的原因，既然放不下这种情，那就离开吧。也许离开了，心情会好一点儿。相信时间是可以改变一切的。我肯定会常回来看看。与肖科长之间的事，也只能埋在心底了。”

王淑珍忙说：“那好，那就再次祝贺你，祝福你永远幸福愉快！”

肖芸说声谢谢，便站起身，告个别，依依不舍地走了。

第三十四章　冰释前嫌

朱淑芬编完一期矿区电视新闻节目，轻轻地嘘了一口气。她顺手关掉眼前的编辑机，再关掉摆在右边桌子上的电视机，收拾起散落在桌面上的稿子，按消息、通讯、短评等不同体裁一一夹好，挂在对面的墙壁上，便站起身，转身走到门外的走廊上想伸伸懒腰，活动一下。

工会办公楼是矿里的标志性建筑，集阅览室、活动室于一体，是矿区文化生活的活动中心，一天往来的人众多，显得较为热闹。矿区电视台就在工会的办公楼上，位于五楼的最高层。由于楼层较高，站在走廊窗前，矿部景色便可一览无余。楼房的右边是矿子弟学校，楼下正前方就是矿部灯光篮球场。此时，正是课间，一群学生正在打球，玩得酣畅淋漓，场面热火朝天，呐喊声此起彼伏。朱淑芬一下子就被这热闹的场面吸引住了。正当她聚精会神，看得如痴如醉时，一位同事给她送来了一封信。

她接过一看，是老家寄来的。开始，她以为是自己的父母寄来的，待她打开信封，发现竟是陈福民写给她的。

陈福民在信中字里行间无不流露出对矿山的留恋，对昔日领导、同事和朋友的思念之情。他问了一些矿里的近况，谈了他对矿山是永远不会忘记的。他要淑芬在矿里好好干，为家乡争光。信的最后一段，他还告诉淑芬，近几年，他在离家乡二十里远的岳父母家乡办了一个鞭炮厂，小顺子也过来在厂里帮忙做事。目前，厂里生产经营形势较好，他正准备扩大经营规模。

看完来信，一股暖流在朱淑芬心中流淌。自从陈福民回去后，她很少联系上他。有时回到家里，也是向父母随便了解一下他的情况，只听说他离开村里出去了，究竟做什么事情谁也不知道。由于在家时间短，她也就没过多地细问了。没想到，福民他竟办起了厂子，当起了老板。她为他感到骄傲，得向他祝贺一下。于是，她立即转身回到桌子旁边，给陈福民写起了回信。

刚刚写完，此时已提为矿工会主席的周国强就进来了。朱淑芬一见，马上站了起来，警惕地说："你来干什么？"

"我来干什么？这是你说的吗？我一个堂堂的工会主席，凡是工会的办公室，哪一间于公于私我都可以随便去走走看看，无须向任何人请示。"周国强说完，哈哈哈地大笑了起来。笑毕，他特地看了朱淑芬一眼。

朱淑芬不想看他，也不想理他，赶紧将脸扭向了一边，没有作声。

周国强见状，也不生气，也不理会，像是没见着一样，只顾自言自语道："你对我的成见我知道，我也很理解，不过，我是不会放在心上的。这点你放心。从你到工会工作这几年来，你也看到了我从来没对你做过什么吧？相反，我还在暗地里帮你，助你，关心你。你被评为'三八红旗手'、百分之三工资晋级、年底困难补助等，哪一次不是我在帮你说话？你是一个聪明人、明白人，不可能不知道不明白吧？"

说到这里，周国强停了下来。他想看看朱淑芬的反应，可是，朱淑芬站在那里无动于衷，既不说话，也不正眼看他一下。他心里明白，朱淑芬对他的成见太深了，要想听到她对自己说声"谢谢"，恐怕是不可能了。他本来也不指望朱淑芬对自己的谅解，只是一种虚荣心在作怪。他这次之所以到朱淑芬办公室来，是想这么多年了，自己还从来没当面就在平硐工区时对她的那次无礼行为说声"对不起"，这件事就像一块巨石一样压在他的心头，让他透不过气来，特别是每次一见面，他心里都感觉特别难受、特别懊悔。他也想早点儿过来与朱淑芬好好谈谈，可内心总缺乏一种勇气，生怕朱淑芬拒绝。今天，他鼓起勇气来了，朱淑芬的态度还是如他所预料的一样，他感到很失落。他站在那里，沉默了好一会儿，见朱淑芬仍不肯原谅自己，最后，他说了一声“对不起”，就头也不回地匆匆走了。

朱淑芬见他走了，也不作声，也不出门相送，只是一脸怒色地重又坐回了桌旁。她从抽屉里找出一个信封，把寄给陈福民的信折好，装了进去，再涂上胶水，把信封口封了起来，接着在信封上写上了收信人的详细通信地址、邮政编码，及收信人姓名。忙完这些，她将信封轻轻地放在桌面上，才静下心来，想了想刚才周国强所说的一番话来。

她一开始对周国强的印象非常好，感觉他高大帅气、才华横溢，又是主政一方的领导。只是后来，周国强对她无礼，才使得她彻底改变了对他的看法，感觉他在她心目中连何队长和陈福民都不如。起码何队长、陈福民还知道处处保护她、爱护她，还有点儿良心，还有点儿做人的起码道德，而他却总想去占别人的便宜，打别人的主意。这样的人，就是一个自私的人，就是一个低级下流的人，他就是再大的官，也不值得去同情与原谅。

“哼，要我原谅，你做梦去吧！”说完，朱淑芬在地上狠狠地吐了一口口水。

没想到，她这一举动却被来找她的王淑珍撞上。王淑珍人还没进屋，声音就传了进来：“淑芬，你这是跟谁过不去呀？哪儿来这么大的火？火大了，气来了，可要伤身的。”

朱淑芬见是淑珍来了，忙站起身，说：“淑珍姐，你来了，坐，坐。”

“我不坐，刚忙了好一阵子，想出来透透风，松松气，没想到一走，就走到你办公室来了。”

“哦，那说明我俩关系不一般，你心里有我嘛。”

“那当然。我心里时时刻刻想着你，你长这么漂亮，又有才华，性格又好，我要是个男人，早就把你娶回家了。”

“我哪比得上你，姐，你不要笑话我了。你再说，我可是无地自容了。”

“好，好，我不说了。言归正传，我问你，你刚才是在对谁发火？气还不小嘛。我第一次见你这样生气。”

“我，我……”

"我，我，什么呀？在我面前，你还有什么不敢说的。是不是哪个男人又欺负你了？"

"不是。我现在人都老了，还有哪个男人来欺负我呀。"

"话可不能这样说。你现在正是风韵犹存的年龄，魅力四射。有句什么话？哦，对了，是说'有钱难买少妇身'，你看，你的身子现在是连钱都买不到的，多珍贵呀！"

"姐，你又笑话我了。"

"我没笑话你，别人是这样说的。不信，你去问别人。"说完，她又哈哈大笑了起来。

王淑珍笑完，忙问："刚才是不是周主席来了？"

朱淑芬露出疑惑的表情，问道："你是怎么知道的？"

"我看见他从楼上下来，估计是到你这里来了。"

朱淑芬见瞒不过，只好如实地说："是的，是来了。"

"他来干什么？又来骚扰你了？"

"没有。"

"那他来究竟做什么？"

"他没做什么。他要我原谅他，说了声'对不起'就走了。"

"哦，那你打算原谅他吗？"

朱淑芬又摇了摇头，轻声说道："我不会原谅他的。"

王淑珍见状，感到问题的严重，忙走到朱淑芬身边说："淑芬，听我一句劝。俗话说'冤家宜解不宜结'，过去，周主席也许是一时糊涂，做出了伤害你自尊的事情，可时过境迁，这么多年都过去了，他在不断地用行动来弥补他的过失。你看呀，你到工会来工作后，他无论在明里还是暗里，都在关心、关注着你，给你评先，提工资，困难补助，等等。凡是涉及你的切身利益的，不用你说，他都当成自己的事一样，给你想好，考虑好，解决好，难道你还感觉不到？就连工会其他的领导、同事都在背后议论，说周主席偏心，太顾念旧情。可他经常在会上及其他公开场合为你辩护，说你一个女人家，既要工作，又要带小孩，十分不容易，给你评个先，也是体现组织的关心，同时也是对你工作的一种肯定。我觉得，周主席对你的关心、帮助都是出于真心的，没有一点儿私心。可你到现在还在记恨他，不肯原谅他，他都说了‘对不起’，这就是你的不对了。”说到这里，王淑珍看了一眼朱淑芬。

朱淑芬也抬头看了一眼王淑珍，没有作声。刚听王淑珍这么一说，她的心此时已是十分不平静。王淑珍所说的，一点儿没错，这几年周国强对她的关心帮助，她早就感觉到了，其实，她只是不肯原谅自己。今天，经王淑珍这么一说，她觉得有必要对周国强这么多年的帮助说声“谢谢”了。

“我，我……”朱淑芬欲说还休，一副不好意思开口说话的神情。王淑珍是明白人，一看就知道她的内心是怎么想的，也知道她要说什么。于是，她忙着说：“我知道你想说什么。这样，趁热打铁，我现在就陪着你去周主席办公室，当面对他说声感谢。”

朱淑芬回答说：“好吧，我们现在就去吧。”

她俩刚要出门，迎面碰上了段大海。段大海西装革履，右手拿着一个黑色皮包，俨然一副大老板模样。朱淑芬记得前不久，听平硐工区一位老工人说起过段大海，说段大海在牢房服刑期间，结识了也在服刑的一家公司的总经理。在狱中，段大海处处维护着这个总经理，总经理也非常感动，两人在狱中还结为了哥们儿。不久，这个总经理出狱，走之前，他把自己的联系方式留给了段大海，要段大海出狱后去找他。两年后，段大海一出狱就去找了他。这个总经理也是重情重义之人，当即就将段大海留下，安排他到一个分公司去当了经理。段大海因祸得福，在那儿干得风生水起，自然钱也赚了不少。

朱淑芬一见段大海，就像见了仇人一般，呵斥：“段大海，你还好意思来找我。你这个流氓地痞，害得我好惨，害得何队长一家家破人亡。今天，你居然还有脸来，我要跟你拼了。”说完，她顺手抓起桌子上的口杯愤怒地朝段大海砸去。

段大海敏捷地将身子一闪，只听啪的一声，杯子砸到了对面的墙上，瞬间被打得粉碎，杯中的茶水像雨点一样，向四面泼去，王淑珍躲闪不及，衣服也被茶水打湿了一片。

王淑珍见状，马上大声制止朱淑芬，说道："淑芬，你冷静一下，先问清来由再说。"

段大海对朱淑芬的脾气性格早就了解，在平硐时就打过交道，知道她是火暴脾气，一点就着，于是在心里早有准备。对刚才朱淑芬这一"见面礼"，他倒不动声色，显得十分镇静。他用手掸了掸打在身上的茶水，感激地望了一眼王淑珍，然后说道："还是这位美女说得好。"接着，他对朱淑芬说："我这次来，是专程来向你赔礼道歉的。经过这么多年的劳动改造，我深刻认识到过去自己的所作所为是多么幼稚、无知，多么可笑，而带来的后果又是多么严重，害得何队长丢了一条性命，酿成了命案，葬送了淑芬你幸福的前程。这都是我当初所没想到的。这么多年来，我每想到这些就非常痛心，就寝食不安，就有一种负罪感。我本来一出狱就要来向你赔礼道歉，可后来想到刚从狱中出来，身无分文，一无所有，就决定等我干出成绩，干出个人样后再来找你。现在，我郑重地向你道歉，并真诚希望能得到你的谅解。"说完，他打开手提皮包，拿出一张5万元的支票，双手递给朱淑芬，说："请原谅我，收下这5万元钱，就算作我的一点儿补偿。"

朱淑芬冲上去，发疯似的大喊大叫："谁稀罕你的臭钱。难道钱可买到人命，买到幸福，买到快乐吗？"说完，一挥手，将支票打落在地。支票在空中打了几个滚儿后，落在了王淑珍跟前。王淑珍弯下腰，一边将支票捡起，一边说："淑芬你冷静点儿，有什么事说得清。"接着，她转过头，对段大海说："不好意思，段经理，淑芬还在气头上。你看这样好不好，你先到走廊上等一等，我再给淑芬做做工作。"

段大海看了一眼王淑珍，没作声，只是点了点头，便走了出去。

王淑珍将段大海送出门，便走到淑芬面前，亲切地劝说道："淑芬，这件事呢，你听我一句劝好吗？"

朱淑芬抬头看了一眼王淑珍，没作声。王淑珍动情地说："我理解你的心情。这种事谁碰上，都是一样的。人是感情动物，爱憎分明，但人有时也得讲究分寸，讲究进退。就拿这件事来说，已过去了这么多年，何队长人死了，也不能复生。何况何队长又不是他杀的，是毛阿利杀的。毛阿利早已判了死刑，执行了枪决，受到了法律的严惩。段大海为他的过错，也受到了法律的制裁，判了刑，坐了牢。今天，他能来这里赔礼道歉，表明了他是诚心诚意的、真心的，希望你能给他个机会。”

朱淑芬对王淑珍向来尊重，可这次她还是无论如何接受不了。她回答说：“就算我原谅他了，何队长在九泉之下也不会原谅，何大妈更不会原谅。”

王淑珍见她这样说，心里松了一口气，正要叫段大海进来时，走廊上传来了周国强与段大海打招呼的声音。周国强拉着段大海就走了进来。

周国强对王淑珍和朱淑芬二人说：“今天的段大海已是今非昔比，近年来，他已给我们马家山煤矿捐赠了10多万元，用于金秋助学和扶贫帮困，还在我们工会设立了一个扶贫基金，每年都往里面打钱，粗粗一算，估计不下20万元。”

“呵呵，不错，还知道回馈家乡，感恩矿山这块热土。”说完，他拍了拍段大海的肩膀，“这叫浪子回头金不换！”

这时，王淑珍趁热打铁，也说了刚才段大海来找朱淑芬赔礼道歉的事情。

周国强听完后说道：“这件事，我是非常清楚的，我当时在平硐工区当党总支书记。事情过去了这么多年，段大海也为此付出了代价，还是希望朱淑芬妹子能够原谅，毕竟冤家宜解不宜结。何况何队长的母亲现已年老体弱，小孩也大了，淑芬家庭也困难，都需要钱。段大海又是情真意切，我看这钱还是收下。收下了，段大海的心也就安了。”

段大海见机说道：“以后，你有困难我还会无私帮助。这点请放心！”

周国强说：“难得段大海有这么高的境界，那我就代表朱淑芬谢谢你了。”

朱淑芬还想说什么，被王淑珍使了眼色，制止住了。

段大海说声谢谢，打了招呼后，在周国强的陪同下匆忙离开了。

第三十五章　月明星稀

王淑珍像往常一样，矿里的广播一响，她就披衣下床。起床后的第一件事，她先打开煤炉风门，将火烧起，然后装一壶水放在火炉上烧，做煮面之用，再开始去忙自己的洗漱和梳妆。

待洗漱完毕，她就开始刷洗锅子，倒水下面。家里的面条，大多是矿劳动服务公司自产自销的，没有过多的添加剂什么的，做出来与在外面商场买的筋度和亮度不一样，口感也不一样，吃起来更觉爽滑、鲜香适口，有种驻口留香、回味悠长的意味。

早餐刚刚做好，丈夫李德志和两个小孩也起床了。

李德志匆匆洗漱后，就坐到了餐桌前。他看了一眼手表，觉得时间尚早，就没急于用餐，而是坐在那儿等妻子、儿女过来一起吃。

王淑珍在餐桌前坐下后，说道："怎么还没吃？面条凉了，结成糊，可不好下口。"

李德志回答道："不急，时间还早，我想等一家人一起用餐。"

王淑珍忙催促两个小孩快点儿，说爸妈都在等了。

女儿李香花和儿子李开奇两人一边应声，一边跑了过来。

李德志见一家人到齐了，就端起碗，说："开始吃吧。"

李德志吃了一口，忙说："好吃，好吃。今天的面，你妈妈煮出水平了。"

女儿李香花忙应声道："是的，妈妈煮面的水平，越来越高了。"儿子李开奇也接口赞道："那还用说。比起矿招待所那些厨师来，水平高多了。"

王淑珍听到这些赞扬声也微笑着说："还是你爸爸越来越会说话了。不过，我还是很喜欢，很开心，自己的劳动得到了你们的认可。"说完，她看了一眼李德志。

李德志放下筷子，深情地回望了一眼淑珍，说："我娶到你，确实是我的福气。这么多年来，家里大大小小的事都是你一个人包揽，我是一点儿忙都没帮，说来也是惭愧。"

"千万别这么说，老李，你在外面那么辛苦，我做点儿家务，这是应该的。"接着，王淑珍马上扯开了话题，说，"快吃吧，等下面条都凉了。"

两个小孩也劝父亲快吃，李德志重又端起碗，拿起筷子，吃了起来。吃完，他突然吟起了"三天不吃酸，走路打蹿蹿。来碗酸菜面，酸菜汤下饭"的顺口溜来，引得全家人哈哈大笑。

放下碗筷，李德志大声对王淑珍道："淑珍，我今天要到坡塘工区去下井，中午在井下吃班中餐，不回来吃饭了。"

"好的。下井注意安全，老李。"

"放心吧。我下了几十年的井了，是个老隆咕老，没事。"

说完，李德志又对两个小孩说："你们也要抓紧去上学了，不要迟到了，上课用心听讲。"

两个天真无邪的小孩齐声说："我们会用心听课的。放心吧，爸爸。"

李德志与家人说声"再见"后，一个人先去上班了。

王淑珍站在门口，目送丈夫走远后，才转身进屋洗刷碗筷，收拾家务，然后，带着两个小孩子一起出门。

万万没想到的是，这次上天再也没有眷顾李德志。李德志带队下井检查安全生产，遇上了安全事故。井下垱头突然冒顶，李德志撤退不及，光荣牺牲。这顿早餐，竟成了一家人最后的一次聚餐了。

李德志牺牲后，王淑珍痛不欲生。

在这困难当头，组织上给予了她极大的安慰和鼓励。矿务局局长谭国庆提议，送王淑珍到外面去进修，换一个环境，调节一下心情。

于是，王淑珍乘车北上，到省里的一所师范大学脱产读书两年，攻读新闻专业。

两年后，王淑珍回到矿里上班。为更好地发挥她的专业特长，矿领导将她从工会调到了矿宣传科，她又重操笔杆，当上了矿里的“土记者”。

经过两年的专业学习培训，王淑珍新闻采写水平大有长进，得到了报社老师和领导们的一致肯定。她也如鱼得水，在新闻干事岗位上干得风生水起，年年被矿务局党委宣传部和矿工报社评为优秀新闻宣传工作者和最佳通讯员。她的文章和她的名字一样，传遍百里矿区，使她成了小有名气的新闻人物。

不久，矿里要进行政策性改革破产，职工可以选择买断工龄参加重组上岗，或者内部退养及提前退休。朱淑芬选择了内部退养，王淑珍考虑到自己还年轻，正是干事创业的时候，则选择了买断工龄参加重组上岗。

朱淑芬临走之前，特地来向王淑珍辞行。

王淑珍刚写完一篇新闻稿子，准备投寄给矿工报社，见朱淑芬进来，她忙站起身，说道：“淑芬，来来来，坐坐。”

王淑珍拉着她的手说：“你好长时间不来，是不是将我这个姐给忘记了？”

“没有，哪里敢忘。忘记别人，是有可能的，但今生今世如要忘记姐你，那是不可能的。你对我有恩，我怎么会忘记呢，这是做人的起码道德。否则，那就不是人了。”朱淑芬假装生气地说。

“别，淑芬，我和你开玩笑的，你千万别生气。我相信你不是这样忘恩负义的人。”王淑珍说完，又紧紧握了握朱淑芬的手。

“淑珍姐，这次破产我选择了内部退养，工作了这么多年，也厌烦了，不想再上班了。”

“哦，也好。内退了，自由自在，想去哪儿去哪儿，想干吗干吗。我一开始也想内退回老家去算了，后来一想，单位送我去读了大学，还没好好工作几年就退休了，好像心里过不去。再者，也就是最重要的，我回老家去了，把老李一个人孤零零丢在那牛头山上，他地下有知，也会埋怨我的。我也想在有生之年多陪陪他，他肯定也希望我留下来，在他身边工作和生活。”

“你对李矿长这种爱，我相信无论你怎么选择，他都会理解你、支持你的。我觉得，你在这里重组上岗的选择是对的，以后，我到矿里来也好有个依靠。”

“哦，对了，淑芬，你退了后，打算住哪里？”

“我还是先回平硐工区。这段时间，何大妈身体日渐虚弱，上次病危，还差点儿见了马克思。我估计，也活不过今年了。我想在她最后的日子里，天天守在她老人家的身边，给她弄点儿吃的，帮她洗洗澡，做做家务，好好代何队长行点儿孝，让她老人家平静地离开这个世界。”

“难得你有这份孝心。何大妈也怪可怜的，中年丧子，是人生最大的悲哀。这么多年来，她能忍受悲伤，以常人难以想象的韧性和毅力，克服身体上的疾病折磨和生活中的各种困难，独自一人撑起这个风雨飘摇的家，将何队长的女儿拉扯大，又从没向组织上提一点儿要求，没给组织添一丁点儿麻烦，连每年的困难补助，她也总是推让。唉，这个何大妈真是不简单，不容易。”

说到这儿，王淑珍停顿了一下，好像突然想起了什么，忙问道：“哦，对了，何队长的女儿去哪儿了？”

朱淑芬回答说：“去年初中毕业后，因没钱读高中，她叔叔资助她到市里读技工学校去了。”

“读技校好，学一门一技之长，可终身受用，也可早点儿走向社会，打工赚钱，赡养她的奶奶。”刚说到这儿，办公室的电话突然响了起来。王淑珍抓过话筒，“喂”了一声，电话那头传来急促的声音，问朱淑芬在不在这里。王淑珍见对方说话匆匆，也来不及多问，便忙说：“在，在这里。你等下。”说完，将话筒递给了朱淑芬。

“淑芬，你的电话，找你的。”

“找我的？电话打到了你这里？”

她露出疑惑的眼神，忐忑不安地接过话筒。打来电话的是刘明新，他说，何大妈突然心脏病发作，已送到了矿医院的急诊室抢救，现正昏迷不醒，处于病危状态，希望你到医院去看看。

朱淑芬将话筒放下，感觉全身就要瘫软下去，她忙用手支撑着桌面，并将身子靠在了桌旁。

王淑珍见状，忙问道："淑芬，怎么了？是什么事把你急成这样？"

朱淑芬说："刚是刘明新来的电话，说是何大妈心脏病发作病危，现送到了矿医院抢救，要我去看看。"

"那走呀，还愣着干吗？"

朱淑芬像突然缓过神来似的，忙说："好，好，我去了。"

"等下，我陪你一块儿去。"王淑珍说道。

朱淑芬用一双感激的眼睛看着她，没作声，只是点点头："好。那谢谢了，淑珍姐。"

"谢什么呀，我们快走吧。"

当她们心急火燎赶到医院时，何大妈已停止了呼吸。

朱淑芬以准儿媳妇的身份，披麻戴孝将何大妈送上了山，并将何队长的女儿送到了学校读书。在矿里短暂地休息一段时间后，她恋恋不舍地离开了这块曾给她工作机会，也给她带来爱恨情仇的矿山热土，拖着疲惫的身子回到了生她养她的家乡。

五年后，省里组建煤业集团有限公司。谭国庆出任集团公司总经理。在成立集团公司工会时，他首先想到了既能说会道，又能写得一手好文章，还有丰富的基层工作经验的王淑珍。于是，王淑珍作为工会办公室工作人员被调来省城。

王淑珍做梦都没想到，不惑之年了，自己还能进省城工作。更让她兴奋的是，从此，她可与刘铁伟在一起，携手共度余生了。

她把这好消息在第一时间告诉了刘铁伟，等王淑珍等得几近白头的刘铁伟，在电话那头高兴得像小孩一样跳了起来。两人约好，王淑珍到省城后，刘铁伟开车去车站接她。

听说王淑珍要调往省城工作了，张跃进心情十分复杂。他想了想，觉得自己还是应当去送她一程，毕竟她对自己有恩，当初如没有她的大度释怀，没有她的热心帮助，李德志是不可能去提拔重用他的。

想到这里，他忙回家将妻子叫上，两人急忙赶到矿办公大楼。给王淑珍送行的人很多，矿部机关几乎所有工作人员都来了，将机关大门围得水泄不通。当他们两口子好不容易挤到小车停放的地方时，王淑珍和她的两个小孩已上车了，他只好遗憾地站在那儿目送载着王淑珍的小车朝车站驶去。

下午5点多钟，王淑珍乘坐的长途大巴缓缓驶进省城汽车站。他们母子三人拖着大包小袋，随着人流，走出了车站。

在车站广场，他们站在与刘铁伟约好的地方，等候刘铁伟开车来接。可是，左等右盼，就是不见刘铁伟的身影。焦急等待中，王淑珍不停地拨打他的手机。可是，通了，就是没人接听。王淑珍嘀咕道："怎么回事？这个鬼刘铁伟。"天色渐渐暗淡了下来，广场上的人越来越少，城区灯光却不知不觉地亮成了一片，如同白昼。

女儿李香花不停地催促："妈，算了吧，我们坐公交走吧，刘叔叔他不会来接我们了。"儿子李开奇也在帮着催道："我看这个刘叔叔十有八九，是将接我们的事情给忘记了。妈，不如我们自己走吧。"

"再等等，你们不了解他。他肯定遇到了什么紧急事情，否则，是不可能连电话都不接的。"王淑珍话音刚落，手中的手机就"嘀嘀"地响了起来。"你看，你刘叔叔回电话了。"说完，她忙按下接听键。可是，话筒传来的并不是刘铁伟的声音，而是交警打来的，说是刘铁伟为了躲开迎面开来的车辆，撞上了护栏，现正在省人民医院重症病房抢救，看了他的手机有几个未接电话，于是就回拨了过来。

王淑珍放下手机吓得有气无力，对两个儿女说："不好了，你刘叔叔出车祸了，现正在医院抢救。走，我们打的去医院。"

到医院后，王淑珍带着儿女一直守候在病房门口，直到刘铁伟醒来。

刘铁伟一醒来，看见王淑珍母女围在自己身旁，第一句话便说："不好意思，没接上你们，还差点儿再也见不着你们了。”

王淑珍握着他的手，劝慰道：“事情我们都知道了。你刚醒，不要多说话，要多休息。我相信，你是福大命大之人，不会有事的。”说完，她将与自己一般高的李香花拉了过来，说：“你看，像你吗？这是你亲生女儿。”又扭转头，对李香花说：“闺女，这是你亲生爸爸，快叫‘爸爸’。”李香花看了看母亲，又看了看父亲，轻声叫了一声“爸”，就哭了起来。

懂事的李开奇见姐姐叫“爸”，也跟着叫了声“爸爸”。

刘铁伟激动地流下了眼泪。

王淑珍俯下身子，紧紧地抱住了他。一家人，终于在省城团聚了。

此时，月亮偷偷地钻了出来，银白色的月光倾泻着，分外清寒。医院对面的商场里透出的耀眼灯光，不安分地跃动着，被窗玻璃上的水汽皴染，像盛开的花儿一样，均匀地闪着微光。